Amy Engel

Née au Kansas, avocate de formation, Amy Engel décide, après dix ans d'exercice, de se consacrer pleinement à l'écriture. Elle est l'auteure à succès de la saga *The Book of Ivy* (Lumen, 2015 ; Pocket Jeunesse, 2016) et du roman *Les Filles de Roanoke* (Autrement, 2017 ; J'ai lu, 2018). Son livre, *Une ombre familière*, a paru en 2021 aux Éditions du Masque.

UNE OMBRE FAMILIÈRE

AMY ENGEL

UNE OMBRE FAMILIÈRE

Traduit de l'anglais (États-Unis)
par Mireille Vignol

ÉDITIONS DU MASQUE

Titre original :
THE FAMILIAR DARK
Éditeur original :
Dutton,
Penguin Random House, New York

ISBN : 978-2-266-33025-1
Dépôt légal : mars 2023

Pour Graham et Quinn, mes plus brillantes lumières

Nous nous habituons à la Ténèbre
Quand la Lumière manque

Emily Dickinson

LA FIN

Elles périrent lors d'une tempête de neige, caprice de la nature au mois d'avril, leur sang s'écoulant sur le fin manteau blanc. Plus tard, certains racontèrent que l'assassin avait dû garder un œil sur l'amoncellement de nuages gris. Qu'il avait attendu un signe du temps pour frapper et choisi l'instant où le reste de la population était blottie chez elle, grelottant en manches courtes optimistes et maugréant contre le réchauffement climatique. Des détectives de salon s'efforçant de trouver du sens à une chose qui resterait à jamais insensée. Ils avaient tort, évidemment. Ça n'avait rien à voir avec le temps. Les filles auraient pu le leur dire, si elles avaient été capables de parler.

Izzy était morte la première, ses cheveux brun foncé collés sur son visage, un œil ouvert sous les mèches. Un lent battement de paupière, le regard fixé sur le visage de Junie. Nouveau battement, vision de plus en plus floue. Junie attendit un troisième battement qui ne vint jamais, regarda le sang se déverser entre elles. Elle voulut tendre le bras vers Izzy, la secouer pour la faire revenir au monde, mais elle était incapable de bouger. Elle eut la sensation que sa main était plaquée au sol, ne se rappelait pourtant pas avoir été ligotée. En fait, elle ne se souvenait de rien. Ni la raison de sa présence ici, ni les événements. Ne demeurait qu'une terreur sourde et lointaine qui battait au rythme agonisant de son cœur. Elle tenta de forcer un son de sa gorge abîmée, un nom, une supplication, une prière. En vain. Une bulle de sang éclata sur ses lèvres et coula. La neige froide lui écrasait la joue.

« Chut, fit une voix. Ce sera bientôt fini. Chut… » Une main lui caressait les cheveux.

Junie leva les yeux, seule partie de son corps qu'elle était en mesure de bouger. Elle vit le bord d'une balançoire, une branche couverte de blanc, le ciel plat, gris d'acier. La dernière fois qu'elle était venue ici, c'était avec sa mère. Elles avaient acheté une glace qui fondait trop vite entre leurs doigts. Chaleur, sueur au crépuscule, lucioles. Elles s'étaient balancées côte à côte et la mère de Junie avait sauté en vol, ses cheveux blonds fouettant son dos, son rire rauque fendant les airs. Elle avait expliqué à Junie que le secret était de ne pas y penser. De fermer les yeux et de voler.

« Maman. » Le besoin de sa mère la déchira comme un hameçon, son corps se cabra, un spasme lui fit serrer le poing. « Je veux ma maman. » Elle sentit le parfum printanier de sa mère, appliqué en une seule goutte pour faire durer le flacon. Elle entendit la voix de sa mère susurrer des mots réconfortants dans le creux de son oreille. Elle goûta le sel des larmes sur ses lèvres et le sang dans sa bouche. Elle savait que la fin était proche et n'arrivait pas à croire qu'elle était si près du commencement. Elle laissa échapper un soupir, un soubresaut. « Regarde-moi, maman. Je peux le faire. » Elle ferma les yeux et s'envola.

1

J'avais gardé un œil sur la pendule toute la journée. Ce qui m'avait valu de me faire engueuler. Chaque fois que je venais chercher une commande sur le comptoir de la cuisine, Thomas me frappait la main avec sa spatule pleine de graisse.

— Tss, tu préfèrerais être ailleurs ? me demandait-il à voix basse.

— Ouais, n'importe où serait mieux que ce trou merdique, lui répliquais-je en riant, tout en évitant un nouveau coup de spatule.

C'était à peu près le seul avantage de travailler dans ce restau pourri depuis plus d'une décennie : je n'avais pas à m'encombrer de bonnes manières.

— Il est presque 17 heures ! m'exclamai-je en regardant l'aiguille des minutes entamer son dernier tour pour l'heure en cours.

— Pourquoi t'es si pressée, aujourd'hui ? me demanda Louise en ajustant son tablier autour de sa taille épaisse. On dirait un chat dans une pièce pleine de fauteuils à bascule. Si tu continues, Thomas va nous faire une crise cardiaque. Tu sais qu'il supporte pas qu'on soit distraites.

Je me tournai vers la vitre de la cuisine et adressai un clin d'œil à Thomas qui avait du mal à garder un air fâché.

— Je ne sais pas, admis-je. Faut croire que j'ai la bougeotte.

C'était peut-être dû à ce temps étrange, inhabituel pour la saison. Hier, la végétation naissante frémissait et un parfum de fleurs sauvages flottait dans l'air. Aujourd'hui, la neige s'écrabouillait contre les vitres du *diner* et de minuscules tourbillons entraient en douce chaque fois que la porte s'ouvrait. Le soleil, sur le point de se coucher, venait de percer les nuages. Des rigoles de neige fondue se formaient déjà au bord du parking. Dès demain, le printemps serait de retour. Typique du Missouri… Comme disaient les vieux du coin : « Si t'aimes pas le temps qu'il fait, il te suffit d'attendre cinq minutes. »

— C'est peut-être à cause des sirènes, suggéra Thomas. Ces sales trucs m'ont rendu moitié maboul tout à l'heure.

Louise acquiesça en me faisant signe de lui passer les bouteilles entamées de ketchup pour qu'elle les remplisse.

— Sans doute une série d'accidents, dit-elle. Apparemment, y a eu du grabuge près du vieux terrain de jeux. Ils conduisent tous comme des pieds par ici.

Dans la cuisine, Thomas approuva d'un petit grognement et Louise se tourna vers lui.

— C'est quand la dernière fois qu'il a neigé en avril ? J'ai l'impression que ça fait des lustres.

— Juste avant la naissance de Junie, répondis-je sans hésiter. Treize ans.

J'étais énorme, je m'en souviens, j'avais les chevilles tellement enflées que je ne pouvais pas enfiler mes bottes. Je devais me balader dans les congères en vieilles baskets.

— Mon Dieu, c'est vrai, répondit-elle en finissant de remplir une bouteille de ketchup avant de la faire glisser vers moi. T'as des plans sympas pour samedi soir ? reprit-elle en se trémoussant. Une petite danse peut-être ? Un petit verre ? Un petit quelque chose d'autre ?

— J'ai promis à Junie que je rentrerais tôt : soirée pizza devant la télé. Je ne l'ai pas vue depuis hier.

Je n'avais pas besoin de voir Louise lever les yeux au ciel pour savoir ce qu'elle pensait de mon samedi soir : qu'il était minable. Elle m'avait répété plus d'une fois que je gaspillais ma jeunesse. « Une trentenaire qui approche de la cinquantaine. » Elle adorait me décrire ainsi, moi et ma vie sociale inexistante.

— Quand mes petits merdeux avaient cet âge, j'aurais été heureuse que quelqu'un me les prenne une semaine entière, ajouta-t-elle en secouant la tête. Au fait, elle était où, Junie ?

— Elle a passé la nuit chez Izzy Logan, répondis-je, les yeux fixés sur le bout de comptoir que je nettoyais, sans tenir compte du pincement que je ressentais à la base du crâne.

— Ces deux-là sont comme cul et chemise.

L'incrédulité qui perçait dans la voix de Louise ne m'échappa pas. Je m'y étais habituée. Je savais qu'en règle générale les filles comme Junie et les filles comme Izzy n'évoluaient pas dans les mêmes cercles. Surtout dans cette ville, où on devinait presque une rangée de néons qui la scindait en deux. *Vermine blanche de ce côté, ne pas franchir la ligne.* Le fait que quatre-vingt-dix pour cent de la ville soit laissée pour compte du mauvais côté ne changeait rien à l'affaire. La ligne invisible ne répondait pas à des critères de majorité, en tout cas, pas lorsqu'il s'agissait de fréquenter la famille de Jenny Logan. Quand j'étais au collège et que je faisais les fossés pour récupérer des canettes à recycler pour quelques sous, je la voyais se balader dans sa petite décapotable blanche. Elle était partie à la fac quand j'étais entrée en seconde et je l'avais crue disparue à tout jamais. Mais Jenny était revenue deux ans plus tard avec une moitié de diplôme dont elle n'aurait jamais besoin et un étudiant formé à prendre la suite de beau-papa dans sa concession de bateaux. Ils n'auraient impressionné personne dans une grande ville, mais ici, les Logan représentaient l'aristocratie. Un statut qui n'était pas difficile à obtenir. La plupart du temps, un boulot digne de ce nom et une maison non transportable suffisaient.

— Ouais, répondis-je.

Je ne supportais pas que les gens fassent comme si je devais être reconnaissante envers Izzy d'être amie avec ma fille, et envers ses parents de l'accueillir chez eux. Ils ne me demandaient jamais ce que moi, j'en pensais, et ils auraient été surpris de découvrir que je n'éprouvais aucune gratitude et que j'aurais mis le holà à leur amitié depuis longtemps si j'avais trouvé un moyen de le faire sans briser le cœur de Junie. J'en voulais à Jenny de téléphoner pour arranger les rencontres de nos filles en présumant toujours, alors que je ne cessais de lui rappeler le contraire, que mon emploi du temps était flexible à l'infini. Au volant de ma Honda vétuste, la vitre arrière rafistolée avec du carton et du chatterton, je détournais les yeux quand Zach, le père d'Izzy, me saluait pour la forme depuis le seuil de leur maison. J'attendais – et espérais – que leur amitié s'étiole, qu'une dispute idiote les fâche à tout jamais. Mais elles se fréquentaient depuis des années et jusqu'à maintenant, leur lien n'avait fait que se renforcer. Ce qui était loin de me plaire. J'avais horreur de penser aux conséquences que ça pourrait avoir.

Je lâchai le chiffon sur le comptoir et pressai mes mains dans le creux de mes reins. J'étais trop jeune pour me sentir aussi mal foutue en fin de journée, les jambes douloureuses et le dos en compote. On aurait pu s'attendre à ce que la neige ralentisse un peu la fréquentation du *diner* mais ici, le temps était le sujet de conversation préféré, juste après la politique. Il y avait eu un monde fou toute la journée et la salle venait seulement de se vider comme les gens repartaient dîner chez eux. Il ne restait plus une part de gâteau et je n'osais pas compter le nombre de tasses de café que j'avais remplies au cours des huit dernières heures. Beaucoup de blabla, peu de pourboires. L'un de ces jours que j'aime le moins.

— Tiens, on dirait ton frère, me lança Louise. J'espère qu'il vient pas pour une tarte aux pommes, ça serait pas de bol.

Je me redressai, regardai Cal se garer devant la porte dans un dérapage. Même après toutes ces années, la vue de mon frère au volant d'une voiture de police ne cessait de me surprendre. On avait passé notre enfance à échapper aux flics, à guetter leur arrivée pour obtenir un dollar des dealers qui écoulaient leur marchandise sur la table défoncée de notre mère. Cette profession n'avait donc pas figuré en tête de liste de ses options professionnelles. Mais il m'avait étonnée. Une première fois quand il était devenu policier, une seconde quand il avait prouvé qu'il faisait bien son boulot. Il avait la réputation d'être dur, mais toujours juste. On ne pouvait pas en dire autant de son patron et de sa bande d'adjoints tire-au-flanc. Une fois, après avoir passé la nuit en taule pour ivresse publique, Thomas m'avait dit que Cal « s'était très bien comporté, même quand il lui avait passé les menottes ». On entendait rarement de tels éloges de la police, chez nous.

— Il travaille pas en ville le samedi, normalement, remarquai-je.

Les flics devaient couvrir un territoire de plus en plus étendu ; ils patrouillaient non seulement dans Barren Springs mais aussi dans de multiples petites villes environnantes et les routes presque désertes qui les séparaient.

— Il a peut-être besoin d'un café, dit Louise. Je suis sûre qu'il a eu une journée difficile.

Elle se fit bouffer les cheveux d'une main. Elle avait largement l'âge d'être sa mère, mais elle devenait ridicule en sa présence, autant soucieuse de le materner que de flirter avec lui.

— Peut-être, répondis-je, mais mon ventre se contracta en voyant Cal s'extirper du siège de sa voiture.

Il ferma la portière et resta planté là, tête baissée, la lumière jouant dans ses cheveux blond cendré. Il finit par se redresser et carrer les épaules. Il essaie de se donner du courage, pensai-je, et le nœud qui me triturait le ventre se resserra encore. Ces sirènes… je m'étais convaincue qu'elles n'avaient rien à voir avec Junie, trop petite pour conduire et trop grande pour traîner sur un terrain de jeux. Je saisis le chiffon, détournai le regard de la vitre et me remis à récurer le Formica craquelé du comptoir. Je ne levai même pas les yeux en entendant sonner la clochette au-dessus de la porte.

— Salut, Cal, l'accueillit Louise d'une voix aiguë de petite fille. Tu veux…

Du coin de l'œil, je vis mon frère lever la main pour l'interrompre.

— Eve, fit-il doucement en s'approchant de moi.

Ses chaussures de flic claquaient bruyamment sur le vieux revêtement en linoléum.

Je continuai à récurer sans lever les yeux. Quelle que soit la raison de sa présence ou de ce qui m'avait tiraillée toute la journée, rien ne serait réel, rien ne serait *arrivé* si je pouvais l'empêcher de le dire.

— Eve.

Je voyais désormais la boucle de son ceinturon pressée contre le comptoir. Il tendit la main, la posa sur la mienne.

— Evie…

Je me dégageai brusquement, fis un pas en arrière.

— Non.

J'avais l'intention de parler avec assez de force et d'autorité pour l'empêcher de poursuivre, mais ma voix tremblota et se brisa, le « non » se réduisit à néant.

— Regarde-moi, reprit Cal, avec douceur mais fermeté, de sa voix de grand frère.

Je levai lentement la tête, rechignant à le voir, à savoir. Il avait les yeux rouges et gonflés. Je compris qu'il avait pleuré et ressentis une petite décharge électrique. Je ne l'avais jamais vu pleurer, pas une seule fois de toute notre enfance merdique. Je fixai ses yeux d'un bleu étincelant qui ne cillèrent pas. Comme toujours, j'avais l'impression de regarder dans une glace qui me renvoyait un reflet plus net, mieux défini. Mêmes cheveux, mêmes yeux, même tâches de son, mais avec chez lui un éclat qui me faisait défaut. Comme si la nature avait projeté toute sa force génétique sur mon frère et que, lorsque j'étais venue au monde, onze mois plus tard, il restait seulement de quoi créer une pâle réplique, un produit de qualité inférieure.

— Quoi ? dis-je, soudain prête à affronter l'enfer qui m'attendait derrière ses lèvres, quel qu'il soit.

Comme il ne me répondait pas, je fis claquer le chiffon contre son torse, ce qui dessina une tache humide sur sa chemise.

— Quoi ?

Je criais presque. Louise vint à mes côtés et posa une main sur mon avant-bras. Son contact, qui m'apportait d'ordinaire ce qui se rapprochait le plus d'un réconfort maternel, me transperça la peau et je me dégageai violemment, mon corps entier grésillant comme un câble électrique tombé à terre.

— C'est Junie, finit par répondre Cal. C'est Junie, répéta-t-il, mais sa voix s'étrangla et il détourna les yeux en se raclant la gorge. Faut que tu viennes avec moi.

J'étais clouée sur place, mes pieds s'enfonçaient dans le sol, mon corps était lourd, comme du plomb.

— Elle est morte ?

À côté de moi, Louise ravala son souffle. Je compris alors que j'étais allée trop loin. J'avais tiré une conclusion hâtive que Louise n'aurait jamais osé établir. Il fallait dire qu'elle n'avait pas évolué dans le même milieu que moi. D'accord, elle n'avait pas eu de fric. Et elle avait grandi avec des bons alimentaires et le fromage donné par l'État, d'accord. Mais elle n'avait pas connu la violence. Elle n'avait pas habité dans un mobile home qui puait les inconnus et les accros au crystal meth[1]. Pas de visages étranges et de rires forcés, souvent malsains et cruels. Le tout niché sous les aisselles des Ozarks, à seulement vingt-cinq bornes de la ville, mais dans un lieu si paumé et isolé du reste du monde qu'il semblait piégé dans une bulle hors du temps.

En revanche, Cal avait connu cela. Il soutint mon regard. Mon frère ne mentait jamais, pas à moi. La suite serait la vérité, que je puisse ou non la tolérer.

— Oui, finit-il par confirmer. Elle est morte. Je suis désolé, Evie.

— Comment ? m'entendis-je dire d'une voix lointaine, comme échappée d'un ballon d'hélium planant au-dessus de ma tête.

La mâchoire de Cal se crispa et il inspira par le nez.

— Apparemment, elle a été assassinée.

Plus tard, en apprenant tous les détails sordides, je me souviendrais de cet instant et je comprendrais à quel point mon frère avait alors essayé de m'épargner.

Dans mon esprit, je m'effondrai, la bouche déformée par un hurlement. Je hurlai à m'en brûler la gorge. M'arrachai les cheveux. Me jetai tête la première sur le lino, me cassant le nez, déversant un flot de sang. Mais en réalité, je me retournai simplement,

---

1. Le crystal meth est l'une des nombreuses appellations de la méthamphétamine en cristaux. *(Toutes les notes sont de la traductrice.)*

ôtai mon manteau et mon sac de la patère derrière moi, apercevant au passage le visage choqué de Thomas, sa bouche bée et ses yeux écarquillés. J'évitai la main tendue de Louise et contournai les bras ouverts de mon frère. Je sortis dans l'air froid qui sentait la neige, plissai les yeux face au soleil couchant qui perçait les nuages. Ç'avait fini par arriver. Ce désastre que j'anticipais depuis la seconde où Junie était née. Et je ne l'avais jamais vu venir.

2

« Le danger vient toujours de là où on ne l'attend pas. C'est un truc sournois, qui se faufile derrière toi quand tu ne fais pas attention, et qui te flanque par terre. » Combien de fois maman m'avait-elle dit ça quand j'étais petite ? Un précieux soupçon de clairvoyance tandis qu'elle carburait à l'alcool et à la drogue. Elle tenait cette leçon de son propre père, dont le palpitant battait la breloque et qui frôlait la mort à chaque hoquet ou quinte de toux. Jusqu'à ce qu'un cancer de l'estomac venu de nulle part l'attaque insidieusement et le rétame avant que son cœur ait pu comprendre ce qui lui arrivait. Quand j'étais enfant, ma mère dispensait si rarement sa sagesse que je m'étais accrochée à cette pépite comme à une planche de salut. J'avais passé ma vie à anticiper toute catastrophe potentielle dans l'espoir de ne jamais être prise au dépourvu. Depuis la naissance de ma fille, j'avais envisagé des millions de cas de figure où mon amour forcené pour elle risquait de dérailler : mort subite du nourrisson ou étouffement avec un hot dog quand Junie était bébé ; accident de voiture ou leucémie infantile quand elle était enfant ; un mauvais garçon ou le goût de sa grand-mère pour les drogues, transmis en sautant une génération, dans sa préadolescence. Mais qu'elle se fasse trancher la gorge dans le parc où elle jouait quand elle était petite ? Non, ça, c'était un scénario d'épouvante que je n'avais jamais considéré. Pas dans cette petite ville de cambrousse où, si l'on ne connaissait pas quelqu'un, on connaissait au moins sa famille, son milieu, ses origines. Tout cela était ma faute, en vérité. Car si j'avais eu un peu plus d'imagination, si j'avais réussi à voler cette idée avant que l'univers ne s'en empare, peut-être que ma fille serait encore en vie.

— Où est-elle ? demandai-je, la tête appuyée contre la vitre du passager.

Dehors, le jour s'estompait rapidement, seule une traînée orange se consumait derrière les nuages. Les bâtiments s'enchaînaient et se confondaient tandis que nous cahotions sur la rue à double sens qui marquait le centre-ville : la supérette avec sa pyramide bancale de papier-toilette en vitrine, la banque en brique qui avait un jour été blanchie à la chaux mais était maintenant d'un gris crasseux, la gargote de sandwichs où seuls mangeaient les candidats à l'intoxication alimentaire. Comment avais-je fait pour rester ici, dans ce coin oublié, ce bourbier sans issue qui ne pouvait même pas s'enorgueillir d'un charme suranné ? Pas de place centrale pittoresque, aucun trottoir sur lequel flâner les jours de printemps, nulle trace de boutique vintage proposant des trésors artisanaux… Juste un assortiment aléatoire de bâtiments déglingués, éparpillés en bordure de route, et une saleté uniforme de tout et de tous. Pourquoi n'étais-je pas partie, Junie sous le bras ? Qu'est-ce que j'avais attendu ? Un mélange de vomi et de larmes me remonta dans la gorge, mais je ravalai le tout. Pas maintenant, me dis-je. Plus tard.

— Elle est aux pompes funèbres, répondit Cal, les yeux sur la route, les mains crispées sur le volant à s'en faire blanchir les jointures.

Il marqua une pause, puis ajouta sans détour, comme il l'avait toujours fait :

— En attendant la visite du médecin légiste. Elles y sont toutes les deux.

Il m'avait déjà appris qu'Izzy était morte, elle aussi, et j'essayais d'assimiler les faits. Comment deux filles de douze ans pouvaient-elles vivre et rire ce matin, et ne plus respirer quelques heures plus tard ? C'était un cliché de dire qu'elles avaient la vie entière devant elles, mais c'était aussi la vérité. Je ne comprenais pas comment ma fille, dont la présence illuminait tout, dont l'existence rendait la mienne supportable, pouvait être morte. Le monde n'aurait-il pas dû cesser de tourner à l'instant où elle l'avait quitté ?

Cal s'arrêta juste devant les pompes funèbres, sur l'emplacement réservé au corbillard. L'entrée était encadrée de fausses colonnes qui visaient à donner un air distingué au bâtiment et à masquer sa construction foireuse en moellons sur un terrain au goudron craquelé. Pas l'endroit rêvé pour un dernier adieu. Cal coupa le moteur et le silence devint pesant. Il se tourna vers moi, le visage blême et lugubre.

— T'es capable d'y aller ? me demanda-t-il. T'es pas obligée, tu sais. Pas tout de suite.

Mais je m'extirpais déjà du siège.

— Je peux le faire, lui répondis-je par-dessus mon épaule.

En vérité, je n'en étais pas si sûre. Mais je ne voyais pas d'autre choix que d'aller de l'avant. Rester assise me tuerait, car la réalité en profiterait pour se glisser jusqu'à moi et plonger ses crocs en moi, jusqu'à la moelle. Je refusais d'envisager ma vie sans Junie, ne serait-ce qu'une seconde. Elle serait tellement vide à partir de maintenant. Elle ne rimerait plus à rien.

L'adjoint de police nous attendait à la porte, le chapeau à la main, couvrant son ventre à bière. John Miller, que j'avais connu ma vie entière, qui me laissait monter au chaud dans sa voiture de patrouille pendant que les flics fouillaient le mobile home de ma mère en quête de crystal meth. Réglés comme une horloge, ils faisaient une descente par an et repartaient toujours bredouilles. Maman avait beau être inculte, elle était à des lieues d'être stupide. Mais aujourd'hui, Miller agissait comme s'il ne m'avait jamais vue. Il glissa un « sincèrement désolé » à voix basse et laissa son regard dériver par-dessus mon épaule. Je sentis Cal se raidir, mais c'était loin de me déranger. Moi non plus, je n'avais pas envie de croiser le regard de Miller, d'y voir sa pitié horrifiée. Mieux valait continuer à prétendre qu'il s'agissait d'un cauchemar particulièrement lucide dont j'allais me réveiller pour le raconter à Junie, blottie contre elle sur son lit étroit. Je l'étoufferais dans mes bras, elle se libérerait en se tortillant et me dirait de ne pas m'inquiéter.

— Le shérif vous attend dans la salle de recueillement, à l'arrière, annonça Miller en donnant une tape sur le dos de Cal.

Je trébuchai à peine, si peu que personne d'autre ne s'en serait rendu compte, mais Cal m'agrippa le coude.

— C'est bon, murmura-t-il. On est tous du même côté, maintenant.

Le shérif Land et moi ne serions jamais du même côté, pas même si nous vivions des milliers d'années. Mais je ne pouvais pas le dire à Cal. Je ne pourrais jamais le regarder dans les yeux et lui expliquer pourquoi. S'il savait ce que j'avais fait, il ne me le pardonnerait jamais. Pire encore, il ne se le pardonnerait jamais. J'acquiesçai et le suivis vers une porte au fond du hall. Cal hésita, la main sur la poignée, ma dernière chance de renoncer, puis il ouvrit la porte quand je lui fis signe de continuer. Il s'écarta pour me laisser entrer en premier. La pièce était exiguë, surchauffée et surpeuplée, même s'il n'y avait que trois personnes à l'intérieur : le shérif Land et les parents d'Izzy, Jenny et Zach. Je ne sais pas pourquoi leur présence me surprit. Peut-être parce que je pris conscience que nous allions désormais former un clan uni, quoique inégal. Les parents des filles assassinées. Dans le même panier à tout jamais. Pitoyables sujets de mises en garde.

— Entre, dit le shérif en faisant frémir sa moustache grise surdimensionnée.

Il avait les cheveux coiffés en arrière pour couvrir une calvitie naissante qui devait l'horripiler. Je fus prise de crampes à l'estomac et détournai les yeux.

— Assieds-toi. Je regrette de te voir ici, ajouta-t-il un poil trop tard, comme s'il venait juste de se rappeler pourquoi j'étais là, comme si le fait que ma fille avait elle aussi été assassinée lui était sorti de l'esprit.

Je me laissai glisser sur le siège vide à côté de Zach, qui m'adressa un bref regard, les yeux écarquillés et ahuris. Son doux charme paternel s'était transformé en quelque chose d'épouvantable, et je me suis demandé si j'étais métamorphosée de la sorte. Si je parviendrais à me reconnaître la prochaine fois que je me regarderais dans la glace. Il avait la chemise boutonnée et le pantalon beige que j'avais l'habitude de lui voir, les mêmes dents bien alignées et les mêmes tempes prématurément grisonnantes, mais son visage semblait hanté, le fantôme de sa fille absente gravé dans ses traits. Assise de l'autre côté de lui, Jenny sanglotait sans relâche. Je ne voyais que le sommet de ses cheveux bruns et lisses, elle étouffait ses pleurs dans une poignée de Kleenex trempés. Si je me fiais au regard que le shérif Land posait sur elle, Jenny jouait son rôle de mère éplorée à la perfection. Contrairement à moi, qui n'arrivais pas encore à trouver les larmes, mais qui les sentais, refoulées et hurlantes, tout près de mes yeux.

Le shérif s'assit en face de nous, écarta un bouquet poussiéreux de fleurs artificielles posé sur la table pour avoir une vue dégagée. Cal s'adossa au mur, les bras croisés.

— Bien, alors, commença le shérif, je sais que c'est difficile. Et je préférerais vous laisser en paix à un moment pareil, mais plus on en saura et plus tôt on le saura, plus on aura de chances d'attraper ce type.

— Vous savez que c'est un type ? demandai-je, les doigts noués.

Il réfléchit.

— Nous n'avons aucune certitude à ce stade. Mais dans ce genre de crime, et étant donné la manière dont elles ont été tuées… poursuivit-il en hochant la tête, ça m'étonnerait que ce soit une femme, voilà tout.

C'était la chose la plus idiote que j'aie jamais entendue. Les femmes sévissaient peut-être moins souvent que les hommes, mais elles étaient capables de tout et pouvaient se montrer aussi atroces et cruelles qu'eux. Je connaissais d'expérience la violence qui habitait certaines d'entre elles.

— Elles ont été violées ? C'est pour ça que vous êtes sûr qu'il s'agit d'un homme ?

Les traits du visage de Land se tendirent. Il n'appréciait pas que je parle, que j'interrompe la procédure qu'il avait planifiée. Le shérif adorait contrôler la situation, il adorait manipuler son monde. De l'autre côté de Zach, Jenny inspira puis laissa échapper un petit râle. Zach lui tapota le bras et m'avertit d'un regard qui me surprit.

— Quoi ? dis-je. Je ne suis pas censée poser ce genre de question ? Y a peut-être des *règles* que j'ignore dans cette situation ?

La colère bouillonnait en moi, une colère que j'avais savamment maîtrisée depuis des années car je ne voulais donner à personne une raison de mépriser ma fille. Mais ça n'avait plus aucune importance. Peu importait que je fasse la maligne, que je me batte ou que je déconne complètement. Junie était partie : je pouvais me lâcher. Et pas de meilleur endroit que celui où je me trouvais à cet instant.

Land s'éclaircit la gorge et jeta un coup d'œil à Cal.

— Non, répondit mon frère depuis le mur, en soutenant mon regard. Pas de règles. On n'aura aucune certitude avant l'arrivée du légiste. Mais d'après les éléments dont on dispose, elles ne semblent pas avoir été violées. Leurs vêtements étaient intacts.

J'acquiesçai, regardai Land et attendis qu'il poursuive.

— Les filles ont-elles parlé de quelqu'un de nouveau dernièrement ? Quelqu'un qu'elles auraient rencontré ? Un changement dans leur routine ? Dans leur comportement ? Avez-vous remarqué quoi que ce soit ?

Je fis défiler les dernières semaines, écumai ma mémoire, mais ne trouvai rien.

— Je ne vois rien, dis-je enfin. Junie semblait tout à fait normale.

— Izzy allait bien aussi, ajouta Zach d'une voix étranglée. Pour autant que je sache.

Nous nous tournâmes tous vers Jenny, qui confirma.

— Je ne comprends pas, dit-elle à travers ses mouchoirs. C'était un étranger, non ? Je veux dire, quelqu'un qui venait d'ailleurs ? Personne ne ferait une chose pareille, *ici*.

C'est l'ambassadrice officieuse de Barren Springs qui parle, pensai-je. Défendant envers et contre tout la réputation d'une ville qui ne la mérite pas.

— Eh bien, dit le shérif, il y a peu de touristes et d'étrangers à cette époque de l'année. Nous ne présumons rien, mais nous ne devons pas écarter la population locale pour autant.

En vérité, il y avait peu de touristes ou d'étrangers en ville à n'importe quelle époque de l'année, à l'exception de ceux qui s'arrêtaient pour faire le plein d'essence, en route vers une vie meilleure. Généralement au bord des lacs qui attiraient les gens dans notre coin du monde. Et je doutais sérieusement que de telles personnes sachent trouver le parc abandonné de la ville, ou aient l'idée de s'y rendre au beau milieu d'une tempête de neige. Land n'était peut-être pas prêt à présumer quoi que soit, mais moi si, carrément. Ma fille et Izzy avaient été tuées par quelqu'un d'ici, qu'elles avaient sans doute reconnu. Je fus tenaillée par une douleur profonde, incapable de déterminer si le fait que Junie ait connu la personne qui lui avait ôté la vie avait adouci ou empiré ses derniers instants sur terre.

— D'accord, fit Land en reculant dans sa chaise, les mains jointes sur la table. Parlons de gens qui auraient rôdé autour des filles. Vous avez remarqué des voitures près de chez vous ? Quelqu'un qui leur rendait visite quand vous n'étiez pas là ? interrogea-t-il en posant alternativement son regard sur moi, sur Zach, puis sur Jenny. Rien de tout ça ?

— Cette ville compte moins d'un millier d'habitants, fis-je remarquer. Je vois sans arrêt les mêmes personnes.

Je montrai les parents d'Izzy d'un geste de la main.

— Eux aussi, sans doute.

Je savais que mon attitude n'était pas productive, qu'elle n'aidait en rien la chasse à l'assassin. Mais j'étais incapable de prétendre que Land et moi n'étions pas des adversaires. Nos rôles étaient gravés dans le marbre depuis trop longtemps.

Le shérif soupira.

— Très bien. Parlons de Jimmy Ray. Tu l'as vu dernièrement ?

Je fixai Land qui soutint mon regard.

— Non, dis-je calmement. Je ne l'ai pas vu.

J'attendis, puis ajoutai :

— Et vous ?

Land fronça les sourcils.

— Bon, écoute…

— Qui est ce Jimmy Ray ? demanda Zach. Qu'est-ce qu'il a à voir là-dedans ?

Cette question, plus que tout ce qu'il aurait pu dire d'autre, confirmait que Zach était un étranger parmi nous. En dépit du fait qu'il vivait à Barren Springs depuis plus d'une décennie, qu'il était pompier bénévole ou qu'il avait épousé Jenny Sable. Un natif d'ici, s'il était intégré à la ville, connaissait tout le monde. C'était aussi simple que ça.

— C'est juste un *loser* local, lui répondit Jenny d'une voix nasale. Jimmy Ray Fulton. Tu le reconnaîtrais si tu le voyais. Il conduit le pick-up qui fait du boucan et dont tu te plains toujours.

— Jimmy Ray est son ex, compléta Land en me montrant du pouce sans daigner me regarder. Il trempe dans le trafic de crystal meth avec sa mère.

— Ex-petit ami, pas ex-mari, précisa Cal comme si cette distinction avait la moindre importance aux yeux des Logan.

— De crystal meth ? demanda Zach comme s'il entendait ces mots pour la première fois. De la méthamphétamine ?

Il parcourut la pièce des yeux en quête d'une réponse.

— Oui, dis-je. Du crystal meth, tu sais, le petit business artisanal qui se pratique dans nos contrées. Qui se pratiquait, en tout cas. J'ai entendu dire que Jimmy Ray a diversifié ses activités et s'est lancé dans le trafic d'héroïne. Y a pas mieux pour se faire un paquet de fric. Vous devez être au courant, shérif, non ?

Je me tournai vers Land. Du coin de l'œil, je vis que Cal m'observait et j'imaginai l'expression de son visage. *D'où sort cette grande gueule ? Où s'était-elle cachée pendant toutes ces années ? Je la croyais disparue pour de bon.* En tout cas, moi, j'étais soulagée qu'elle soit réapparue. En mode « maman de Junie », je ne réussirais jamais à surmonter ce cauchemar. Mais peut-être que l'ancienne Eve Taggert, la dure à cuire, avait une chance de survivre.

— Je ne comprends pas, dit Jenny, ses yeux passant de moi à Land. Vous pensez que le père de Junie est impliqué dans cette affaire ?

Je remarquai son intonation accusatrice et, en dessous, son absence totale de surprise. Elle ne connaissait personne qui aurait voulu tuer Izzy : un animal capable de trancher la gorge d'une gamine ne faisait pas partie de l'existence propre et rangée des Logan. Ça venait donc de Junie. Junie était à l'origine du malheur de leur fille, pas l'inverse. Le pire, c'était que je pensais que Jenny avait sans doute raison.

— Jimmy Ray n'est pas le père de Junie, dis-je sèchement. Il n'a rien à voir là-dedans. Même un homme comme lui a des principes.

Pour être honnête, j'avais quelques doutes sur l'existence de ces derniers, mais j'avais besoin de croire qu'il était incapable d'un tel acte.

Personne ne parla pendant un moment ; le grésillement des néons me perçait le crâne comme un marteau-piqueur.

— Parlons du vrai père de Junie dans ce cas, finit par proposer Land. Qu'est-ce que tu peux nous dire ? Est-ce qu'il pourrait être impliqué ?

— Non, répondis-je sans développer.

— Il habite dans le coin ? insista le shérif.

Je soupirai, sachant pertinemment qu'il posait la question pour les Logan. Land connaissait déjà mon statut éprouvé de mère célibataire.

— Non. C'était une aventure sans lendemain. Il passait en ville. Un coup d'un soir, quoi.

À côté de moi, Zach se raidit et je savourai la sensation facile de l'avoir choqué.

— Tu ne l'as jamais revu ? demanda le shérif.

Les souvenirs de cette unique rencontre me traversèrent l'esprit : cheveux bruns ébouriffés, rêves de grande ville, juste mélange de douceur et de violence, mon dos écorché contre le rebord du comptoir dans le *diner*, sa main sur ma joue avant qu'il prenne la route. Je refoulai les souvenirs.

— Je n'ai pas posé les yeux sur lui depuis ce soir-là.

Land acquiesça et regarda son calepin, mais avant, il ne rata pas l'occasion de m'adresser un regard satisfait. S'il espérait m'humilier, il pouvait repasser. *C'est fait depuis longtemps*, me souffla une voix intérieure, me forçant à détourner les yeux.

— Pouvez-vous revenir sur le déroulement de la matinée ? demanda-t-il en se tournant vers Jenny. À quelle heure les filles ont-elles quitté votre maison ?

Elle joignit les mains et les tordit, prit une respiration hésitante.

— Euh… Junie avait prévu de rentrer chez elle après déjeuner. En début d'après-midi, répondit-elle en me jetant un regard. Je leur ai préparé des sandwichs grillés au fromage et de la soupe de tomate vers treize heures, puis Junie a rassemblé ses affaires. J'avais l'intention de la ramener en voiture, mais Izzy m'a suppliée de la laisser la raccompagner à pied. Elles voulaient jouer dans la neige.

Elle essuya sa joue humide d'une main.

— Elles n'avaient que douze ans, murmura-t-elle. Elles voulaient juste jouer dans la neige.

Zach passa un bras sur ses épaules et elle posa la tête contre lui. Elle poursuivit d'une voix légèrement essoufflée.

— Izzy devait m'appeler à leur arrivée chez Junie pour que j'aille la chercher. Au lieu de ça, c'est la police qui est venue à la maison.

— Le parc n'est pas sur la route pour aller chez Eve, fit remarquer Cal.

— Non, dit Jenny. Pas du tout. Je ne sais pas ce qu'elles faisaient là-bas.

Parler de parc était franchement exagéré. Deux balançoires, un tunnel en ciment fissuré, habituellement plein de feuilles mortes et de crottes de chat, un vieux tape-cul en bois hérissé d'échardes. L'école élémentaire voisine avait été rasée avant que je naisse et il ne restait plus que son terrain de jeux abandonné, délimité par une chaîne rouillée. Junie et moi y allions à peu près une fois par an et je me promettais toujours que c'était la dernière. Il n'avait de parc que le nom et on en repartait déprimé plutôt qu'insouciant, mais si vous vouliez pousser votre enfant sur une balançoire à Barren Springs, il était votre seule option.

Land pointa un doigt sur moi.

— Tu as travaillé toute la journée au *diner* ?

— Huit heures trente à cinq heures.

— Et vous Zach, vous étiez au travail aujourd'hui ?

— Oui, je suis parti vers huit heures ce matin, j'ai passé toute la journée à la concession. J'y étais encore quand vous êtes arrivés chez moi.

— Pas de pause repas ni rien ? demanda Land, les yeux sur son carnet.

Zach marqua un temps, puis un soubresaut secoua son bras quand il comprit ce qui se passait.

— Vous pensez que l'un d'entre *nous* peut avoir fait ça ?

Le shérif haussa les épaules et leva les mains.

— Bien sûr que non. Mais je dois procéder par élimination et tout vérifier. Les enquêtes, ça marche comme ça.

J'observai Zach à la dérobée, vit le muscle de sa mâchoire tressaillir.

— J'ai pris une pause de vingt minutes pour déjeuner. Il était tard, vers deux heures. Je suis allé acheter un sandwich à côté du boulot.

Il était hors de cause, si tant était qu'il dise la vérité. La concession de bateaux était à une bonne demi-heure de route, dans la ville voisine. Une ville qui, en dépit de sa taille modeste, comptait un magasin discount, un McDonald et une vraie bibliothèque. Impossible que Zach ait pu faire le trajet, tuer deux filles et revenir en vingt minutes. Pas que j'aie vraiment cru en sa culpabilité. Mais bon, je préférais pouvoir rayer son nom de ma liste mentale.

— Et vous ? demanda Land en s'adressant à Jenny.

— Je suis restée à la maison toute la journée.

Elle ne semblait pas comprendre pourquoi il lui posait la question. Il ne pouvait tout de même pas penser que c'était *elle* qui avait commis ce crime atroce.

— Vous n'êtes allée nulle part après le départ des filles ?

— Non.

Je me penchai devant Zach pour la voir et lui dis :

— J'ai essayé de t'appeler vers trois heures. Tu n'as pas répondu.

Jenny cligna des yeux. Ils étaient grands, marron et légèrement protubérants, ils la faisaient ressembler à une innocente créature des bois.

— Je… j'étais à la maison. Peut-être dans la buanderie ? Le séchoir est très bruyant.

Elle regarda Zach, puis de nouveau moi.

— Pourquoi as-tu appelé ? interrogea Land.

— Pour prendre des nouvelles de Junie. Elle n'a pas…

Je marquai une pause pour reprendre mon souffle.

— Elle n'a pas de portable. Je voulais m'assurer qu'elle serait rentrée à cinq heures.

— Tu as laissé un message ? demanda Zach d'une voix dure, comme si c'était moi qui avais quelque chose à cacher.

— Non. J'avais l'intention de rappeler plus tard, mais je n'ai pas eu une minute à moi.

— Et Izzy ? demanda Land. Elle a un portable, elle ?

— Oui, répondit Zach. C'est mon ancien iPhone. Modèle 5 ou 6.

— Un 6S, précisa Jenny. Il est noir, le coin de l'écran est fêlé. Un étui rose à paillettes. Vous l'avez trouvé ?

Land ne répondit pas, il gribouillait sur son carnet.

Jenny recula sa chaise, les pieds s'accrochèrent dans la moquette rugueuse et elle bascula en avant en tentant de se lever. Elle posa une main sur la table pour se stabiliser.

— Je dois rentrer chez moi, dit-elle. Je ne peux pas faire ça maintenant. S'il vous plaît. Je n'en peux plus.

Dès que les mots eurent franchi ses lèvres, le shérif se leva :

— Bien sûr, je comprends, on reparlera demain.

J'étais à peu près certaine que si c'était moi qui avais demandé à mettre fin à la conversation, Land aurait trouvé un moyen de me le refuser, en prétextant quelques questions supplémentaires, en assurant qu'on aurait bientôt terminé.

Je restai assise tandis que Jenny et Zach quittaient la pièce d'un pas lourd, sans que personne osât regarder personne. J'attendis qu'ils entrent dans le foyer, où Land leur serrait la main et réconfortait Jenny avec de petites tapes dans le dos, avant de me tourner vers Cal.

— On y va ? me demanda-t-il.

— Non. Je veux la voir.

3

— Non, répliqua Cal, rapide comme l'éclair. Fais-moi confiance, Evie, tu ne veux pas la voir.

— Si.

Il se décolla du mur et s'approcha de moi, les mains tendues.

— D'accord, mais dans ce cas, attends au moins… attends. Attends qu'elle ait été nettoyée. Pas maintenant.

— Maintenant. J'ai besoin de la voir, Cal. Il le faut absolument.

— C'est bien elle, si c'est ce qui te préoccupe, je l'ai vue. C'est Junie.

Je secouai la tête, ce n'était pas la question. Je ne doutais pas de la mort de Junie. Je sentais déjà un trou béant à la place qu'elle avait occupée. Mais j'avais besoin de la voir, d'être témoin de ce qui était arrivé à ma fille. Je ne pouvais pas continuer à vivre sans savoir, sans l'avoir vue de mes propres yeux. Junie avait enduré tant de choses. Endurer sa vue était le moins que je puisse faire pour elle.

— Laisse-moi y aller, Cal.

Il reconnut l'opiniâtreté qu'il avait entendue dans ma voix des centaines de fois et sut qu'il était vain de discuter.

— Je ne partirai pas d'ici avant de l'avoir vue.

Les corps étaient au sous-sol, dans la salle de préparation. Cal et Land me précédèrent dans l'escalier et l'odeur de formaldéhyde me prit à la gorge dès qu'ils ouvrirent la porte du couloir. Ça me rappelait le labo de biologie du lycée, les grenouilles visqueuses, disséquées et écorchées, dont les organes luisaient sous des lampes trop puissantes. Je vis trouble, inspirai à fond par le nez, puis soufflai lentement par la bouche.

— T'es sûre de toi ? me demanda Land en haussant les sourcils. Je te le déconseille. J'ai vu beaucoup de cadavres dans ma carrière et une fois que tu les as vus, c'est trop tard, l'image reste avec toi à tout jamais.

Je le regardai à peine.

— Je suis sûre.

— Toujours aussi têtue, marmonna-t-il dans sa barbe, mais il me fit signe d'avancer et de rejoindre Cal devant les portes battantes. Ne la touche pas, me prévint-il. Pas du tout. Je te surveillerai par la vitre pour m'en assurer.

— Tu veux que je vienne avec toi ? me demanda Cal, mais je refusai. D'accord, elle est sur la gauche, céda-t-il en posant une main dans mon dos. Je t'attends ici, je ne bouge pas.

Le battant de la porte claqua derrière moi. Je pris le temps d'observer le lino craquelé du sol, la rigole d'évacuation au centre, le chariot recouvert à la hâte d'un linge (sans doute pour m'épargner de voir les instruments qu'il contenait), les mêmes néons fluorescents que dans le hall. Puis deux tables funéraires se dessinèrent devant moi, l'une sur la gauche, l'autre à droite, les corps encore enveloppés dans des housses mortuaires noires. La fermeture de celle de gauche était ouverte.

Je fixai le bout des orteils de Junie qui dépassaient de la housse, en me demandant un instant si elle avait perdu ses chaussures en cours de route ou si on les lui avait enlevées ici. Les yeux fixés sur le bas de son corps, je m'approchai d'elle et laissai ma main suspendue au-dessus de son bras. Je sentis le froid émis par son corps. Ma fille, qui avait toujours chaud, même par un temps glacial.

— C'est pas juste, dis-je d'une voix basse et étouffée.

C'était une remarque idiote, une lamentation inutile. La vie n'est jamais juste. Je le savais mieux que personne. J'inspirai profondément et m'armai de courage pour forcer mon regard à remonter son corps, centimètre par centimètre. Finalement, c'était moins terrible que ce à quoi je m'attendais, car ce n'était pas vraiment ma fille, étendue là devant moi. Ma fille – celle qui adorait les pâtes et le jaune, qui était sujette aux maux de tête et trouvait ses jambes trop longues, qui riait bruyamment et détestait ses taches de rousseur – n'était plus là. Je me trouvais devant la carapace d'une fille que je reconnaissais à peine comme la mienne. Ses cheveux châtains englués de sang, le haut de son visage d'un blanc crayeux, l'horreur rouge en dessous. Le sang barbouillé sur son menton formait une croûte sur la joue gauche, son chemisier était trempé, noir. Sa gorge béante avait été tranchée d'une oreille à l'autre.

J'avais été la première personne à la tenir dans mes bras quand elle était venue au monde. J'avais entendu son premier mot, assisté à ses premiers pas, ses premières fièvres, ses caprices, ses béguins et ses déceptions. Mais j'avais raté son dernier souffle, ses dernières secondes sur terre. Je n'étais pas à ses côtés quand elle avait eu le plus besoin de moi. Toutes mes années d'efforts étaient réduites à néant car, en fin de compte, j'avais failli à mon enfant. Je me penchai et embrassai l'air au-dessus de son front intact. J'inspirai, espérant absorber ce qui restait d'elle, mais je ne sentis que le sang et la neige fraîche.

*

* *

Cal refusa de me laisser seule cette nuit-là. Il me suivit d'un pas lourd sur le trottoir défoncé, jusqu'à mon immeuble, alors que je l'assurais que j'allais bien (un mensonge si minable qu'il n'avait aucun sens), que je voulais être seule, et qu'il pouvait rentrer chez lui. La plupart des lumières extérieures de mon immeuble étaient grillées et mes nombreux appels au syndicat avaient seulement réussi à obtenir d'eux la vague promesse qu'ils viendraient vérifier. La seule lumière provenait donc du réverbère du parking, mais elle me suffit à repérer une assiette laissée sur mon paillasson. Les nouvelles se répandaient comme une traînée de poudre, ici. Elle contenait des biscuits en forme de cœur, recouverts d'un glaçage rose pâle. Plus appropriés pour célébrer la naissance d'une fille que son décès. Je shootai dans l'assiette et les biscuits atterrirent parmi les mégots, sur le ciment crasseux.

— Hé, fit Cal avant de se raviser et de se taire.

L'appartement était comme je l'avais laissé ce matin-là et en même temps complètement différent. Il avait toujours abrité une famille qui échappait à une pauvreté abjecte grâce à un entêtement forcené et à la générosité des autres. Les autres se résumant à Cal, qui faisait mes courses une fois sur deux et s'assurait qu'on ne nous coupe jamais l'électricité. Mais la déchéance des lieux me sembla nouvelle. Le canapé marron déglingué, la table de la salle à manger entaillée, les rideaux élimés et la peinture écaillée. L'appartement avait-il toujours été aussi délabré et terne ? Aussi vide ? Bien sûr que non, raisonnai-je, parce que Junie y habitait. Elle l'emplissait de ses bruits, de sa voix et de ses odeurs. Junie, qui n'y remettrait plus jamais les pieds.

Derrière moi, Cal émit un râle profond et guttural ; je me retournai, le cœur affolé. Il s'était laissé glisser par terre, adossé à la porte d'entrée, les mains tendues devant lui comme s'il tenait quelque chose d'invisible.

— Tu te souviens quand elle est née ? me demanda-t-il.

Il se couvrait les yeux et ne me vit pas acquiescer. Mais évidemment, j'eus envie de hurler. Comment pourrais-je l'oublier ? Je dus me rappeler qu'il souffrait, lui aussi. Malgré l'envie que j'avais de conserver la perte de Junie entre mes poings serrés, de me l'approprier en grinçant des dents, un tel égoïsme était injuste. Elle aimait Cal, et il l'aimait aussi. Il avait droit à son chagrin, mais je ne trouvais pas la force de me soucier de lui. Pas maintenant. Pas encore.

— Elle tenait là, dit-il en tendant ses paumes. Elle était tellement *minuscule*. J'avais vu des bébés avant, mais pas des comme elle. Pas aussi neufs, aussi microscopiques, aussi fragiles.

J'avais pensé la même chose la première fois que je l'avais tenue dans mes bras. J'avais eu envie de la rouler en boule et de l'avaler pour la garder au creux de mon ventre, où je pourrais la protéger. De l'absorber pour pouvoir me dresser entre elle et les ombres du monde. Peut-être que je savais déjà alors, ce qui l'attendait. Ou peut-être que je ne savais pas comment espérer. Dieu sait qu'on ne me l'avait jamais enseigné.

— Je lui ai dit que j'étais son oncle Cal et qu'elle était ma Junie, ma petite puce. Que je l'aimerais toujours et que je m'occuperais toujours d'elle.

Il s'arrêta et ravala un sanglot.

— Je lui ai promis que je la protégerais toujours.

— Tu t'es occupé d'elle, réussis-je à dire. Tu l'as protégée.

— Jusqu'à aujourd'hui, poursuivit-il, les bras ballants. Mais ce qui s'est passé aujourd'hui fait de moi un menteur.

Qu'avais-je à redire à cela ? Nous n'avions pas su la protéger, c'était évident. Son corps mutilé en était la preuve irréfutable.

— Tu vas trouver qui a fait ça ? Tu vas attraper le coupable ? demandai-je avant d'ajouter : Ou la coupable ?

Cal me regarda et je vis l'hésitation dans ses yeux brillants de larmes. Nous habitions dans une zone de fluctuations. Les habitants allaient et venaient à toute vitesse, comme des vairons dans une mare obscure. Il n'était pas rare de voir débarquer en ville quelqu'un que tout le monde croyait mort parce que personne ne l'avait vu depuis des lustres. Les gens du coin n'étaient pas faciles à localiser, sans parler de les attraper. La campagne environnante était parfaite pour se cacher, pleine de recoins et de vallées, d'endroits reculés que personne ne songeait à explorer. Un terrain idéal pour celui qui ne veut pas être trouvé. Mais Cal opina.

— Oui, bien sûr. Évidemment. On va le coincer.

Il s'engagea trop rapidement, trop facilement. Le genre de promesse facile à faire car elle est enfreinte avant même d'avoir été formulée.

C'était la toute première fois qu'il me mentait.

*

* *

Cal me réveilla dans la matinée, le soleil vif rayonnait derrière les rideaux pâlichons.

— Quelle heure est-il ? marmonnai-je en protégeant mes yeux irrités.

Je n'avais toujours pas pleuré, pas une larme, et mes paupières palpitaient. Mon visage était bouffi par le chagrin qu'il retenait, comme un ballon prêt à éclater.

— Presque huit heures, répondit-il en me tendant un mug de café que je refusai. J'ai appelé Thomas, je lui ai dit que t'irais pas travailler pendant un moment.

Je me dressai sur mes coudes.

— Je ne peux pas rater le boulot.

Il hocha la tête.

— Je t'aiderai si t'as besoin d'argent. Thomas aussi. Tu ne peux pas aller bosser, Evie. Allons, tu le sais bien.

Il avait raison, bien sûr. Imaginez l'ambiance de merde : qui a envie de manger des gâteaux et de papoter alors que la mère d'une gamine assassinée lui tourne autour, les yeux rouges et l'âme en lambeaux ?

— Bon, je dois y aller, moi, poursuivit Cal, mais je reviendrai ce soir.

Il hésita, détourna les yeux.

— Je peux te laisser seule ? demanda-t-il doucement. Je peux te faire confiance, tu ne feras pas de bêtise ?

— Tu veux savoir si j'ai l'intention de me foutre en l'air ? demandai-je d'une voix calme.

J'attendis qu'il me regarde, son visage déformé par l'inquiétude.

— Non. Je ne ferai pas de bêtise. Pas aujourd'hui.

C'est tout ce que je pouvais lui promettre. Une journée. Je n'étais pas en mesure de m'engager sur le jour suivant. J'avais renoncé aux promesses. J'en avais fait des milliers à Junie et pas une seule d'entre elles n'avait compté.

— D'accord, dit Cal en soupirant.

Il m'embrassa sur la joue et posa le mug sur ma table de chevet.

— J'ai laissé les draps sur le canapé. Je passerai la nuit prochaine ici. Je t'aime.

— Je t'aime aussi, répondis-je. Toujours.

Après son départ, je me suis enfouie sous les couvertures où j'ai respiré l'odeur de mon corps crasseux. J'ai fermé les yeux pour sombrer dans l'oubli. Un, deux, trois, néant.

*

* *

Les trois jours suivants, je ne sortis du lit que pour aller aux toilettes. Cal était la seule personne à qui j'adressai la parole, à l'exception d'un coup de fil rapide à l'entrepreneur des pompes funèbres. Crémation, urne funéraire toute simple, pas d'obsèques. Il avait hésité après cette dernière requête, s'était raclé la gorge. Il m'avait demandé de répéter. « Pas d'obsèques », avais-je répété, plus fort. Quand Cal revint à la maison un peu plus tard, je sus qu'ils en avaient parlé ensemble.

— J'ai appris que tu ne voulais pas de cérémonie, me lança-t-il.

Il plaça une assiette avec un sandwich grillé au fromage et une petite grappe de raisins sur la table de chevet. Il ramassa celle qui contenait le muffin à la myrtille, intact, qu'il m'avait laissée ce matin. Je ne comprenais pas pourquoi il s'acharnait à essayer de me nourrir.

— Je ne veux pas d'obsèques, confirmai-je.

Cal s'assit au bord de mon lit et glissa ses doigts dans mes cheveux gras et emmêlés.

— Evie, ma chérie, les funérailles permettront à tous de dire au revoir à Junie. De célébrer sa vie.

— Elle n'a pas eu de vie. Elle a vécu douze ans. C'est tout. Douze.

Le nombre était encore pire quand on le prononçait à voix haute. Douze étés, douze Noëls, douze voyages autour du Soleil. Ça ne représentait rien dans l'ordre des choses. Rien.

— Si, elle a eu une vie, répondit Cal. Elle a vécu.

Je repoussai sa main et me détournai.

— Je n'ai pas dit qu'il n'y aurait jamais de cérémonie. J'ai dit : pas maintenant.

— Qu'est-ce que tu attends ?

J'attendais de connaître le coupable. De pouvoir dire adieu à ma fille en sachant que la personne responsable de son meurtre ne court plus les rues, persuadée de s'en être sortie impunément.

— Je ne suis pas sûre. Mais quand l'heure viendra, je te ferai signe.

4

Le lendemain, j'attendis le départ de Cal pour sortir de mon cocon. J'avais les jambes affaiblies par des jours d'alitement, je puais la sueur et j'avais des cernes violacés alors que je n'avais fait que dormir. Je n'avais pas envie de bouger, mais je n'avais pas le luxe de me complaire dans le chagrin. Je pris une douche brûlante à en devenir rouge écrevisse et me frottai les cheveux à en faire hurler mon cuir chevelu.

C'était une journée lumineuse, ensoleillée. Elles l'avaient toutes été depuis la tempête de neige, comme si la nature essayait de se faire pardonner d'avoir merdé aussi magistralement. Je mis des lunettes de soleil car mes yeux s'insurgeaient contre la clarté, puis je montai dans ma voiture, que Thomas avait ramenée quelques jours plus tôt. Les mains posées sur le volant, je me revis apprendre à conduire, à quatorze ans : paumée, pas très sûre de comment tout ça marchait. Il semblait incompréhensible que j'aie pu rouler en ville une semaine plus tôt, que tout ait été normal, que Junie ait tripoté la radio à mes côtés, les pieds sur le tableau de bord, comme toujours, même si je lui avais demandé cent fois de ne pas le faire. En regardant attentivement, j'aurais pu deviner le contour de ses baskets sur le plastique.

Je m'effondrai et pressai le front sur le volant, assez fort pour y imprimer une marque. Assez fort pour repousser les souvenirs. J'avais besoin de maîtriser mes émotions. L'endroit où j'allais ne tolérait aucune faiblesse.

Le mobile home de ma mère n'était qu'à vingt-cinq kilomètres de chez moi, mais il fallait compter quarante minutes de trajet, dont les dix derniers kilomètres méritaient à peine le nom de route. Un chemin de terre et de graviers, rude et sans signalisation, que même Google n'avait pas cartographié. Le peu de courrier que ma mère recevait atterrissait dans une boîte postale en ville. Elle n'avait pas d'adresse à proprement parler. Personne n'en avait, là où j'avais grandi. Nous expliquions où nous habitions en termes de repères et de trajet parcouru : « Prends la première à droite au pick-up rouillé, continue plein sud sur deux kilomètres, tourne à gauche à la fourche, si tu vois un mobile home calciné, t'es allé trop loin. »

— Merde, merde, merde, murmurai-je en boucle tandis que ma voiture cahotait violemment sur le chemin défoncé.

Comme j'approchais du but, la tension me nouait les omoplates et plongeait ses serres au creux de mon cou. Un mal de tête me lancinait juste derrière les yeux. Sur la droite, je vis la caravane de Carl Swanson, complètement pourrie d'un côté, le trou rafistolé au chatterton avec des morceaux de bâche. Il y avait une nouvelle pancarte devant chez lui : un bout de contreplaqué avec *Lapins 2 $* barbouillé à la peinture noire. Bien que je n'en aie pas mangé depuis des années, le goût du gras de lapin me remonta à la gorge. Ici, on ne les vendait pas pour en faire de mignons animaux de compagnie, câlinés par les tout petits. On les vendait pour les manger : c'était une viande abondante et bon marché. Décortiqués en civet, les pattes bouillies sur la gazinière, une chair grise filandreuse qu'on flanquait dans une assiette de riz collant.

Je jetai un coup d'œil sur la gauche, dans le gouffre où s'étendait une vallée d'un vert vif parsemée de bois anciens et traversée par l'éclat argenté des méandres du fleuve. Je l'avais vue des milliers de fois – dans son dépouillement hivernal ou dans sa luxuriance estivale –, mais le spectacle n'avait pas pris une ride : le genre de beauté immaculée qui soudait les gens à cette région du monde. Une nature qui semblait encore vierge et pure. C'était précisément cette vallée, disait-on, qui avait donné son nom à notre ville de Barren Springs : « la source de l'infertilité ». D'après la légende, quand les premiers colons étaient arrivés, ils n'avaient trouvé qu'un ruisselet presque tari et quelques arbres morts. Une terre si dure et rocailleuse que seules les mauvaises herbes y prenaient racine. Mais les colons étaient épuisés, à court de provisions et de choix. Ils étaient donc restés. Et ils avaient prié. Ils avaient supplié le Seigneur de les bénir comme bon Lui semblait, tout en Lui soufflant que de l'eau, du gibier en abondance et de meilleures terres seraient un bon début. Ils s'étaient frappé la poitrine, avaient pleuré, s'étaient livrés à la merci de Dieu… et s'étaient réveillés le lendemain au beau milieu de toute cette verdure. Les rivières et ruisseaux coulaient à flots, les forêts regorgeaient d'animaux, la terre était toujours aussi pourrie mais, faute de grives, on mange des merles. Deux souhaits exaucés sur trois, ce n'était pas si mal. Ils avaient décidé de nommer le lieu Barren Springs pour se rappeler que la chance pouvait facilement tourner, et que Dieu répondait à nos prières quand on avait vraiment la foi. Depuis cette époque, la plupart des habitants n'avaient cessé de prier Dieu, avec des résultats de moins en moins convaincants, à mes yeux. Ma mère avait quant à elle toujours soutenu que les colons étaient tellement cons qu'ils avaient pris un simple changement de saison pour une intervention divine.

Je négociai prudemment un virage, ralentissant pour éviter des nids-de-poule assez gros pour engloutir une roue. Les cailloux claquaient sous le châssis tandis que j'avais le cœur de plus en plus serré. La route, simple piste à ce stade, serpenta une dernière fois et le mobile home de ma mère apparut. Il était un peu à l'écart du chemin, enseveli par les herbes hautes, les ordures et les vieux pneus. Il y avait aussi une carcasse de véhicule rouillée qui avait toujours été là, d'aussi loin que je me souvienne, et dans laquelle je me cachais quand la situation dégénérait à la maison.

La voiture tangua sur les bosses et je me garai dans l'herbe, à côté d'un pick-up noir à la portière passager cabossée. Ce n'était pas celui de ma mère. Mon ventre se noua à l'idée qu'elle puisse avoir de la compagnie. Ses invités n'étaient pas fréquentables. Mais elle était assise sur les marches, seule, une canette de bière dans une main, une cigarette dans l'autre. Elle me regarda fixement descendre de voiture en tirant une longue bouffée de tabac.

Ma mère avait seize ans quand elle avait eu Cal. Dix-sept quand j'étais arrivée, un an de moins que moi lorsque j'avais mis Junie au monde. Elle avait failli mourir d'une infection aiguë après mon accouchement et j'avais été son dernier bébé, ce qu'elle me reprochait chaque fois qu'elle avait le vin mauvais. Comme si le fait de ne plus pouvoir donner la vie à des enfants qu'elle était incapable d'élever, par manque de moyens et d'envie, représentait la plus grande tragédie de son existence. Elle avait quarante-sept ans et en paraissait soixante. Cheveux filasse, blond cendré, les yeux couleur d'un ciel d'été, bras et jambes maigres encadrant une bedaine molle et des seins flasques. On racontait qu'elle avait été mignonne dans le temps, peut-être même belle. Cal avait hérité de ses traits fins. Les hommes lui tournaient autour, fous de désir, jusqu'à ce qu'ils comprennent que ses excès de violence n'avaient rien à voir avec l'attitude gentiment effrontée des actrices de cinéma. Les crises de maman pouvaient vous démolir de bout en bout. Même aujourd'hui, malgré sa peau terne et tavelée par les abus de drogue et d'alcool, son regard restait perçant. Méfiant. Elle était de ces femmes que l'on sous-estime à ses risques et périls.

— Salut, maman.

Elle tira une nouvelle fois sur sa cigarette et souffla la fumée vers moi.

— Salut, toi.

J'attendis qu'elle mentionne Junie, qu'elle fasse allusion à ce qui s'était passé, puis je compris qu'elle attendait la même chose de ma part.

— Cal t'a appelée, lui dis-je, plus comme un constat que comme une question.

— Ouais.

Nouvelle taffe.

— Désolée, ajouta-t-elle.

Je retins mon souffle et détournai les yeux. L'arrière du mobile home avait un gros trou irrégulier sur le côté. Maman l'avait colmaté avec des sacs en plastique et des journaux, mais ça ne devait pas l'isoler du froid. Je n'étais pas entrée chez elle depuis des années, mais je revoyais chaque centimètre carré de l'intérieur. J'aurais pu m'y repérer les yeux bandés. Sombre et humide, moquette marron élimée, piles de vaisselle incrustée de nourriture séchée dans l'évier, légers relents d'urine dus à une canalisation percée dans la salle de bains. Et un homme quelconque qui disparaissait toujours au bout de quelques mois. J'avoue que Cal et moi n'avions jamais eu envie qu'ils restent plus longtemps. Ils n'avaient jamais le profil de pères de substitution.

— Quoi ? me demanda ma mère en me rappelant à elle. Qu'est-ce que tu veux que je te dise d'autre ? Je la connaissais même pas. Chaque fois que je vous croisais en ville, tu la traînais presque sur le trottoir opposé pour m'éviter. Et tu l'as jamais amenée ici.

Un éclat passa dans ses yeux, une émotion qui contredisait ses paroles, mais elle détourna le regard avant que je puisse en savoir plus.

— L'amener ici ? Là-dedans ? lançai-je en tendant le bras. Ça m'aurait fait mal.

— Tss, fit-elle dans sa barbe, avant de lever sa canette et de hausser les épaules. Comme tu veux.

— C'est à qui, ce pick-up ? lui demandai-je. Le petit copain du mois ?

J'aperçus deux autocollants sur le pare-chocs : *Vive l'Amérique blanche* et *Mon autre joujou a des nichons*. Je repris :

— On dirait que t'as gagné le gros lot, cette fois.

Maman plissa les yeux et me donna un coup de poing osseux dans la cuisse.

— Gaffe à ce que tu dis, me prévint-elle. Je peux encore te foutre une raclée, tu sais.

La peur s'insinua en moi. La rébellion aussi. Une forme de mémoire musculaire prenait le dessus, me ramenait à l'enfance où j'avais passé la moitié de mon temps à esquiver ses poings, et l'autre moitié à la mettre au défi de me frapper. Cinq minutes en présence de ma mère et je me sentais déjà souillée et endurcie. Un chien aboya dans les parages, un jappement criard et laid, comme s'il avait la gueule pleine de clous. Pas besoin de le voir pour imaginer un pitbull rongé par les puces, à moitié affamé, attaché dans un enclos boueux. C'était typique de cet endroit. Inutile de voir les choses pour savoir exactement ce qui se jouait.

— Qu'est-ce que tu veux, au juste ? me demanda-t-elle. Tu vas t'asseoir, ou quoi ?

Elle me fit passer un marchepied branlant. Sa conception d'un gage de paix. J'hésitai puis m'assis à côté d'elle. Elle sentait le tabac froid et les cheveux sales.

— Je me demande où traîne Jimmy Ray en ce moment, dis-je, les yeux fixés sur mes ongles rongés et mes cuticules déchirées.

Le travail au *diner* m'avait bousillé les mains. Junie me les enduisait de crème avant que j'aille me coucher et l'odeur de lavande m'aidait à m'endormir.

— Pourquoi ? fit-elle en écrasant son mégot sur la marche.

Elle alluma une autre cigarette avant de poursuivre :

— Tu crois qu'il a quelque chose à voir là-dedans ?

— Pas vraiment, répondis-je en priant pour que ce soit vrai.

C'était moi qui avais introduit Jimmy Ray dans nos vies, jusque chez nous. Je ne savais pas comment je pourrais continuer à vivre s'il était le coupable.

— Mais Land m'a demandé si je le voyais. Ça m'a fait réfléchir, c'est tout.

— Le shérif, dit-elle avec un renâclement moqueur. Pourquoi t'écoutes ce qu'il raconte ? Ce mec vaut pas mieux que des nichons sur une nonne.

Je souris et tendis la main pour qu'elle me donne sa cigarette. Elle roula des yeux, mais me la fit passer.

— Tu sais très bien où il habite, Jimmy Ray. Pourquoi tu me le demandes ?

— Ouais, mais je te rappelle que je ne peux pas y aller. Pas si je tiens à rester en un seul morceau.

La propriété de Jimmy Ray, nichée encore plus profondément dans la vallée que celle de ma mère, était une véritable forteresse. On ne pouvait pas s'en approcher sans y être invité. Pas si on voulait continuer à respirer, en tout cas. Pour tout dire, je me fichais de continuer à respirer. Mais j'étais la seule à pouvoir me battre pour Junie. Je n'avais confiance en personne d'autre, pas même en Cal, pour expliquer sa mort, pour suivre cette piste dans les ténèbres où elle allait forcément me mener.

Ma mère regarda la cigarette.

— Tu me la rends ou faut que j'en allume une autre ?

— Allumes-en une autre, répondis-je en tenant la moitié de clope hors de sa portée.

Je n'avais pas fumé depuis plus de douze ans et l'afflux de nicotine me fit tourner la tête.

Elle alluma une autre cigarette.

— Dur de savoir où Jimmy Ray peut traîner. Mais j'ai entendu dire qu'il passait pas mal de temps dans ce bar à nichons sur la route 50. Tu vois ce que je veux dire ?

— Ouais, je vois.

Crasseux, sombre et plein de femmes brisées. Exactement le genre d'endroit et de femmes dont raffolait Jimmy. J'essayai de recracher la fumée en formant un rond, mais ne réussis qu'à projeter un nuage informe.

— Elle était comment ? me demanda ma mère, le regard rivé sur les bois qui étouffaient sa maison, comme si les arbres mouraient d'envie de reprendre les terres qu'ils avaient perdues. Ta fille, je veux dire ?

Ses mots me transpercèrent, mais elle ne cherchait pas à être cruelle, pour une fois. Je jetai le mégot d'une chiquenaude, le regardai fumer sur les gravillons et la crasse à nos pieds. J'entendis un oiseau croasser, un autre lui répondre dans le lointain.

— Elle était intelligente. Tellement plus que nous autres.

— Pff, c'était pas trop difficile en même temps, dit-elle en me donnant un léger coup d'épaule.

— Elle était curieuse de tout. Elle adorait les animaux, elle pouvait chialer pendant des jours quand je lui interdisais de ramener un chien errant à la maison. Elle était appréciée de tous ses camarades, mais elle était exigeante dans le choix de ses amis. Les sciences étaient sa matière préférée. Elle voulait comprendre le fonctionnement des choses. Elle écrivait des poèmes dans un petit calepin qu'elle trimballait partout.

Je parlais trop vite, les mots ruisselaient de ma bouche comme l'eau d'un robinet cassé.

— Elle avait des cheveux plus jolis que les miens, plus épais. Et les mêmes taches de rousseur sur le nez.

Après m'être passé les doigts sur le visage, je fus surprise de remarquer qu'ils étaient mouillés.

— C'était sans doute une fille exceptionnelle, dit ma mère. T'as dû l'élever du mieux que tu pouvais.

— J'ai essayé, répondis-je d'une voix brisée. J'ai essayé de faire mieux que toi. Je lui lisais des histoires tous les soirs quand elle était petite. Je ne l'ai jamais frappée ni ignorée. Elle a toujours mangé à sa faim, même si je devais me priver. Je lui ai dit que je l'aimais tous les jours de sa vie.

Je laissai échapper un gémissement.

— Mais ça suffisait pas. Cal et moi, on est là, on a grandi, on est vivants, et ma fille à moi, elle est morte. En fin de compte, t'as fait mieux que moi, ajoutai-je en me tournant vers elle. Alors vas-y, tu peux te marrer, t'as gagné.

Elle rejeta cette idée d'un mouvement de tête ; ses yeux avaient une douceur que je ne leur connaissais pas.

— Ça me fait pas rire.

Et c'est ce qui me fit craquer – pas la vue du corps mutilé de ma fille à la morgue, pas la voix de Cal à mon chevet… mais un simple mot gentil de ma mère. La honte m'envahit. Je répugnais à avoir besoin de son réconfort pour réussir à pleurer. Elle se pencha, m'attira vers elle et je m'effondrai sur ses genoux, enfouissant mon visage dans la toile crasseuse de son jean. Elle me caressa les cheveux tandis que je sanglotais, sa voix étouffée entonnant des bribes de berceuses.

Elle avait toujours excellé dans ce rôle : elle attendait que je renonce à son amour une bonne fois pour toutes, et puis elle me tendait une main pleine de tendresse. Ça me rappela les rares fois où elle m'avait lu des histoires quand j'étais enfant. Elle me serrait contre elle sur le canapé et prenait les voix des différents personnages du livre d'occasion que j'avais eu à Noël. Un jour, elle m'avait même préparé un mug de cacao à siroter pendant qu'elle lisait. Ses preuves d'affection dispensées au compte-gouttes étaient des offres que je n'avais jamais su refuser, même quand j'aurais dû. Car sa gentillesse ne durait jamais longtemps : elle était toujours défaillante, impromptue, impossible à prédire. Ce qui rendait le reste du temps – les heures, semaines et années – encore plus redoutables. Car je savais qu'elle était capable d'autre chose, d'être quelqu'un d'autre. Et je l'espérais sans cesse, je brûlais d'entrevoir ce pan de sa personnalité. Je ne pouvais jamais complètement renoncer.

Quand je finis par me redresser, le visage bouffi et couvert de larmes, elle me regarda, posa sa bière, jeta sa cigarette et me prit la tête entre ses mains fines.

— Tu étais une excellente maman, dit-elle en me fixant jusqu'à ce que j'acquiesce faiblement, puis elle resserra les doigts, trop fort, ses ongles tranchants enfoncés dans ma peau. Mais c'est fini, tout ça. L'heure n'est plus aux pleurs et à l'apitoiement sur toi-même. Tu comprends ?

Elle n'attendait pas de réponse. Elle ne me laissait plus d'espace pour bouger ni détourner le regard. Elle baigna mon visage de son haleine enfumée et me transperça de ses yeux d'acier :

— T'es plus coriace que ça. Alors tu vas le retrouver, Eve. Qui que ce soit. Trouve-le. Et fais-le payer.

5

« Œil pour œil, et le monde finira aveugle » n'avait jamais été la devise de ma mère. Sa conception de la justice, moins clémente, s'inspirait plutôt de l'Ancien Testament. « Œil pour œil, dent pour dent. » Ou peut-être même « une vie pour un œil ». Les gens qui voulaient éviter sa vengeance disproportionnée avaient appris à se méfier d'elle. Ma mère avait la réputation d'avoir tanné des types qui faisaient deux fois sa taille. Elle n'avait aucun scrupule à se battre de manière déloyale, à faire des coups bas. Un jour, je l'avais vue arracher une poignée de cheveux à une femme qui nous avait traités de petits blancs pouilleux. Tout ça pour dire que je ne fus pas surprise par ses conseils. C'était même pour eux que j'étais allée la voir. L'info sur Jimmy Ray était un simple prétexte. Ce que je cherchais réellement, c'était conforter la petite voix en moi. Obtenir la permission de céder à mes pires impulsions.

Cal m'attendait en jouant avec son trousseau de clefs sur les marches de mon appartement.

— Où t'étais ?

— Je suis allée faire un tour, répondis-je. J'avais besoin de prendre l'air.

Il hocha la tête et persista.

— T'es allée où ?

Je savais qu'il se doutait d'où je venais, mais je ne voulais pas l'avouer. La relation qu'il entretenait avec notre mère était aussi tordue que la mienne, mais de manière complètement différente. Il avait toujours été son favori, sa fierté, même lorsqu'elle le ridiculisait ou qu'elle le rabaissait. De son côté, il lui vouait un amour que j'étais incapable d'éprouver. Un amour qui requérait une présence régulière dans sa vie. Mais il n'était pas aveugle, il était conscient des nombreux défauts de maman. Et il n'aurait pas voulu que je la fréquente en ce moment, alors que j'étais vulnérable à son poison. En même temps, si je n'avouais pas l'avoir vue, je pouvais compter sur ma mère pour se taire. Elle aimait les secrets. Exploiter les secrets s'avérait toujours plus utile que l'honnêteté. Une autre de ses leçons que j'avais tout intérêt à retenir.

— Nulle part, dis-je en haussant les épaules. J'ai roulé au hasard.

— J'ai essayé de t'appeler. Au moins dix fois.

— Excuse-moi, j'avais éteint mon téléphone.

Je lui montrai l'écran noir en guise de preuve.

Il avait envie d'insister, mais il eut le tact de se retenir. Peut-être craignait-il de me pousser à bout.

— Je me faisais du souci, finit-il par dire. Et va falloir que tu te changes en vitesse si tu ne veux pas arriver en retard.

Après l'avoir longuement regardé, je baissai les yeux sur mon jean usé jusqu'à la corde et sur mon tee-shirt gris.

— Me changer ? Pourquoi ? On va où ?

Il s'approcha de moi, son expression se radoucit.

— Aux obsèques d'Izzy, tu te souviens ? La messe commence dans moins d'une heure.

— Oh merde ! Donne-moi dix minutes.

Je n'avais pas de robe noire, ni aucune autre robe d'ailleurs. J'enfilai un pantalon noir au tissu lustré de mauvaise qualité et un chemisier blanc tout simple avec des auréoles jaunies sous les bras. Je tirai mes cheveux en une queue-de-cheval. Je vis mon reflet dans la glace : j'étais maigre et accablée, et mes taches de rousseur ressortaient sur ma peau blafarde. Le plus effrayant, c'est que je me reconnus immédiatement, facilement, comme si la femme qui s'était regardée dans ce miroir tous les jours depuis douze ans avait été une usurpatrice et que la nouvelle version, cette créature brisée aux yeux morts, était vraiment moi – l'Eve qui était toujours destinée à réapparaître.

— Les gens vont se poser des questions sur les funérailles de Junie, me lança Cal depuis le salon tandis que je chaussais une vieille paire de souliers noirs. Ils comprennent pas pourquoi tu refuses la cérémonie. Ils trouvent ça bizarre.

— Je me fous de ce qu'ils pensent, lui répondis-je.

Pendant des années, rien d'autre ne m'avait importé. J'avais évalué chacune de mes actions, de mes paroles et de mes pensées en fonction des répercussions qu'elles risquaient d'avoir sur Junie. Ne plus m'en inquiéter était une forme de soulagement. Quoi que je fasse ou ne fasse pas, plus rien ne pouvait l'atteindre à présent.

Le parking de l'église était déjà plein quand nous sommes arrivés, mais je refusai que Cal me dépose sur le parvis. Les gens étaient assemblés en petits groupes et je ne voulais pas me retrouver seule à supporter leurs condoléances et leurs étreintes. Je préférais entrer en douce, comme une voleuse, avant qu'on puisse me repérer. On resta dans la voiture, qu'il avait garée un pâté de maisons plus loin, jusqu'à ce que tout le monde soit à l'intérieur. On franchit la porte en catimini juste avant le début du service.

Je ne me souvenais pas de la dernière fois où j'avais mis les pieds à l'église. Ma mère avait la même opinion de la religion que de la police : deux institutions qui n'annonçaient jamais rien de bon et manipulaient la peur pour persuader les imbéciles de respecter leurs règles. Et si jamais elle avait été tentée de nous rapprocher de Dieu, cette mièvre chapelle méthodiste aurait été son dernier choix. Elle nous aurait plutôt traînés dans une des soi-disant « églises » dispersées dans la vallée. Le genre d'endroit au plancher crasseux où des paroissiens guignards parlent en langues. Des messes enfiévrées. Pleines de mordant.

Je me glissai sur l'un des bancs du fond avant que Cal puisse m'entraîner à l'avant et je gardai les yeux baissés sur le livre de cantiques. J'avais peur de lever la tête, peur de voir tous les gens qui formaient l'assemblée, peur de ma propre réaction. Car dans une ville de cette taille, la personne qui avait assassiné Junie et Izzy se trouvait forcément parmi nous. Elle priait, chantait et pleurait comme si elle n'avait jamais brandi l'arme qui leur avait été fatale. Je parvins à relever lentement la tête et scrutai la congrégation. Jack Pearson, le garagiste dont les yeux devenaient baladeurs dès qu'il voyait des jeunes filles. Sally Nickels, qui me détestait depuis que j'avais couché avec son petit copain en seconde. Dave Colson, que l'amour de la bibine rendait imprévisible et violent. Ç'aurait pu être l'un de ces trois. Ou aucun des trois.

— Hé, murmura Cal. Oublie pas de respirer.

Il me frotta le dos et la chaleur de sa main calleuse traversa mon chemisier. Je me concentrai de nouveau sur le livre de cantiques, le fixai jusqu'à ce qu'il devienne flou. Quand je relevai encore la tête, ce fut pour voir Zach et Jenny s'approcher du cercueil de leur fille. L'assemblée entière retint son souffle, on n'entendît plus que les sanglots de Jenny. Une voix en moi faisait écho à une détestable propension à la cruauté et se demanda si elle allait bientôt la fermer et arrêter de geindre. Le dos voûté, elle posa la main sur le cercueil, fermé, Dieu merci, d'Izzy. Zach se pencha vers elle pour la soutenir. Il lui chuchota quelque chose à l'oreille et l'éloigna tendrement de la bière. Les gens détournaient le regard, crevant d'envie de les dévisager mais trop effrayés de se faire surprendre. Mais moi, je n'avais rien à craindre et je croisai le regard de Zach. Je remarquai ses traits tendus par le chagrin. Je fus envahie d'une colère sourde. Qui allait me soutenir, moi ? Qui allait m'enlacer ? Cal ne pouvait pas s'en charger indéfiniment, ce serait trop demander, alors qui d'autre ? Je détournai brusquement les yeux.

Quand ce fut terminé, après la dernière prière, le dernier cantique, je voulus m'esquiver discrètement, comme j'étais entrée. Mais on laissa sortir Zach et Jenny en premier pour qu'ils prennent leur place dans le hall d'entrée. Une épreuve imposée avant de nous libérer. Je ne savais pas quoi leur dire. Il semblait déplacé de présenter mes condoléances puisque je partageais leur triste sort. Je n'avais aucune consolation à leur apporter. Je ne croyais pas sincèrement que notre douleur s'adoucirait au fil du temps, ni que nos filles se trouvaient dans un endroit meilleur. Elles étaient mortes et, sans elles, le monde resterait abject et pourri. Elles étaient involontairement mêlées à cette laideur. C'était ma seule vérité. J'eus tout de même l'intelligence de ne pas la proférer à voix haute, ça n'aurait aidé personne.

Dans le hall, Zach et Jenny faisaient bloc sous une guirlande de quatre ballons argentés qui épelaient le nom d'Izzy et flottaient au bout de rubans rose fluo. Je me demandai si c'était l'œuvre de la personne qui avait laissé des biscuits devant ma porte. Un geste attentionné au résultat morbide.

Je m'inquiétais toujours de ce que j'allais leur dire, mais Jenny me sauva grâce à son savoir-vivre, largement plus raffiné que le mien. Je n'eus pas besoin de souffler mot. Elle me prit dans ses bras fins dès que je m'approchai d'elle. Elle pressa sa joue humide de larmes contre la mienne et j'entendis le murmure de son souffle haché.

Je m'écartai aussi gentiment que je le pus, grinçant des dents pour réprimer le désir de la repousser sauvagement. Je réussis même à parler.

— Le service était très réussi.

Les lèvres de Jenny frémirent en essayant d'ébaucher un sourire.

— Merci.

Je tressaillis en sentant la main de Zach dans mon dos. Je me sentais piégée, ensevelie sous leur chagrin et leurs bonnes intentions, alors que j'arrivais à peine à maintenir la tête hors de l'eau.

— Est-ce qu'on peut faire quelque chose pour t'aider ? me demanda-t-il.

Je rejetai son offre d'un geste de la tête, incapable de croiser son regard. Il faisait trop chaud dans le hall, le radiateur marchait à fond en dépit de la douceur printanière et je sentis une goutte de sueur me couler dans le dos. Je ravalai la boule qui se formait dans ma gorge.

— Non, c'est bon. Occupez-vous de vous-mêmes.

Ce n'était pas mon intention mais mes paroles sonnaient mal, le ton de ma voix accusateur au lieu d'être conciliant.

— Viens, me dit Cal en me prenant par la main. Allons prendre l'air.

Je franchis les battants du grand portail, les laissai claquer sur les adieux précipités de mon frère. J'avalai une bouffée d'air frais, regardai le ciel peint en rose en cette fin d'après-midi. Avec sa lueur brumeuse et ses nuages étincelants, ç'avait toujours été l'heure préférée de Junie.

Cal me déposa chez moi et il me fallut dix minutes pour le convaincre de me laisser seule.

— Tu dois commencer à en avoir marre de dormir sur mon canapé, lui fis-je remarquer. Y a des bosses de partout.

Il ne me contredit pas, mais il ouvrit tout de même sa portière.

— Sérieusement, Cal. Ça va. J'ai besoin de me retrouver un peu seule.

Il me fixa et je soutins son regard.

— Pas de bêtises, d'accord ?

J'acquiesçai. Je savais qu'il voulait parler de médicaments ou d'un rasoir. De ma tête dans le four. Ce que je projetais était peut-être plus débile encore. Mais je n'étais pas comme Cal. Je mentais comme je respirais. J'en avais fait un art.

— Pas de bêtises, lui accordai-je.

6

Le « bar à nichons » dont avait parlé ma mère, et où j'avais des chances de croiser Jimmy Ray, était situé à une quinzaine de kilomètres de la ville, en bordure de route, sous une enseigne géante qui annonçait *AD LT CL B*. Je ne sais pas si c'était l'œuvre d'un voleur qui avait une faiblesse pour les « U » ou s'il n'y en avait jamais eu, mais, d'aussi loin que je me souvienne, le nom du bar avait toujours été tronqué. Au cas où l'orthographe incomplète aurait dérouté qui que ce soit, des silhouettes de femmes nues peintes sur les fenêtres murées annonçaient clairement la couleur.

Je ne doutais pas qu'il s'agisse du nouvel assommoir de Jimmy Ray. Ma mère avait toujours été une source sûre. Mais j'aurais été étonnée qu'il l'ait choisi pour reluquer des nichons. Il avait ce charme fou caractéristique des sales types. Inutile pour lui de fourrer des dollars dans le string d'une junkie décatie pour prendre son pied. Les femmes faisaient la queue pour s'occuper gratuitement de lui. Par conséquent, s'il traînait dans ce club, c'était pour affaires. Blanchiment d'argent ou recrutement de mules, à mon avis.

Et quand il faisait du business, Jimmy Ray était toujours plus prudent qu'en temps normal. Plus féroce, aussi.

Je mentirais si je disais que je n'étais pas nerveuse, peut-être même effrayée. Je savais ce dont il était capable quand il se sentait piégé. Les jours de pluie, mon poignet me faisait encore souffrir, et chaque fois que je pensais à lui, la peur se logeait dans le creux de mes reins et j'avais envie de prendre mes jambes à mon cou, même s'il n'était pas dans les parages. Mais la frousse ne pouvait plus m'arrêter. Plus maintenant. Au pire, que pouvait-il faire ? Me tuer ? L'idée de mourir ne me dérangeait plus beaucoup.

Je n'avais mis les pieds dans ce club de strip-tease qu'une seule fois, quand Junie était bébé et que j'avais désespérément besoin d'argent. Je venais de commencer l'entretien d'embauche – le proprio m'avait déjà dit que les pipes et les branlettes étaient acceptées dans l'établissement mais que, pour baiser, c'était dehors, mais il ne m'avait pas encore demandé d'ôter mon tee-shirt pour mater mes seins gonflés de lait – lorsque Cal avait foncé dans le bar pour me traîner à l'extérieur. Je lui avais hurlé de se mêler de ses affaires, lui avais reproché de me traiter comme une gamine, mais en mon for intérieur, j'avais éprouvé un énorme soulagement. Monter sur une scène poisseuse de bière soir après soir et laisser des hommes au regard vitreux me peloter quand je me penchais pour prendre leur argent m'aurait permis, à court terme, de nourrir Junie. Mais à la longue, ça aurait tué quelque chose en moi, anéanti la force dont j'avais besoin pour être une mère différente de celle que j'avais eue.

Je baissai le rétroviseur intérieur et me regardai dans la faible lumière du parking. Je détachai ma barrette, passai les mains dans mes cheveux, me pinçai les joues pour leur donner un peu de couleur et mis du gloss à lèvres transparent. Sous ses airs de frimeur et de gros dur, Jimmy Ray n'était pas un homme très compliqué. Il aimait les femmes dociles et mignonnes. La docilité ne serait jamais mon fort, mais je pouvais jouer sur mon apparence.

L'odeur me frappa de plein fouet dès que je poussai la lourde porte. Sueur et bière renversée. Ainsi qu'un effluve humide et musqué qui évoquait immédiatement le sexe. Pas celui pratiqué dans les rapports sains, mais dans le stupre et la détresse affective, des actes proches de la cruauté. J'attendis que mes yeux s'adaptent à l'obscurité. Des stroboscopes de pacotille clignotaient sur les bords du long podium étroit qui s'étendait jusqu'au milieu de la salle, parsemé de barres de pole dance sur lesquelles glissaient deux femmes aux seins nus, le regard perdu dans le lointain. La musique me fracassait les oreilles, bien trop forte pour la taille réduite du lieu et le nombre encore plus réduit de clients. Quelques hommes voûtés sur leurs tabourets se rapprochèrent de la scène, reluquant les femmes d'un œil blasé. À une table, dans un coin, un type se faisait sucer sans enthousiasme par une strip-teaseuse entre deux âges qui ne portait que des talons hauts et un string argenté. Ses amis le mataient, trop las pour en faire plus, trop titillés pour détourner les yeux.

De l'autre côté de la salle, un serveur se prélassait derrière le bar en papotant avec deux gars qui sirotaient leur bière. Personne ne semblait m'avoir remarquée, ce qui voulait sans doute dire que Jimmy Ray n'était pas dans le coin. J'étais la seule femme en dehors de celles qui travaillaient là, mais je n'étais pas intimidée. J'avais l'habitude de ce genre d'endroits, même si je ne les avais pas fréquentés depuis des années. À défaut de mieux, mon enfance m'avait appris à naviguer dans les bas-fonds sordides de la société.

— Salut, Sam, dis-je en m'installant sur un tabouret vide à côté de l'homme au bout du comptoir.

Il se retourna, me regarda et esquissa un sourire. J'avais toujours apprécié Sam, avec sa barbe négligée et sa petite bedaine. De tous les parasites qui orbitaient autour de Jimmy Ray, il était le plus humain. Il avait toujours le tact d'avoir l'air désolé quand Jimmy Ray s'en prenait à moi. C'était déjà ça et ce n'était pas le cas des autres, l'intéressé y compris.

— Tiens, tiens, regardez ce que le bon vent nous amène. Merde alors, Eve, comment tu vas ?

Il se rappela soudain la tragédie et son expression changea du tout au tout.

— Bon Dieu, désolé. J'avais juste... j'avais oublié un instant. Pour ta fille. Je l'ai appris hier seulement.

— Junie, précisai-je.

— Ouais, ouais, dit-il en claquant des doigts. C'est ça, Junie, répéta-t-il en baissant les yeux. Je suis vraiment désolé. Sincèrement.

— Merci.

Il s'empourpra et la rougeur qui lui remonta jusqu'au cou devint visible, même dans la semi-obscurité.

— Qu'est-ce que tu bois ? me demanda le serveur, le visage fermé.

— Rien, c'est bon.

— Les sièges sont réservés aux consommateurs, répliqua-t-il en secouant la tête.

Je me souvenais vaguement de lui, à l'époque où je fréquentais Jimmy Ray. Il s'appelait Mark, Mike, ou un autre nom qui commençait par M. Il avait alors des cheveux bruns coupés ras, mais il les avait laissés pousser et les portait retenus dans un épais catogan. Un anneau en or brillait à son oreille. Je supposais que certaines femmes le trouvaient attirant. En tout cas celles qui se fiaient à une impression d'ensemble sans s'intéresser aux détails, car son genre de beauté ne résistait pas à un examen poussé : barbe naissante incapable de masquer son menton fuyant, petits yeux trop rapprochés et mascarade de sourire, aux lèvres fines tordues en rictus. Il avait toujours été un connard fini et, apparemment, les années n'y avaient rien changé. Il était de ceux qui gonflent le maigre pouvoir qu'ils ont et s'en servent pour emmerder tout le monde.

Je lui jetai un regard noir.

— Tu plaisantes ou quoi ? Je vois personne se bousculer pour les occuper, tes sièges.

Sam posa une main sur mon genou et le serra doucement.

— Elle prendra une bière, dit-il et, quand le serveur nous tourna le dos, il roula des yeux et ajouta : Matt prend son job très au sérieux.

— C'est lui le patron, maintenant ?

— Non, Jimmy Ray a racheté la boîte.

Mon cœur s'emballa et je bus une gorgée de la bière que Matt m'avait servie. La mousse me chatouilla la lèvre et le goût amer faillit me faire tousser. Je n'avais pas bu d'alcool depuis la naissance de Junie, pas une goutte. C'était une des règles que je m'étais tacitement imposée. Fallait croire que j'en avais perdu le goût au fil des ans car je repoussai la canette.

— Qu'est-ce que tu fais ici ? me demanda Sam. C'est bizarre. Je veux dire, avec… avec ce qui s'est passé.

Je haussai les épaules.

— Faut que je parle d'un truc avec Jimmy Ray. J'ai entendu dire que je pourrais le croiser ici.

Il me lança un regard en coin.

— T'es peut-être pas sa personne préférée en ce moment.

— Quoi ? répondis-je, étonnée. Pourquoi ?

Je ne voyais pas comment je pouvais encore être dans le collimateur de Jimmy Ray, après tant d'années. On gardait nos distances depuis notre rupture, notre plus grand signe d'intimité se résumant à son clin d'œil moqueur depuis l'autre bout du parking de la supérette.

Sam était sur le point de me répondre lorsqu'une des danseuses s'approcha de lui et glissa un bras maigrichon autour de son cou.

— Salut, chéri, lui dit-elle. Tu m'offres un verre ?

Elle se colla contre son dos et le visage de Sam s'enflamma de nouveau. C'était peut-être pour ça qu'il portait la barbe, pour masquer ses rougissements qui lui valaient sans doute de se faire salement charrier par la bande de Jimmy Ray.

— Je suis occupé, répondit-il en la repoussant.

Elle fit une grimace boudeuse, alors qu'elle avait dépassé – de deux bonnes décennies – l'âge où une telle moue pouvait encore être craquante.

— Oh, allez… insista-t-elle. Un verre.

Elle me lança un regard furtif et me sourit, les yeux morts. Je ne pouvais me résoudre à lui rendre son sourire : je ne voyais que les marques de bleus dans le creux de son coude et les balafres sur sa peau.

— Hé, Maggie, lui lança Matt en tapant du poing sur le comptoir pour attirer son attention. Personne a envie de te payer à boire. Ni de goûter à ta vieille chatte desséchée, ajouta-t-il avec un sourire narquois.

— Allons, ça suffit, le reprit Sam, mais sans hausser le ton, comme s'il savait d'expérience qu'il valait mieux ne pas contredire Matt, et qu'il avait appris cette leçon à ses dépens.

Maggie serra les dents et redressa les épaules. Mais quand elle les posa sur ses hanches, ses mains tremblaient.

— T'as pas le droit de me parler comme ça. Je vais le dire à Jimmy Ray. C'est du harcèlement sexuel. Tu vas pas t'en tirer comme ça.

Matt éclata de rire.

— Merde, alors, dit-il en faisant semblant de sécher des larmes de joie. T'es sérieuse, là ? Pourquoi tu fais pas tatouer *Me too* sur tes nichons flasques, tant que t'y es ? Putain, Maggie, tu me fais trop marrer. Casse-toi, maintenant, ajouta-t-il en la chassant d'un coup de torchon.

Maggie et moi échangeâmes un regard las, intemporel. Le monde évoluait peut-être ailleurs, mais pas ici. Ici, c'était toujours le même manège : celui des drogues, de la pauvreté et des femmes utilisées et recrachées par les hommes. Dans d'autres mondes, des dames en robes de soirée noires pouvaient parler d'égalité et de résistance, mais ici, dans les tranchées, nous faisions la guerre seules et nous perdions chaque jour de nouvelles batailles.

Je la regardai s'éloigner à contrecœur, en boitillant sur ses talons aiguilles bon marché. Sans Cal, ç'aurait peut-être été mon sort et j'eus soudain envie d'embrasser mon frère et de le remercier d'assurer ma protection, ce qui avait pourtant le chic de me rendre dingue.

— Qu'est-ce que tu fous ici, bordel ? tonna une voix derrière moi.

Je perçus la colère des mots mais aussi une certaine curiosité, peut-être même de l'amusement, dans le ton de la voix. Un frisson me parcourut l'échine. Jimmy Ray.

Je me retournai et affrontai celui qui avait été ma plus grosse erreur. Beaucoup pensaient que Junie avait eu cet honneur. Me retrouver en cloque l'été avant la terminale n'avait pas été franchement judicieux, c'est vrai. Mais je n'avais jamais considéré ma fille comme une erreur, pas même quand j'ignorais comment j'allais joindre les deux bouts. Il fallait bien reconnaître qu'avant qu'elle commence à grandir dans mon ventre, mon avenir n'était pas exactement reluisant. Sa naissance n'y avait pas changé grand-chose, si ce n'était une bouche de plus à nourrir. Ce n'était pas comme si, en l'ayant à dix-huit ans, j'avais dû renoncer à une bourse universitaire ou à des voyages dans des pays lointains. Je n'avais jamais réfléchi sérieusement à ce que j'allais faire après le lycée – j'avais déployé toute mon énergie à réchapper de mon enfance. Et en vérité, Junie m'avait épargné de prendre, inexorablement, le même chemin que ma mère. Je n'avais pas assez d'amour-propre pour tenter d'être différente. Mais dès l'instant où elle était née, j'avais aimé Junie.

Suffisamment pour donner à ma vie un changement de cap radical.

J'avais été presque parfaite. Pas d'alcool, pas de drogues, pas de tabac, ni de vols, ni de bagarres. Pas d'arrestation. Pas d'hommes. Presque pas d'hommes. Mais quand j'avais merdé – la seule fois où j'avais merdé –, l'erreur avait été de taille. Je n'avais jamais eu l'intention de sortir avec Jimmy Ray. J'aimerais pouvoir dire qu'il m'avait charmée ou que je me sentais seule, mais ça serait un mensonge. Il n'avait jamais été un grand charmeur. Et à l'exception de Cal, j'avais toujours été une solitaire. La solitude était ma condition, un état de fait, je ne cherchais pas à lui échapper. Il serait sans doute plus pertinent de dire que Jimmy Ray était un désir que je devais assouvir. Depuis que j'avais su que j'étais enceinte, trois ans auparavant, je ne m'étais pas écartée du droit chemin, et mes propres restrictions commençaient à sérieusement me peser.

Être une bonne mère n'avait pas été aussi naturel que je l'avais prétendu. Quand Junie était bébé et que des coliques la faisaient pleurer toute la nuit, ou lorsque, petite fille, elle réclamait des jouets que je ne pouvais pas lui acheter, je m'étais plus d'une fois enfermée dans la salle de bains pour étouffer mes hurlements dans une serviette. J'avais serré les poings jusqu'à ce qu'ils blanchissent et compté jusqu'à cent pour m'assurer que je n'allais pas la gifler. Lors des premières années, les pires, j'avais été dangereusement attirée par le modèle de maternité de ma mère. J'étais sur une pente glissante. Puis un jour, j'étais tombée sur Jimmy Ray à la station-service et j'avais pensé qu'il pouvait m'aider à atténuer la pression, à apaiser mes démons.

Je le connaissais de vue depuis mon enfance, un homme plus âgé que Cal mais plus jeune que ma mère. Je savais à qui j'avais affaire, je n'étais pas aveugle. Mais je n'en avais pas moins craqué pour ses cheveux bruns et ses yeux verts, son petit sourire en coin, le tatouage de tigre lové autour de son cou. L'odeur de danger qu'il dégageait telle une eau de Cologne. Avec lui, je me sentais comme l'Eve d'avant, celle qui frôlait le désastre sans se soucier des conséquences. Je ne le croyais pas quand il me disait que notre relation était différente, qu'il était un homme transformé en ma compagnie. Je savais qu'il me baratinait parce que j'avais entendu des dizaines d'hommes raconter les mêmes bobards à ma mère, mais je pensais pouvoir limiter les dégâts jusqu'à ce que, forcément, tout parte en vrille. Ce qui m'avait malgré tout prise par surprise. Je n'avais pas vu venir la gifle qu'il m'avait assénée à table, chez moi, et qui m'avait fendu la joue sous les yeux de ma fille, du sang s'écoulant entre mes doigts tremblants tandis qu'il continuait de manger son ragoût de poulet comme si de rien n'était. Alors, d'accord, j'étais aveugle, mais pas complètement conne. J'avais cru pouvoir tremper un seul orteil dans la piscine. Quand je m'étais aperçue que je coulais, j'avais déjà la tête sous l'eau.

— Je te cherchais, lui dis-je en m'accrochant au tabouret pour calmer mes nerfs.

Il semblait plus vieux et plus dur que dans mon souvenir, la peau de sa mâchoire commençait à se ramollir, l'éventail de rides à s'approfondir autour des yeux.

L'un d'eux était d'ailleurs enflé et fermé, la paupière presque noire.

— Qu'est-ce qui t'est arrivé ? lui demandai-je en espérant que le responsable du coup de poing s'était bien amusé, car ça serait sans doute son dernier geste sur cette terre.

Jimmy Ray maugréa, but une gorgée de bière à la bouteille qu'il tenait dans la main, puis me montra son œil du doigt.

— Ça ? Un cadeau de ton frère. Il a déboulé ici il y a quelques soirs, remonté comme une pendule. Je l'ai laissé me mettre un pain parce qu'il est flic et que je peux faire sans les emmerdements.

Chez n'importe qui d'autre, ça aurait pué la fanfaronnade pour sauver la face. Mais chez lui, c'était la vérité. Sans sa plaque de police pour le protéger, Cal aurait fini avec une balle dans la tête. Je comprenais maintenant pourquoi Sam appréhendait ma rencontre avec Jimmy Ray.

— Cal ? Mais pourquoi ?

Puis je me souvins des questions du shérif à son sujet le jour où Junie était morte. De quoi faire démarrer Cal au quart de tour. Maintenant qu'il représentait l'ordre public, il opérait la plupart du temps dans la légalité. Mais il n'était pas le fils de ma mère pour rien. Il ne laisserait personne chercher des noises à sa famille. Nous nous protégions les uns les autres, bec et ongles. Ni excuse ni pardon. Peu importait ses années d'éducation et de service dans la police, rien ne pouvait complètement éliminer ce réflexe.

Jimmy Ray fit claquer sa bouteille sur le comptoir.

— Il voulait savoir si j'étais prêt à parler.

— Et tu l'étais ? demandai-je en connaissant déjà la réponse.

Quelques coups de poing ne suffiraient jamais à lui faire cracher le morceau, s'il était dans son intérêt de se taire.

— À ton avis ? me retourna-t-il avec un sourire moqueur.

Je glissai de mon tabouret et m'approchai de lui. Il jeta un coup d'œil à Matt, derrière le bar, et s'apprêtait déjà à rire. Les femmes farouches l'avaient toujours amusé. Il les laissait décocher quelques coups de griffe, comme un chaton qui affronte un pitbull, avant de les massacrer. Mais quand je commençai à lui enfoncer ma main dans le torse, il l'attrapa et son sourire disparut complètement. Il ne me tordit pas les doigts, pas encore. Mais je sentais la menace flotter, mes tendons prêts à claquer.

— Fais gaffe à toi, petite, me souffla-t-il à voix basse.

— Tu sais quelque chose ? Sur ce qui est arrivé à Junie ?

Il me relâcha et me repoussa.

— Je ferais jamais de mal à des gamines, dit-il avec un rictus offensé. Putain !

— Je suis sûre que tu t'en prendrais à ta propre mère si c'était dans ton intérêt, Jimmy Ray.

Il éclata de rire.

— Tu parles, je zigouillerais cette vieille salope gratuitement. Mais c'est pas la question. Y a rien que des gamines de douze ans puissent me faire, ou faire pour moi, qui justifierait que je les tue.

— Regarde-moi bien. Regarde-moi dans les yeux et jure-moi que tu n'as rien à voir avec sa mort.

— Va te faire foutre. Je connaissais cette morveuse quand elle portait des couches. Tu me crois vraiment capable de la tuer comme ça ?

Je savais que je n'aurais pas dû, mais en vérité, je le croyais. Car Jimmy Ray, en dépit de sa violence assumée, avait un code de conduite, comme tout le monde. Assassiner deux gamines aurait enfreint ce code. Il trouvait normal de tabasser ses copines jusqu'au sang, de rendre des gosses accros au crystal meth et à l'héroïne, de flinguer ses concurrents et de laisser leurs cadavres pourrir dans les bois… mais tuer deux gamines dans un parc ? Il aurait eu du mal à se regarder dans la glace après un tel acte. Car, en fin de compte, Jimmy Ray avait l'impression qu'il était du côté des gentils, pas des méchants.

— Ça suffit, dit-il en faisant un pas vers moi. C'est pour ça que t'es venue me voir ? Pour m'accuser et raconter des conneries ? À moins que tu cherches autre chose ? demanda-t-il en se rapprochant encore, jusqu'à ce que la chaleur de son corps irradie le mien. Parce que je trouve que t'es canon, Evie. Vraiment canon.

Il me caressa le bras et me retourna les tripes. Merde, alors, après tout ce qui s'était passé ! J'envisageai brièvement de le prendre au mot. Junie n'était plus là, alors quelle importance ? Je pouvais laisser Jimmy Ray me rosser toute la journée et me baiser toute la nuit, je serais la seule à souffrir. Si j'avais envie de me foutre en l'air, il était l'option la plus rapide, sinon la plus logique. Mais j'avais une dette envers ma fille et une escapade avec Jimmy Ray ne m'aiderait pas à lui rendre justice. Je repris mes esprits et reculai.

— Tu ne sais rien ? insistai-je.

Je remarquai alors sa main serrée en poing. Je ne pensais pas qu'il allait me frapper là, devant tout le monde, sans compter qu'il préférait battre les femmes qui étaient attachées à lui. Ça lui permettait de savourer la suite douloureuse, quand elles imploraient son pardon et le suppliaient de leur accorder une deuxième chance. Il était beaucoup moins gratifiant de cogner quelqu'un qui lui tournerait le dos et s'en irait. Je m'armai toutefois de courage et me préparai au coup. Je le désirai presque.

Jimmy Ray hocha la tête et me dit sans desserrer les mâchoires :

— Tout ce que je sais, c'est que c'était pas moi.

Quand j'y repensai plus tard, je réalisai que ça ne répondait pas du tout à ma question.

7

Le lendemain matin, je fus réveillée par un relent de tabac froid et, vaseuse comme je l'étais, il me fallut quelques secondes avant de comprendre qu'il provenait de mes cheveux. J'imaginai la puanteur des strip-teaseuses après une nuit au club, même si la fumée comptait sans doute parmi les odeurs les moins repoussantes qu'elles devaient endurer. Je me retournai en grognant et plissai les yeux pour me protéger du soleil qui dardait ses rayons à travers les rideaux. Je n'avais bu qu'une seule gorgée de bière, mais mon corps entier souffrait comme si j'avais la pire gueule de bois au monde. Même ma peau me faisait mal. Ou peut-être était-ce le chagrin qui sortait par tous mes pores. Mon corps avait souffert quand Junie était venue au monde. Il semblait naturel qu'il souffre maintenant qu'elle l'avait quitté.

Je me fis violence pour sortir du lit. Je me levai en laissant échapper un petit gémissement et me traînai jusqu'à la salle de bains. Je m'apprêtais à entrer dans la cuisine pour faire un café quand mon regard s'arrêta sur le rideau qui bloquait l'accès au coin repas. C'était l'endroit que j'avais évité depuis que Cal m'avait raccompagnée des pompes funèbres. Il servait de « chambre » à Junie. Quand elle était en vie, je n'avais jamais beaucoup réfléchi à cette pièce. Mais à présent, elle me narguait. Pas seulement parce que je l'associais étroitement à ma fille, mais parce qu'elle me rappelait que je lui avais failli. Quel enfant a envie de grandir sans avoir une chambre digne de ce nom ? Quel enfant se contente d'une niche dans la salle de séjour, isolée par un rideau ? Même moi, j'avais eu une chambre dans la caravane. Je la partageais avec Cal, elle était étouffante en été, glaciale en hiver, et elle sentait le moisi et l'urine. Mais c'était une vraie pièce. Quatre murs et une porte. Plus que ce que j'avais donné à Junie. Elle avait partagé ma chambre jusqu'à ses huit ans, puis elle s'était installée dans ce coin du salon. Quand j'abordais la question avec elle en m'excusant de ne pas pouvoir lui offrir mieux, elle riait et m'assurait qu'elle s'y sentait bien. Je l'avais toujours crue sincère, mais aujourd'hui, sans sa voix pour adoucir les reproches que je m'adressais, je peinais à y croire. Si elle n'avait pas honte, pourquoi invitait-elle si rarement Izzy chez nous ? Et quand elle le faisait, c'était pour manger sur le pouce ou regarder un film, jamais pour passer la nuit. C'était toujours elle qui restait chez Izzy. Voilà une autre chose dont personne ne vous prévient après la perte d'un être cher : la seule voix que vous entendez, c'est la vôtre, et elle vous rappelle tout ce que vous avez fait de travers.

Je me faufilai vers le rideau, prudemment, comme si je m'approchais d'un serpent à sonnette prêt à mordre. Je posai une main hésitante sur l'étoffe de coton. Motif cachemire jaune et blanc. Un tissu de qualité. Pour une fois, je n'avais pas regardé à la dépense. J'avais fait des heures supplémentaires au *diner* pour que Junie puisse choisir quelque chose de beau plutôt qu'une merde en polyester brillant achetée au rabais. Tout cela paraissait bien futile maintenant, mais à l'époque, ça m'avait semblé important.

Je tirai le rideau, les anneaux tintèrent contre la tringle en bois que Cal avait installée une nuit neigeuse de décembre. Ç'avait été les cadeaux de Noël de Junie cette année-là : un pot de peinture jaune ensoleillé pour les murs, une nouvelle literie et les rideaux. Une petite étagère que j'avais récupérée au dépôt-vente et peinte en blanc. Une lampe de chevet en verre rose de la part de Cal.

La chambre avait peu changé au fil des ans. Les romans pour adolescents avaient remplacé les livres pour enfants sur l'étagère. Sur la petite commode que nous avions réussi à glisser contre le mur du fond s'entassaient maintenant des boucles d'oreilles, quelques pièces de monnaie et tout le bazar qu'elle accumulait. Mais le lit simple était recouvert de la même couette et la lampe rose était toujours perchée sur la table de chevet.

Dès que je passai le rideau, l'odeur de Junie me gifla. C'était le parfum que j'avais cherché quand je l'avais embrassée à la morgue. Celui de ses cheveux, de sa peau, du chewing-gum à la menthe qu'elle mastiquait en permanence, du gel douche au pamplemousse qu'elle adorait. J'émis un petit son étranglé et me couvris la bouche pour l'étouffer. La douleur déferla en moi, une douleur si énorme, si monumentale, que j'avais peur qu'elle ne me déchire les entrailles si elle venait à s'échapper, peur de voir mes poumons, mon cœur et mon estomac surgir de mon corps en un amas d'organes ensanglantés. Mais ma main ne suffit pas à contenir mon chagrin, et je m'effondrai sur le lit en enfouissant la tête dans son oreiller pour amortir mes cris.

Je ne sais pas combien de temps je restai à me débattre sur son lit, à me frapper la tête contre le matelas et me griffer la peau. À essayer de repousser l'angoisse qui me dévorait jusqu'à la moelle. « Allez, vas-y, mets le paquet », me disait la douleur. « Je bouge pas, j'attends que tu arrêtes. » Et je finis par arrêter. Mes sanglots s'essoufflèrent comme un jouet aux piles faiblissantes ; mon corps était exténué, vidé, mes cheveux englués de sueur. La douleur était toujours là, comme elle l'avait promis. Mais j'étais à présent capable de la contenir. Pendant quelques heures au moins. C'était déjà ça.

Je roulai sur le dos et, à travers mes paupières bouffies, je remarquai les autocollants qui formaient une constellation au plafond. Un enfant sur deux devait en avoir, aux États-Unis, mais Junie et moi avions été emballées par les étoiles qui brillaient à nos yeux comme des pierres précieuses, et qui représentaient bien plus qu'une simple trouvaille dans un magasin discount. Nous passions de longs moments allongées côte à côte, nos têtes collées sur l'oreiller, à contempler l'éclat des planètes.

— Hé, Junie, appelai-je. T'es là-haut ?

Je l'espérais. Oui, j'espérais que ma fille sillonnait le firmament.

La journée s'annonçait longue, vide et inutile. J'aurais pu aller au *diner*, mais je savais que Thomas me renverrait chez moi *illico presto*. Je devais attendre encore quelques jours avant de pouvoir plaider ma cause et le prier de me redonner du boulot. « Trouve-le », entendis-je siffler la voix de ma mère. Mais je ne savais pas par où commencer. J'avais fait chou blanc avec Jimmy Ray. Et j'avais seulement pensé à lui parce que le shérif avait mentionné son nom. Je n'étais pas détective. Je n'étais même pas flic. J'étais une trentenaire avec un diplôme de fin d'études, une fille morte et pas grand-chose d'autre. « Bon, autant laisser tomber. Autant laisser filer le salopard. Parce que tout le monde s'en bat les couilles de retrouver le coupable. Y a que pour toi que ça compte. » Encore la voix de maman. Et ces mots sonnaient vrai, même si elle ne les avait jamais prononcés. Enfin, presque vrai. Cal n'était pas indifférent. J'imaginais même qu'il se sentait aussi concerné que moi. Mais son statut de flic entraverait ses efforts. Tout le monde le connaissait, comme ils me connaissaient moi, mais il avait rallié le côté des forces de l'ordre. Il restait le Cal avec qui les gens avaient pêché dans les ruisseaux ou volé des bières quand ils étaient ados. Mais qu'il soit devenu flic avait tout changé. Par ici, c'était une mutation irréversible. Les gens continuaient certes à l'apprécier, mais ils ne lui confieraient plus jamais leurs secrets.

Alors qu'ils n'hésiteraient sans doute pas à me parler, à moi, la fille de cette tarée de Lynette Taggert. J'étais l'une des leurs. J'avais grandi parmi eux et, en m'accrochant, j'avais réussi à m'en sortir. Alors peut-être, oui, qu'ils me parleraient. À condition que je sache qui coincer et quelles questions poser. Je repensai aux pompes funèbres et aux paroles du shérif.

Il nous avait demandé si nous avions remarqué un changement de comportement chez les filles et si j'avais répondu non en toute franchise, ça ne voulait pas dire qu'il n'y en avait pas eu. Nous étions très proches, Junie et moi, plus proches que la plupart des mères avec leurs filles. Mais je connaissais bien le fonctionnement des adolescentes, j'en avais été une, pas si longtemps auparavant. Je savais qu'elles cachaient des secrets et qu'elles étaient capables d'actes aberrants et suicidaires car elles pensaient, à tort, que rien ne pouvait leur arriver. Merde, j'étais déchaînée, à l'âge de Junie. À douze ans, j'avais déjà fumé ma première clope et essuyé ma première gueule de bois. J'avais perdu ma virginité à treize, avec un des amants de ma mère. Ce n'était pas un viol, pas exactement. Plutôt une forme de coercition paresseuse – « Allez, petite, tu sais que t'en as envie, je vais te faire aimer ça, je te jure » –, le genre de situation où il est plus facile de céder et d'en finir que de se battre. L'avantage, c'était que j'avais ensuite pu me mentir et prétendre que l'idée était en partie la mienne. Bref, j'en savais plus que je ne l'aurais voulu sur la vie secrète des adolescentes.

Je m'assis sur le lit de Junie et me souvins de son carnet. Elle disait toujours qu'elle y écrivait de la poésie. Elle me lisait certains poèmes sur des pages froissées, mais dès que je m'approchais, elle se penchait et serrait le calepin contre son corps pour que je ne puisse pas voir ce qu'elle avait écrit. J'imaginais qu'elle cachait des gribouillis sur un garçon qu'elle trouvait mignon. Peut-être même quelques mots durs me visant, les rares fois où nous nous disputions, généralement pour une raison idiote, comme quand je la forçais à mettre son manteau pour aller à l'école ou que je lui interdisais de se coucher tard un jour de semaine. Mais était-ce tout ? J'appréhendais de regarder ce carnet par crainte de m'infliger une nouvelle punition. Mais comment résister ?

Les policiers avaient procédé à une fouille sommaire de sa chambre et n'avaient apparemment rien trouvé. Ils cherchaient une preuve tangible et j'aurais pu leur dire qu'il n'y en avait pas avant même qu'ils mettent les pieds chez nous. J'étais en quête de signes moins évidents. Je parcourus la chambre des yeux, ce petit espace qui manquait cruellement de cachettes. Un examen rapide des tiroirs de sa commode ne révéla rien de plus palpitant qu'un paquet de chewing-gums et quelques billes d'un jeu que Cal lui avait offert des années plus tôt. Je repensai à mon enfance, aux petites planques où je dissimulais mon argent et mes secrets dans l'espoir que ma mère ne les trouve pas. Je glissai la main entre le matelas et le sommier du lit et décrochai le gros lot : le carnet avec *Propriété de Junie* griffonné au marqueur doré sur la couverture bleu marine.

Je l'ouvris prudemment, mal à l'aise, redoutant ce que j'allais trouver. La présence de Junie se manifesta dès que je lus ses mots et que je vis ses gribouillages dans les marges. J'espérai qu'elle me pardonnait de mettre le nez dans son intimité. Je pris mon temps, suivis du doigt les sillons de son stylo dans le papier, souris aux petites notes se plaignant d'un devoir ou de mon incapacité à cuisiner. Je lus : *Dispute avec Izzy, mais réconciliées maintenant.* en haut d'une page, suivi du dessin d'un petit cœur. Aucune histoire de garçons, de drogues ni d'escapades secrètes. Rien d'alarmant. Rien, jusqu'à la fin, où Junie avait écrit dans un coin de page, d'une écriture serrée comme si elle se battait avec les mots : *Inquiète pour Izzy. J'ai beau lui dire qu'il est trop vieux, elle ne veut pas m'écouter. Ni moi ni personne. Elle croit que c'est de l'amour, mais c'est qu'une histoire de sexe. Trop dégueu. Ça me rend malade rien que d'y penser. Si seulement elle pouvait se réveiller.* Elle avait écrit « réveiller » en appuyant si fort qu'elle avait déchiré le papier.

J'en eus le souffle coupé. Enfin quelque chose à me mettre sous la dent. Un point de départ. Bien plus que ce dont je disposais une heure auparavant. La journée s'ouvrit devant moi. J'avais une raison de me lever et de marcher. Une raison de continuer.

8

Le collège Martin Luther King était à une vingtaine de kilomètres de la ville, niché au bout d'une route secondaire sinueuse, à l'abri des regards. Il accueillait des enfants des quatre coins du vaste comté, et certains devaient faire plus d'une heure de car, à l'aller et au retour, pour être éduqués dans un vieux bâtiment plein de courants d'air, qui pâtissait d'un manque d'enseignants et de financements. L'établissement avait été renommé quelques années plus tôt pour afficher sa politique d'inclusion. Quand je l'avais fréquenté, la population était presque entièrement blanche. Mais depuis l'implantation d'une usine de transformation de poulets à la limite du comté, il y avait des enfants d'immigrants, dont les parents acceptaient les boulots que les gens du coin ne voulaient pas toucher, même quand les emplois stables étaient quasi inexistants. En servant des cafés au *diner*, j'avais entendu les clients râler comme des putois sur le changement de nom, pester sans fin sur les méfaits du politiquement correct ou, comme un vieux de la vieille l'avait formulé, sur « cette idée à la con qu'on devrait tous être égaux ». Les gens d'ici n'aimaient pas être gavés d'idées progressistes, même si une dose tardive de progrès ne leur aurait pas fait de mal. Je doutais quant à moi que le changement de nom ait contribué à aider ces gamins, qui resteraient toujours des étrangers. Junie avait détesté le collège, elle attendait avec impatience d'entrer au lycée, un an plus tard. Je n'avais pas eu le cœur de lui dire que le lycée Harry Truman ne valait guère mieux, qu'il était peut-être même pire. Trop d'enfants sans espoir entassés dans un espace encore plus réduit. Seule une poignée d'élèves de ma classe de terminale avaient poursuivi leurs études. Et la plupart étaient revenus à Barren Springs sans diplôme. Le manque d'exemples de réussite autour de nous ne facilitait pas l'ascension sociale.

Je m'estimais heureuse d'avoir réussi à décrocher mon diplôme de fin d'études secondaires. J'avais mis les pieds dans un établissement scolaire pour la première fois de ma vie quand j'étais entrée en sixième. Cal et moi avions été « éduqués » dans la vallée. Ma mère nous avait enseigné le strict minimum. Notre voisine la plus proche, Mlle Eileen, nous avait appris à lire et à compter, rémunérée en cigarettes par maman. C'était donc en entrant en sixième que j'avais découvert qu'il existait des pauvres… et des gens qui vivaient dans une pauvreté abjecte. Et que nous appartenions à la deuxième catégorie. La plupart des habitants d'ici ne roulaient pas sur l'or, mais il y avait une différence entre ceux qui vivaient aux alentours de la ville et ceux qui nichaient dans la vallée. Nous étions ceux qui avaient appris à lire avec des junkies, si nous avions appris quoi que ce soit, attifés de vêtements non seulement d'occasion mais aussi recouverts de taches douteuses, et nous gardions sur nous un quelque chose de bestial et d'affamé, même les rares fois où nous avions le ventre plein. Nous étions donc immédiatement identifiables et nous aurions été des cibles faciles si la réputation de notre mère ne nous avait pas précédés. Notre statut de plus pauvres parmi la pauvre vermine blanche était éclipsé par le goût de maman pour la violence gratuite. Tout le monde se souvenait du gamin qui avait jeté une pierre à Cal au bord de la rivière. Personne ne savait s'il l'avait fait exprès ou s'il s'était agi d'une simple maladresse. D'ailleurs, ça n'avait pas eu la moindre importance aux yeux de notre mère. Quand on avait revu le gamin, il avait la main éclatée et le regard terrorisé. Il nous avait évités comme la peste après ça.

D'habitude, Junie prenait le car scolaire pour revenir du collège et elle se rendait souvent chez Izzy quand je travaillais tard le soir. Les quelques fois où j'étais allée la chercher, j'avais assisté au chaos organisé dès la sonnerie, et aujourd'hui ne faisait pas exception. En garant ma voiture, je vis les gamins se ruer à travers le portail comme des boulets de canon. Je repérai quelques agents de sécurité près des cars et je me demandai si leur présence était récente ou si je ne l'avais jamais remarquée avant. Dans un cas comme dans l'autre, ils ne verraient sans doute pas d'un bon œil qu'une adulte tourne autour des enfants, même si j'avais l'air plutôt inoffensive. Il me fallait intercepter Hallie avant qu'ils me repèrent.

Junie et Izzy avaient vécu une amitié presque exclusive, ce qui m'avait toujours préoccupée. J'avais sans doute peur qu'elles ne se fâchent et que Junie ne se retrouve seule et perdue. Ou peut-être lui souhaitais-je plus d'amies pour qu'elle se sente moins isolée. Quand j'avais grandi, Cal avait été mon seul soutien et maintenant que j'étais adulte, j'avais du mal à étendre mon cercle de relations. Je perdais mes repères sans mon frère. Je n'avais pas voulu ça pour Junie. Ces raisons-là étaient valables, mais il y en avait de moins avouables. Quoi qu'il en soit, le duo formé par Junie et Izzy n'était pas complètement impénétrable. Certaines filles leur tournaient autour, les invitaient à leur anniversaire ou partageaient avec elles leur déjeuner. Celle que je connaissais le mieux, Hallie Marshall, était venue chez nous à l'occasion, et j'avais remarqué des photos d'elle avec les filles sur les réseaux sociaux.

Je me postai à côté de ma voiture et scrutai le portail du collège jusqu'à ce qu'elle apparaisse, ses cheveux roux recouverts d'un bonnet gris. Je l'appelai et elle se retourna vers moi en levant une main pour se protéger du soleil.

— Bonjour, Hallie, dis-je en m'approchant. Je suis la maman de Junie. On s'est croisées une ou deux fois.

— Je m'en souviens, répondit-elle d'une voix hésitante.

Elle serrait un carnet contre sa poitrine comme un bouclier. Autour d'elle, les collégiens qui se dirigeaient vers leur car nous dévisageaient avec curiosité mais sans ralentir.

— Je peux te parler ? lui demandai-je.

Hallie jeta un coup d'œil vers les véhicules et acquiesça.

— Pas longtemps, je veux pas rater mon car.

— D'accord, bien sûr.

Je m'écartai de l'entrée et elle me suivit en se mordant la lèvre inférieure, tête baissée.

— Je suis vraiment désolée pour Junie, chuchota-t-elle. Pour Izzy aussi.

Les gens voulaient faire preuve de gentillesse, je le savais, mais je commençais à en avoir assez de ce rituel. Pensaient-ils réellement que leurs condoléances m'aidaient ? Qu'entendre une litanie de paroles vides répétée en boucle rendait la situation plus supportable ? Je dus me rappeler qu'Hallie n'était qu'une enfant, qu'elle avait le même âge que Junie. Je réprimai ce que j'avais vraiment envie de lui dire et parvins même à la remercier.

— C'est justement de ça que je veux te parler. Est-ce qu'Izzy sortait avec un type plus âgé ?

Nos regards se croisèrent et je sus tout de suite qu'elle n'avait pas été élevée dans un milieu comme le mien. L'expression sur son visage la trahit immédiatement. Ma mère n'en aurait fait qu'une bouchée.

— Quoi ? parvint-elle à bredouiller, les joues écarlates. Non. Je sais pas.

Je haussai les sourcils et attendis. Je pensais que vingt secondes de silence suffiraient à la faire craquer. Il n'en fallut que dix.

— Enfin, je veux dire, elle sortait pas avec lui *pour de vrai*. Mais il lui plaisait.

Hallie hésita et dansa d'une jambe sur l'autre.

— Ils traînaient un peu ensemble.

— Qui est-ce ? demandai-je, tandis que mon cœur scandait « je le tiens, je le tiens, je le tiens ».

Elle haussa les épaules.

— J'en sais rien. Je vous jure, précisa-t-elle en voyant mon expression. Izzy a jamais voulu me le dire.

— Mais Junie le savait, elle ?

— Ouais, enfin je pense. Mais elle aurait jamais trahi le secret d'Izzy. En tout cas, fit Hallie en s'approchant de moi et en baissant la voix, elles se disputaient à cause de lui et Junie menaçait d'en parler à quelqu'un si elle arrêtait pas de le voir. Elle avait vraiment l'air inquiète pour elle.

— Tu sais quel âge il avait, ce type ?

Dix-huit ans, pensai-je, dis-moi dix-huit s'il te plaît, rien de pire.

— Vraiment vieux, répondit-elle. Je sais pas exactement, mais je dirais autour de trente ans.

— Qu'est-ce qui te fait dire ça ?

J'essayai de garder une voix posée alors qu'à l'intérieur, je m'effondrais.

— Juste leur manière d'en parler. C'était pas un ado, c'est sûr. Loin de là.

Elle regarda derrière son épaule et partit à reculons.

— Faut que j'y aille, fit-elle. Je vais rater mon car.

Quand nos regards se croisèrent une nouvelle fois, je vis dans ses yeux qu'elle voulait me dire autre chose, mais elle y renonça. Elle garda son secret derrière ses dents serrées.

— Attends, Hallie !

J'attrapai la manche de son sweat-shirt, mais elle se dégagea.

— Je peux pas. Faut que j'y aille.

Je la regardai partir, le regard fixé sur le trottoir. Je bouillonnais de frustration, la part qui tenait de ma mère en moi voulait lui courir après et arracher une poignée de ses cheveux roux. La rendre chauve s'il fallait en passer par là pour lui faire cracher le morceau. Quelqu'un l'appela et elle pressa le pas, agrippa la rampe pour se hisser dans le car. Mais juste avant de disparaître, elle se retourna.

— Parlez à votre frère, me dit-elle d'une voix à peine audible.

Le temps que les syllabes s'alignent dans mon esprit, la portière s'était refermée. En regardant le car partir, je vis le reflet d'Hallie dans la vitre, ses yeux fuyants.

Cal. Qui aimait Junie comme sa fille. Qui avait grandi en enfreignant la loi – en volant de la nourriture quand j'avais faim, en tabassant les gamins qui m'embêtaient, en participant au trafic de drogue de ma mère pour m'éviter d'avoir à le faire – et dont c'était maintenant le métier de la faire respecter. Cal, que toutes les femmes désiraient sans jamais réussir à lui mettre le grappin dessus. Il disait toujours qu'il voulait se concentrer sur son travail ou qu'elles étaient trop exigeantes, en manque d'affection… Un frisson me parcourut : peut-être étaient-elles simplement trop vieilles pour lui.

9

Quand il déboula par la porte de service, à l'arrière du *diner*, Thomas faillit me renverser avec son sac plein d'ordures puantes.

— Putain ! s'exclama-t-il en m'évitant à la dernière minute, sans parvenir à empêcher le sac-poubelle de s'écraser contre ma hanche. Qu'est-ce que tu fous ici, Eve ?

Je m'écartai en plissant le nez à cause de l'odeur.

— Excuse-moi, je ne voulais pas te faire trébucher.

Thomas jeta le sac dans la benne à ordures, dont le couvercle se referma dans un claquement creux. Il s'essuya les mains sur son tablier.

— Tu ne m'as pas répondu.

— Je fumais une clope, dis-je en haussant les épaules.

En vérité, depuis ma conversation avec Hallie, je ne savais pas quoi faire. J'avais appelé Cal, mais il n'avait pas répondu. Je ne supportais pas l'idée de rentrer dans mon appartement vide. Le *diner* était le seul endroit où je me sentais un peu chez moi. Comme si ce constat n'était pas assez déprimant, le fait de rester assise au milieu de relents de pourriture, de tessons de bouteille et de mégots enfonçait le clou.

Thomas s'assit à côté de moi en grimaçant. Il se faisait trop vieux pour rester penché sur ses fourneaux toute la journée. Mais je savais qu'il n'arrêterait jamais. Qu'il travaillerait dans cette cuisine jusqu'au jour où il s'effondrerait la tête la première sur le lino craquelé.

— Depuis quand tu fumes, toi ?

— Depuis que ma fille a été assassinée.

De quoi réduire la plupart des gens au silence, mais pas Thomas, qui n'hésitait jamais à dire ce qu'il pensait.

— Sale manie, affirma-t-il, et je sentais son regard sur moi, ses yeux sombres sur mon visage. Comment tu t'en sors, ma douce ? finit-il par me demander.

Les larmes me picotaient, mais je les retins. Je n'avais vu ni Thomas ni Louise depuis les obsèques d'Izzy, où je les avais aperçus de l'autre côté de l'église et avais évité de croiser leur regard. Je pouvais me retenir devant presque tout le monde. Devant ceux qui ne nous aimaient pas vraiment, Junie et moi. Devant ceux qui nous connaissaient à peine et rabâchaient des condoléances de pure forme. Mais Thomas et Louise avaient toujours connu Junie. Thomas l'avait bercée pendant des heures quand elle était bébé et qu'elle souffrait de coliques. Louise m'avait appris à lui parler même quand elle était trop petite pour comprendre ce que je lui disais. Ma mère estimait que c'était une perte de temps. « Qu'est-ce que tu t'emmerdes à lui parler ? Le seul truc qu'elle comprend, c'est ton téton dans sa bouche. » Sans Thomas et Louise, les premières années auraient été beaucoup plus difficiles. Ils l'avaient tenue dans leurs bras et regardée grandir. Ils adoraient me taquiner sur mon amour éperdu pour elle. Et maintenant, ils voyaient clair dans mon jeu : en apparence, je fonctionnais encore comme un être humain, mais à l'intérieur, j'étais réduite en charpie.

— Pas terrible, lui répondis-je en faisant voler mon mégot de cigarette.

Je ne savais même pas pourquoi je fumais. C'était bel et bien une sale manie, et le goût dans ma bouche, âpre et violent, me rappelait maman. J'étais déstabilisée par le réconfort qu'il m'apportait en ce moment.

— Je veux reprendre le boulot.

Thomas gambergea. Je voyais les pensées défiler dans ses yeux.

— T'es sûre que c'est une bonne idée ? Je peux te prêter de l'argent, tu sais. C'est pas le moment de faire des excès de zèle.

Je hochai la tête.

— Je ne peux pas passer mes journées à glander. Ça me rend folle.

Ça me donnait des envies, des envies de choses que seule ma mère aurait validées. Je ramassai un caillou et le fis sauter dans ma main avant de poursuivre :

— Je te promets que je saurai me tenir. Je ne pleurerai pas dans les tasses de café, si c'est ce qui t'inquiète.

Il poussa un grognement rauque.

— Je me fous bien que tu passes tes journées à chialer. C'est pas ce qui m'inquiète. C'est plutôt tous les badauds qui traînent ici. Qui posent tout un tas de questions et qui fourrent leur nez dans ce qui les regarde pas.

— Je peux les supporter, lui dis-je, mais ma bravade sonnait faux.

Thomas me tapota le genou.

— Attends un peu. Prends quelques jours de plus.

On resta assis en silence, à écouter les déchets se fracasser contre la clôture de la ruelle. De temps en temps, j'entendais une voiture passer au loin, sur la route. Par bonheur, l'odeur de la benne était chassée par un vent au léger parfum de fleurs printanières. J'éprouvais une étrange sensation de paix. Je me sentais cachée et j'avais envie de ne plus jamais me relever, de rester sur ces marches aussi longtemps que j'en aurais besoin.

— Mon Dieu, fit Thomas en se levant et en époussetant le fond de son pantalon. V'là du monde, et pas du beau.

Une voiture de patrouille descendait la ruelle et se dirigeait vers nous, les pneus crissant sur le vieux gravier. Je vis, à la silhouette du conducteur, qu'il ne s'agissait pas de Cal. Trop corpulent, pas assez grand, de quoi me retourner l'estomac. Mais je devais essayer de maîtriser mes émotions. Je n'avais plus rien à craindre. J'étais la mère de la victime, maintenant, quelqu'un à ménager.

La voiture s'arrêta à notre niveau et la vitre du conducteur s'abaissa en ronronnant.

— Salut, Thomas, lança Land, les yeux dissimulés derrière les verres réfléchissants de ses lunettes de soleil.

Thomas se contenta d'un petit hochement de tête. Le boulot du shérif était peut-être de « protéger et servir », mais il accomplissait cette tâche avec une certaine arrogance quand celui qu'il devait protéger et servir avait la peau un peu plus foncée que les autres. Comme si, en plus de faire simplement son boulot, il lui rendait service. Et qu'il finirait donc par avoir une dette envers lui. Le sourire en coin de Land disparut quand il me regarda.

— Eve. Faut que je te parle.

— D'accord, répondis-je sans bouger.

— En privé, précisa le shérif.

— Entrez donc, tous les deux, proposa Thomas. Venez discuter devant un café.

Le regard de Land glissa sur Thomas. C'est en tout cas ce que je présumai, car il tourna la tête vers lui.

— C'est pas la peine, restons ici, répondit-il en me faisant signe, le bras tendu par la vitre. Dépêche-toi, Eve. J'ai pas que ça à faire.

Je me levai, les jambes lourdes, et descendis les marches. Thomas me prit soudain l'avant-bras et me tira vers lui.

— Si t'as besoin de moi, n'hésite pas, dit-il à voix basse. Je ne suis pas loin.

J'acquiesçai. Pour la première fois, il me vint à l'esprit que je n'étais peut-être pas la seule à avoir de mauvais souvenirs de Land, à ressentir sa présence comme une menace. Je restai à côté de la portière passager jusqu'à ce que Thomas soit rentré, avant de reculer d'un bond quand Land l'ouvrit brusquement et me fit signe de monter d'un geste impatient.

Je m'installai sagement sur le siège, repliée sur moi-même. Je n'étais pas montée dans sa voiture depuis des années et je m'étais jurée de ne jamais y remettre les pieds.

— Tu sais pourquoi je suis ici ? me demanda-t-il.

— Non, affirmai-je, alors que j'avais ma petite idée.

Il soupira.

— J'ai reçu un coup de fil de la mère d'Hallie Marshall. Apparemment, t'as harcelé sa fille devant le collège aujourd'hui.

Je me tournai vers lui.

— Je ne l'ai pas harcelée. Je lui ai juste posé une ou deux questions.

Le shérif adopta la même posture que moi en posant sa grosse paluche sur le volant pour prendre appui. Le soleil fit briller l'alliance qu'il continuait de porter alors que sa femme Mabel était décédée deux ans plus tôt. Elle en avait sans doute eu marre de voir sa gueule de con fier de l'être. Je sentis son haleine de café croupi de l'autre côté de la voiture.

— Depuis quand tu te mêles d'aller fouiner à droite à gauche ? T'es embauchée par la police sans que je sois au courant ? Tu dois nous laisser travailler, Eve, on sait ce qu'on fait.

— D'accord, répondis-je en commençant à bouillir. Vous lui avez parlé, vous, à Hallie ?

Land fit non de la tête et, avant qu'il puisse placer un mot, je poursuivis :

— Eh bien, vous auriez dû. Vous saviez qu'Izzy voyait un type plus âgé ? Beaucoup plus âgé ? Qui a peut-être un lien avec les crimes. Si je dois compter sur vous pour…

— On le savait déjà, m'interrompit Land.

Le souffle coupé, je restai bouche bée au milieu de ma tirade.

— Vous saviez quoi ?

— Qu'il y avait un type plus âgé. Junie en avait parlé à Cal.

J'aurais dû être soulagée, car ça expliquait pourquoi Hallie avait mentionné Cal. Elle ne voulait pas dire qu'il était ce type plus âgé, juste qu'il pouvait éventuellement me renseigner à son sujet. Ce que je n'arrivais pas à comprendre, c'est que Cal ait été au courant et ne m'en ait pas parlé. Et je ne supportais pas – jamais – que Land ait une longueur d'avance sur moi.

— Qui c'est ? demandai-je.

— On ne sait pas encore, l'enquête suit son cours, répondit le shérif. Mais même si je le savais avec certitude, je ne te le dirais pas. T'as pas le droit de te mêler de tout ça.

— C'était ma fille, explosai-je. Comment osez-vous dire que ça ne me regarde pas ?

— J'ai aussi appris que t'étais allée emmerder Jimmy Ray, continua Land comme si je n'avais rien dit. C'est une mauvaise idée, Eve. Inutile de te rappeler comment ça s'est terminé, la dernière fois, si ?

Ses yeux se dirigèrent vers mon poignet, puis sa main suivit le même mouvement et je retirai brusquement le bras.

— Me touchez pas !

Land battit en retraite, mais ne put réprimer un sourire narquois.

— Calme-toi, putain. Chaque fois que tu me vois, t'es sur les dents.

Il baissa la voix, même si j'étais la seule à pouvoir l'entendre.

— C'était juste une petite pipe. J'arrive pas à croire que ça te mette dans cet état après tant d'années. C'est pas comme si c'était la première fois que t'en taillais une non plus, je le tiens de source sûre.

Ma gorge s'enflammait ; les os de mon poignet, qui n'avaient jamais vraiment guéri, me lançaient sous la peau. Mon cœur se soulevait comme si tout ce qui s'était passé en cette nuit pluvieuse d'octobre, plus de dix ans auparavant, se rejouait maintenant. L'histoire entre Jimmy Ray et moi avait déjà touché à sa fin. Nous le savions tous les deux : moi, parce que je refusais de le laisser me frapper devant ma fille, et lui, parce que le plaisir qu'il prenait à me rosser était gâché par les emmerdes que je lui causais. J'appelais les flics. Je ne lui rendais pas coup pour coup, non, mais je résistais malgré ses menaces. Or Jimmy Ray voulait toujours tout décider. Jusqu'au moment de notre rupture. Et il n'était pas encore tout à fait prêt. Il m'avait fendu la lèvre, collé un coquard, il avait broyé les os de mon poignet entre ses mains, mais il n'était pas encore décidé à lâcher prise. Quand la police l'avait embarqué, il m'avait dit qu'on se reverrait bientôt et m'avait adressé un clin d'œil en montant dans le fourgon, dont les gyrophares avaient fait tourbillonner et basculer le monde devant mes yeux.

C'était le shérif qui m'avait conduite à l'hôpital, parce que Cal gardait Junie. Il la bordait sans doute en lui racontant des mensonges sur ce qui était arrivé à sa maman. Land avait attendu jusqu'à ce qu'on m'ait bandé le bras et donné rendez-vous deux jours plus tard pour le plâtrer. Il m'avait alors conduite à son véhicule de patrouille, garé dans un coin sombre du parking de l'hôpital, et m'avait expliqué comment ça marchait.

— Tu me causes beaucoup d'ennuis, avec toutes ces embrouilles entre Jimmy Ray et toi.

— Moi ? m'étonnai-je, même si mes lèvres tuméfiées avaient estropié le mot. Je veux juste qu'il s'en aille. C'est fini. Je comprends pas pourquoi vous pouvez pas le forcer à me foutre la paix. C'est pas votre boulot ?

Ma santé ne me préoccupait pas particulièrement. Une raclée de plus ou de moins, au point où j'en étais… Mais Junie grandissait à vue d'œil, elle commençait à cataloguer ce qu'elle percevait du monde, à se souvenir. D'autre part, je ne savais pas combien de temps j'allais réussir à maîtriser Cal, à le convaincre que je me débrouillais très bien seule en menaçant de ne plus lui adresser la parole s'il s'en mêlait, s'il risquait sa carrière pour un idiot de la trempe de Jimmy Ray. Je redoutais en secret que mon frère tente de s'interposer et que ça lui coûte la vie. Cal était fort et intelligent, mais Jimmy Ray se foutait de tout, à l'exception de sa survie : ça faisait de lui le plus dangereux des deux.

Land avait soupiré, son expression favorite en l'absence de mots, et s'était tourné vers moi. Sa moustache et sa bedaine étaient moins grosses à l'époque, mais il était le même, à savoir, un homme en position d'autorité depuis si longtemps, et avec si peu d'opposition, qu'il estimait que tout lui était dû.

— Laisse-moi t'expliquer, avait-il dit en écartant les mains dans l'obscurité. Je peux pas faire mon boulot, pas comme je l'entends, si tu me mets en porte-à-faux avec Jimmy Ray. Lui et moi, on a nos petits arrangements, tu comprends ?

J'avais entendu parler de leurs combines. Il fallait dire que tout le monde était au courant de leurs échanges de bons procédés. C'était à cause de cette entente que Jimmy Ray était parfois arrêté pour conduite en état d'ivresse ou pour avoir tabassé sa copine, mais jamais rien de plus sérieux. Jamais pour ce qui risquait de l'envoyer derrière les barreaux pendant plus d'une nuit.

— Non. Je comprends pas. Vous refusez de m'aider, c'est ça ?

— Écoute, avait lentement énoncé Land comme s'il s'adressait à une enfant, je suis au courant des activités de Jimmy Ray. Mais il les garde en dehors de cette ville. Il sait encadrer ses hommes. J'ai pas à m'occuper de meurtres liés à la drogue. Y a pas de cadavres dans mes rues.

J'avais gloussé.

— Ouais, parce qu'il préfère les balancer dans les bois en pâture aux sangliers.

— Je m'en bats les couilles de ce qu'il en fait, tant que ça se finit pas dans ma ville. Tout le monde se fout de leur sort, de toute façon. De ceux qui plongent dans son trafic. Bon débarras, c'est tout ce que j'ai à en dire.

Land avait rapproché une main de ma jambe, sans tout à fait la toucher. Je l'observais comme on observe une araignée : en sachant qu'elle se dirigeait vers moi tout en espérant qu'elle changerait de direction au dernier moment.

— On a un accord, lui et moi. Il gère son business et ses hommes, et moi, je ferme les yeux. On n'a aucun intérêt à se faire la guerre, ni l'un ni l'autre. C'est mieux comme ça.

— Mieux pour qui ? avais-je demandé en me réfugiant loin de sa main baladeuse.

— Mais pour tout le monde ! C'est ce que j'essaie de te faire comprendre.

La pluie avait redoublé, elle martelait le toit, ruisselait sur le pare-brise, nous emprisonnant à l'intérieur du véhicule.

— Et toi, poursuivit-il en hochant la tête, tu veux que je bouleverse tout ça. C'est compliqué, Eve. Ça va me causer beaucoup d'ennuis.

Je savais ce qu'il insinuait et ça me rendait malade. Un prêté pour un rendu. Combien de fois avais-je vu ma mère tomber dans le même piège ? Comme si c'était le sort réservé aux femmes du monde entier.

— Qu'est-ce que vous voulez ? avais-je demandé d'une voix blanche.

Des rumeurs circulaient à son sujet depuis des années, alors je le savais déjà. Mais je voulais au moins l'obliger à le dire.

Il m'avait regardée un instant, puis il avait pris ma main, inerte et froide, et l'avait pressée contre son pantalon. Il avait frotté ma paume flasque sur sa queue qui durcissait.

— Ça, mais avec ta bouche.

J'avais dégluti en regardant fixement la pluie qui crépitait sur le pare-brise.

— Et si je le fais ?

— Si tu le fais, je te débarrasse de Jimmy Ray. Et pour de bon, je te le garantis.

Il se cambrait et commençait à haleter.

Je voulais que ma main m'obéisse, je voulais pouvoir serrer mes doigts engourdis et percer sa chair de mes ongles. J'avais envie de sang et de mutilation.

Mais la pensée de Junie m'en avait empêchée. La vision de ses yeux écarquillés et de ses joues marbrées de larmes. Sa voix fluette – « Maman ? » – quand elle avait vu Jimmy Ray me briser le poignet et qu'elle m'avait entendue hurler de douleur. Je n'avais pas été capable de lui épargner ce spectacle. Mais ce qui se passait dans cette voiture pouvait rester secret. Elle n'aurait jamais à le savoir, ni à voir de ses propres yeux à quoi j'étais réduite. On serait débarrassées de Jimmy Ray, une fois pour toutes. Et je pourrais alors être la mère dont elle avait besoin, la mère qu'elle méritait. Plus d'erreurs. C'était un juste retour des choses, dans un sens. Jimmy Ray était ma faute, mon instant de faiblesse. Je me retrouvais face à ma punition.

Je dois reconnaître que Land n'en avait pas eu pour longtemps. « Toujours ça de gagné », comme le disait souvent ma mère. Mais il était brutal, me tirait les cheveux, me forçait sur lui à grands coups de hanche, me laissait à peine respirer. Si brutal que ma bouche tuméfiée s'était remise à saigner, maculant sa peau de rouge.

En fin de compte, ça en avait valu la peine. Land avait tenu parole et Jimmy Ray nous avait laissées tranquilles. Cal était resté en vie et avait gardé son boulot. Et Junie n'avait plus eu à supporter de voir sa mère se faire battre comme plâtre. Si elle se souvenait de lui et de ce qu'il m'avait fait, elle n'en avait jamais parlé. Peut-être avait-elle oublié, peut-être l'avait-elle verrouillé à l'abri dans son esprit. Un de ces souvenirs flous de la petite enfance qu'on peut attribuer à un cauchemar ou à une imagination fertile. Mais moi, je n'avais jamais oublié. Pas Jimmy Ray, et encore moins Land. J'avais parfois des élancements dans le poignet, quand je dormais dessus ou quand j'apercevais le pick-up de Jimmy Ray en ville. Mais le souvenir de Land, ce sale goût amer et honteux au fond de ma gorge, je n'avais jamais réussi à m'en débarrasser.

10

Je ne sais pas si c'était le produit de notre enfance chaotique – ne jamais savoir si nous allions manger à notre faim, voir constamment défiler des inconnus –, mais à l'âge adulte, Cal et moi étions devenus des êtres d'habitude. Nous n'aimions pas les surprises, qu'elles soient bonnes ou mauvaises. Nous n'étions pas fans de nouveaux lieux, ni de changements de routine – nous essayions toujours de mener des vies ordonnées. Si Cal n'était ni au travail ni au *diner* pour me voir, j'étais sûre de le trouver dans un nombre limité d'endroits : chez lui ou chez moi, devant une bière au bar près de la sandwicherie, à la laverie en train de lire le journal ou de regarder ses vêtements tourner en rond. J'avais essayé toutes ces options sans repérer son pick-up. Il ne restait plus que le mobile home de ma mère, et je n'étais pas encore prête à y remettre les pieds. Et son coin de pêche secret.

Il pêchait sur les rives du Jackson Creek depuis toujours. Quand nous étions jeunes, ses mains sentaient souvent les entrailles de poisson. Une puanteur qui me faisait encore saliver et m'ouvrait l'appétit car, si vile qu'elle soit, elle était synonyme de repas. Cal n'avait plus besoin de pêcher pour se remplir la panse, mais je savais que le rituel l'aidait à se décontracter. S'isoler au bord du ruisseau l'apaisait, émoussait la lame tranchante qui se logeait en lui. Je le comprenais car je ressentais la même chose. Junie m'avait aidée à atténuer une tension qui ressurgissait en son absence, comme une arme acérée, dure, au creux de mon corps.

Jackson Creek, malgré son nom de ruisseau, était une vraie rivière qui coulait sur des kilomètres, parfois dissimulée dans la forêt, parfois à découvert. Son cours, rapide et profond à certains endroits, ralentissait ailleurs en un ruisselet, puis s'ouvrait en une retenue calme où l'on pouvait se baigner nus, avant de se perdre à nouveau dans les bois. Tous les habitants locaux entretenaient un lien particulier avec la rivière, mais quasiment personne ne connaissait le coin de mon frère, et les rares élus n'étaient pas forcément assez persévérants pour s'y rendre. Il fallait être prêt à grimper, à affronter tiques, ronces et épines qui égratignaient les bras et se prenaient dans les cheveux. Mais Cal jurait qu'il abritait les meilleurs poissons, gras et scintillants sous le soleil, si proches de la surface qu'on pouvait pratiquement les attraper à la main.

Sans surprise, je trouvai son pick-up garé dans les bois d'où partait le sentier. Je soupirai, nouai mes cheveux en queue-de-cheval et baissai les manches de mon chemisier avant d'aller le rejoindre. Quand j'y arrivai – une excursion de vingt minutes qui sembla prendre une heure –, le soleil était haut dans le ciel et la transpiration dégoulinait lentement dans mon dos. Heureusement que nous étions au printemps, que la chaleur accablante de l'été n'était qu'un simple murmure dans la tiédeur du vent.

— Salut, dis-je en rejoignant Cal et sa canne à pêche sur le rocher plat au-dessus du cours d'eau.

Trois poissons étaient déjà au frais dans sa glacière.

— Salut, me lança-t-il sans se retourner. Ça fait plus de dix minutes que je t'entends faire du raffut. On aurait dit un troupeau d'éléphants dans la forêt. Tu serais nulle, comme espionne.

— Ouais, peut-être… en même temps, je n'ai jamais été tentée par cette carrière.

Je m'assis à côté de lui, retroussai les manches et passai la main dans mon cou en sueur.

— Ça fait longtemps que t'es là ? demandai-je.

— Pas vraiment, répondit-il en haussant les épaules.

Il avait une mine aussi abominable que mon moral : cernes noirs sous les yeux et paupières bouffies à cause des larmes qu'il n'admettrait jamais avoir versées.

— J'avais besoin d'une journée sans que personne me regarde, poursuivit-il, à attendre que je craque, tu vois ce que je veux dire ?

— Ouais, je vois.

Cal reprit la canne, moulina un peu. Le soleil dorait ses cheveux, ses cils projetaient des ombres vaporeuses sur ses joues.

— Land m'a raconté, pour Hallie et sa mère.

Je soupirai, me tournai vers le soleil et le laissai former des motifs sous mes paupières fermées. Une sensation de pouces tièdes contre ma peau me laissa au bord des larmes. J'ouvris les yeux et les détournai.

— Quoi ? Vous vous liguez contre moi, maintenant, Land et toi ? J'imagine que tu joues le bon flic parce que Dieu sait que Land a toujours joué le mauvais.

— Qu'est-ce que tu veux dire par là ?

— Rien, marmonnai-je.

Cal posa une main sur mon bras et me tira doucement pour que je me tourne vers lui.

— Je n'ai aucune intention de me liguer contre toi, ni de te prendre en embuscade. Rien de tout ça. J'étais inquiet quand Land m'en a parlé. Tu ne peux pas faire n'importe quoi, Evie, tu ne peux pas affronter tous ceux qui…

Je me dégageai d'un geste brusque.

— On m'a déjà fait la leçon, merci.

— Putain, tu peux m'écouter deux secondes ? Je ne veux pas te faire la leçon. J'essaie juste de m'excuser.

Ça m'arrêta net.

— T'excuser de quoi ?

Il se passa une main dans les cheveux.

— De ne pas t'avoir parlé de cette histoire avec Izzy. J'avais promis à Junie de garder le secret. Mais j'avais l'intention de te le dire, ajouta-t-il en levant le bras pour m'intimer de ne pas l'interrompre. Je voulais juste m'assurer que je savais exactement de quoi il s'agissait avant. J'aurais aidé Junie à comprendre qu'il valait mieux que tu sois au courant. Toi, et les parents d'Izzy.

Je m'avachis, sapée de toute énergie combative. Je préférais être en colère, sentir la rage couler dans mes veines. Elle bloquait tout le reste.

— Je croyais que Junie me disait tout. Pourquoi aurait-elle voulu me cacher une chose pareille ?

Cal réfléchit. Je savais qu'il était en train de peser ce qu'il devait me confier. Il était toujours prudent, il s'assurait toujours de trouver les mots justes avant de les libérer. Il se pencha et me tapota l'épaule.

— T'as un gros complexe d'infériorité en ce qui concerne les Logan. Junie s'en rendait compte, tu sais. Elle avait sans doute peur de te donner un prétexte pour l'empêcher de voir Izzy.

Une fureur bienvenue me remonta l'échine et je m'écartai de lui.

— Qu'est-ce que tu racontes ? Je n'ai aucun complexe d'infériorité envers les Logan. Je ne les connais même pas, putain !

Cal haussa les sourcils.

— Non, mais tu connais leur milieu : beau petit pavillon, deux voitures, mariés, une somme rondelette sur leur compte en banque.

Je le dévisageai comme si je ne comprenais pas et il soupira. Il posa les coudes sur ses genoux en se penchant si bas que la canne lui touchait presque le front.

— Allons, Evie, tu vois très bien ce que je veux dire. Ils sont aux antipodes de ce qu'on a connu, toi et moi. Une famille modèle comparée au désastre qu'était la nôtre.

Je croisai les bras et serrai les coudes. Mon bouclier de chair.

— Et aussi aux antipodes de l'enfance qu'a connue Junie, c'est ce que t'essaies de me dire ?

— Tu vois ? Voilà la preuve de ton complexe d'infériorité. Je ne pensais même pas à toi et à Junie, mais ton esprit cherche automatiquement à comparer, et tu présumes toujours que tu as échoué.

— J'ai échoué. Ma fille est morte.

— Ouais, ben, la leur aussi, répondit-il après un temps.

Il ramena le poisson d'une main experte, décrocha l'hameçon de la gueule béante et le jeta avec les autres dans la glacière. J'avais l'habitude de tuer des animaux, d'enfiler des vers vivants à des hameçons, de vider les poissons encore suffoquants, de sortir les entrailles fumantes de cerfs tout juste abattus, de tordre le cou à un poulet à mains nues. Ça ne m'avait jamais dérangée avant. Les animaux, c'était de la nourriture, et la nourriture était rare. Faire la délicate m'aurait fait mourir de faim, et il n'y avait pas grand-chose de pire que ça. Mais je dus me détourner de ce poisson et de la vue de sa gueule s'ouvrant et se fermant sur la glace. Je m'assis sur mes mains pour réprimer l'envie de le rejeter à l'eau, de lui redonner la vie.

— Tout est peut-être lié à ce type, dis-je tandis que Cal relançait sa canne. Celui que voyait Izzy. C'est peut-être pour ça qu'elles ont été tuées.

Cal poussa un grognement évasif, puis me demanda :

— Au fait, comment tu sais qu'Izzy voyait un type, si Junie t'en a jamais parlé ?

Je fixai le courant des yeux, le regardai lisser une pierre. Je pensai au journal de Junie, désormais rangé dans le tiroir de ma commode. Je n'avais aucune intention de le céder, de laisser des inconnus décortiquer les pensées et les émotions secrètes de ma fille. C'était le seul lien qui me restait avec elle et je n'avais pas l'intention de le partager.

— C'est plus que je m'en doutais. J'ai entendu des rumeurs et je me suis dit que si elles étaient vraies, Hallie serait au courant.

Je sentis le regard de Cal, il devait essayer de déterminer si je lui mentais.

— Je vais te vider un ou deux poissons, finit-il par dire. T'as maigri. Tu pourras les faire griller pour ton dîner.

— J'ai de quoi manger.

— Mais tu ne manges pas. Arrêter de manger ne va pas la ramener, fit-il en posant une main sur mon dos.

Je sentis la flambée dans mon dos et me demandai comment cette colère ardente et féroce ne lui brûlait pas la main à travers ma peau.

— Et manger va la ramener, peut-être ?

— Non, concéda Cal. Mais il faut manger quand même.

Il rembobina sa ligne et posa soigneusement la canne. Quand on était jeunes, c'était le seul gamin que je connaissais à n'avoir jamais accidentellement blessé quelqu'un avec son hameçon. Il n'était jamais imprudent avec les autres ; il réservait ça pour lui.

— Vous avez une idée de qui c'était, ce gars avec qui Izzy traînait ?

Cal garda le regard fixé sur le poisson qu'il écaillait, son couteau étincelant au soleil.

— Même si on le savait, tu sais bien que je ne pourrais pas te le dire.

— C'est un oui, alors ? insistai-je.

Il m'adressa un demi sourire.

— C'est pas un non.

Je respirai à fond. Une voix en moi me criait de la fermer, car je savais que ce que j'étais sur le point de dire était idiot et ravageur.

— Quand Hallie m'a conseillé de te parler, j'ai cru, l'ombre d'un instant, que c'était peut-être toi.

— Que c'était peut-être moi ? répéta Cal, le front ridé.

Comprenant qu'il était véritablement perplexe, je me sentis comme un de ces hommes qui confessent une ancienne liaison pour se donner bonne conscience. Ils se sentent peut-être mieux après, mais ce n'est pas le cas de leur épouse.

— Laisse tomber, marmonnai-je en prenant un couteau et un poisson. C'était con.

— Attends un peu, fit-il en interrompant ses gestes, des écailles argentées collées aux doigts. T'as cru que j'étais le mec qui traînait avec Izzy, *moi* ? Avec une gamine de douze ans ?

— Pas vraiment. Mais c'est juste que… t'as jamais de copine, Hallie m'avait dit de te parler…

Je n'achevai pas ma phrase en voyant le choc, la colère et la cuisante déception défiler sur le visage de Cal. Cette dernière expression me secoua. Je l'avais déjà vue quelque fois chez lui, mais c'était la première fois qu'elle m'était adressée.

— J'ai pas de copine parce que je bosse tout le temps ! Et avec qui j'aurais envie de sortir dans ce coin pourri, bordel ?

Il secoua la tête et quand il reprit la parole, c'était d'une voix basse et teintée de lassitude.

— J'arrive pas à croire que t'aies pu penser ça. Même l'ombre d'un instant. Qu'est-ce que j'ai pu faire, qu'est-ce que j'ai jamais fait, qui puisse te donner une idée pareille ?

Je m'apprêtais à protester, à me justifier, mais j'en étais incapable. Car en vérité, cette pensée m'avait bel et bien traversé l'esprit, même furtivement. Ma vie avec Cal défila dans ma tête : les nuits blottis ensemble dans le même lit pour tenter de réchauffer nos membres dégingandés ; ses leçons pour vider un poisson ou étriper un cerf ; Cal qui portait le chapeau pour moi dès qu'il le pouvait, cherchant toujours à m'épargner ; le bonheur sur son visage la première fois que Junie avait dit son nom. Toutes les fois où il m'avait accordé le bénéfice du doute, où il avait fermé les yeux, où il avait tendu l'autre joue. J'avais cru que mon amour pour Cal transcendait l'éducation nocive de ma mère. En réalité, il n'avait jamais été mis à l'épreuve. La mort de Junie avait tout fait remonter à la surface. Cet instinct primaire de se méfier en permanence, de ne faire confiance à personne, de ne jamais baisser la garde. Notre famille s'unissait contre les attaques extérieures, mais ça n'empêchait pas qu'on s'en prenne les uns aux autres, mortels et vifs comme des vipères. J'avais cru que le décès de Junie ne laissait aucune place à une autre forme de tristesse, mais le chagrin m'envahit, fit pression dans ma gorge et derrière mes yeux.

— Excuse-moi, parvins-je enfin à articuler.

C'était loin de suffire, mais que restait-il à dire ?

— Laisse tomber.

Il m'écarta d'un battement de main, puis éventra le poisson et jeta ses entrailles visqueuses dans l'eau.

Je savais que nous n'en reparlerions plus jamais. Cal fonctionnait ainsi. Il n'était pas du genre à nourrir de la rancune et à vous envoyer des reproches à la figure plus tard. Mais cet épisode se logerait entre nous comme un caillou dans une chaussure : certains pas seraient tout à fait normaux, d'autres nous larderaient doucement le pied, de sorte qu'il faudrait toujours marcher avec prudence, au cas où. Savoir cela me brisait le cœur, mais il fallait que je lui pose la question. Ça allait au-delà de Cal et moi. C'était pour Junie. J'étais prête à souffrir et à faire souffrir les autres, de mille manières différentes, si ça me donnait une chance de la venger.

11

On ne vous parle jamais du temps que vous perdez. Les bien intentionnés vous apportent des plats ou vous envoient des fleurs. Les inquiets vous surveillent, guettent vos envies suicidaires et mettent discrètement à l'écart les médicaments et les armes à feu. Les pros vous font passer de belles brochures. Groupes de soutien et numéros verts. Listes d'étapes pour bien faire son deuil. Manque d'appétit. Dormir trop longtemps ou ne pas dormir du tout. Colère. Déprime. Désespoir. Mais personne ne vous parle du temps qui vous file entre les doigts, des minutes perdues à fixer la nuque blonde d'un enfant sur le trottoir, des secondes qui s'écoulent devant le sèche-linge d'où vous venez de sortir le tee-shirt qu'avait porté votre fille. Le cerveau vague et vide comme une chambre noire où ne résonne qu'un seul nom – *Junie Junie Junie* – en une boucle infinie de manque affectif.

J'avais perdu la notion du temps, plantée devant la porte ouverte des surgelés, au supermarché. J'y étais depuis assez longtemps pour que mon visage soit transi de froid, mais pas assez pour qu'un employé vienne me demander si j'allais bien. Je n'avais pas faim, mon appétit avait disparu avec ma fille. Je flottais dans mes vêtements, mon jean retenu par les os saillants de mes hanches. Mais j'avais le sentiment que Junie aurait voulu que je mange, ce qui expliquait pourquoi je fixais d'un regard absent les boîtes multicolores de plats surgelés. Poulet, pâtes, steaks hachés. J'attendais le déclic qui me permettrait de choisir.

Puis, comme je l'avais anticipé, une main se posa sur mon épaule et une voix hésitante me glissa à l'oreille : « Hé, ça va ? » Mais quand je tournai la tête, je me trouvai face à Zach Logan qui fronçait les sourcils, soucieux. Je lâchai la porte et m'écartai gauchement de lui. Sa main glissa sur mon bras avant de se retirer.

— Ça va, dis-je en montrant les produits surgelés du doigt. Rien ne me fait envie.

— Je sais. Je trouve que tout a un goût de carton. Mais il faut manger, c'est important. Il faut reprendre des forces.

Je me demandai s'il était de mèche avec Cal, s'ils avaient préparé ensemble une tirade pour m'inciter à me nourrir. Et s'il mettait le même genre de pression à Jenny pour lui faire avaler ses repas.

— J'espère que t'es entrée par derrière, me dit Zach. Il y a des journalistes devant la porte.

Lorsque les médias étaient apparus en ville, quelques jours après les obsèques d'Izzy, je n'avais pas fait le lien avec les crimes. Cal m'avait accompagnée en passant devant eux, devant leurs caméras, leurs micros et leur fausse sollicitude, et je lui avais demandé avec perplexité : « Qu'est-ce qui se passe ? Qu'est-ce qu'ils font ici, tous ces reporters ? » Le dernier événement digne d'intérêt à Barren Springs remontait à l'époque où la rivière avait débordé de poissons morts et où la moitié de la ville avait cru à l'Apocalypse. Et même alors, seule la presse régionale de Springfield avait fait le déplacement.

Cal m'avait regardée en coin.

— Ils sont ici pour Junie. Et pour Izzy, m'avait-il répondu lentement, comme s'il se demandait si je plaisantais.

— Oh, avais-je répondu en me sentant franchement stupide.

Si l'enfant d'un autre s'était fait trancher la gorge comme du gibier, je n'aurais pas eu besoin qu'on m'explique la présence des reporters, j'aurais tout de suite compris.

Globalement, je m'étais débrouillée pour ne pas me faire coincer. Je profitais du dédale des rues de Barren Springs. Les journalistes avaient tendance à s'agglutiner devant les commerces en bord de route, leurs fourgons encombrant le parking de la laverie et de l'ancienne boutique de fleurs. Ils n'avaient pas remarqué que je me garais dans les ruelles derrière les magasins et que j'entrais et sortais par la porte de service. Pour me protéger davantage, je portais une casquette de base-ball et attachais mes cheveux quand je faisais une course. Une piètre tentative de déguisement.

Je pouvais aussi compter sur l'aide des habitants. Ils disaient aux reporters qu'ils m'avaient vue partir pour le discount de la bourgade voisine, ou qu'ils avaient entendu dire que j'allais déjeuner à la sandwicherie, alors que j'étais chez moi à attendre le départ de leurs vans. Rien n'unissait davantage les résidents de notre ville que le mépris généralisé envers les fouille-merdes venus de l'extérieur. Cal avait entendu un journaliste se plaindre qu'il n'avait jamais vu des gens aussi réticents à voir leur photo à la une d'un journal. Comme personne ne parlait, les reportages se cantonnaient à régurgiter les faits bruts que tout le monde connaissait déjà, accompagnés de descriptions de plus en plus négatives de Barren Springs.

— Merci de m'avoir prévenue, répondis-je tandis que je laissais la porte se refermer sans avoir rien trouvé dans les rayons. La police est venue vous voir dernièrement ?

Je tâtai le terrain, essayant de déterminer s'il était au courant de la liaison d'Izzy avec le type plus âgé. Je ne voulais pas être celle qui le lui annoncerait, si je pouvais l'éviter.

— Ils sont venus hier, répondit Zach. À cause de son portable.

— Qu'est-ce qu'ils voulaient savoir ?

— Ils ne l'ont pas retrouvé. Il n'était pas avec les filles. Ils ont un relevé de ses appels et elle envoyait des SMS sur un téléphone prépayé, donc impossible à tracer.

— Ils savent de quoi parlaient les textos ?

— Pas encore. Ils attendent la réponse de la compagnie de téléphone. Je n'arrive pas à comprendre avec qui elle correspondait, dit-il en croisant les bras et secouant la tête. On lui a interdit cent fois d'envoyer des textos ou de parler à des inconnus.

— Il vous est arrivé de vérifier son téléphone ? demandai-je en m'apercevant trop tard du ton accusateur de ma voix.

— Au début, on vérifiait tous les jours, mais il y avait juste des échanges entre nous et une ou deux de ses amies. La plupart des gamines de son âge n'ont pas encore de portable.

Il s'arrêta et détourna le regard.

— Mais nous avions baissé la garde ces derniers mois. Nous n'arrivons pas à nous souvenir de la dernière fois où nous avons lu ses textos.

— Ça n'aurait peut-être rien changé, lui dis-je, car il semblait attendre des paroles rassurantes. Ça n'avait peut-être rien à voir avec ce qui s'est passé.

Zack acquiesça, mais c'était de pure forme, il n'en croyait pas un mot. Cela dit, moi non plus.

— Je n'arrive toujours pas à m'y faire, poursuivit-il en essayant vainement de croiser mon regard. À me faire à leur mort. Je m'attends toujours à les voir entrer dans la cuisine, à demander un goûter. Certains soirs, tard, je pourrais jurer que je les entends ricaner dans la chambre d'Izzy.

Il cligna des yeux et serra la mâchoire.

— Je vérifie son lit tous les matins en espérant qu'elle y soit. Je sais que c'est idiot, mais je ne peux pas m'empêcher d'espérer.

Je n'étais pas sûre de ce qu'il attendait de moi. Nous partagions un deuil, mais je ne connaissais pas Zach Logan, pas vraiment. Nous n'étions pas amis. Nous étions de vagues connaissances. Et contrairement à lui, je savais, au plus profond de moi, que ma fille était partie pour toujours. Désormais, j'avais une chose de plus à lui envier.

*

* *

J'avais évité le parc depuis la mort de Junie : je m'arrangeais pour faire un détour quand j'allais à la station-service ou faire des courses. Mais après avoir laissé Zach dans l'allée des surgelés et être revenue à ma voiture les mains vides, je me surpris à tourner à gauche dans Elm Street et à m'arrêter devant le parc. Il était désert, le ruban jaune délimitant la scène de crime était noué autour d'un arbre à une extrémité du terrain de jeux, tandis que l'autre bout, détaché, claquait au vent. Je descendis de voiture et traversai les herbes rabougries vers l'entrée du tunnel en ciment où ma fille avait été tuée. Il y avait une auréole sombre par terre, peut-être une tache de sang. Je dus m'appuyer à la surface rugueuse du tunnel pour retrouver l'équilibre.

— C'est ce que j'ai cru, moi aussi.

Je levai brusquement la tête et vis Jenny Logan assise sur une table de pique-nique à ma droite, les pieds sur le banc.

— Mais j'ai vérifié, poursuivit-elle, ce n'est pas du sang.

— Et ça t'a aidée ? parvins-je à lui demander.

— Rien ne peut m'aider... dit-elle en haussant les épaules et en tapotant l'emplacement sur la table à côté d'elle. Viens t'asseoir. Tu n'as pas bonne mine.

J'aurais presque pu croire que les Logan me suivaient, cherchaient à projeter leur chagrin, leur vie sur la mienne. Mais tout ne tournait pas autour de moi, je le savais. Nous habitions une petite ville, où l'on n'arrêtait pas de tomber les uns sur les autres. Je la rejoignis et m'assis sur la table. La froideur du bois imprégna aussitôt mon jean et ma peau.

— Je viens juste de voir ton mari au Piggly Wiggly.

Jenny sourit faiblement.

— C'est toujours dangereux d'envoyer Zach faire les courses. J'ai beau lui donner une liste, il revient toujours avec tout un tas de saloperies piochées au hasard. J'ai failli l'accompagner, juste pour sortir de la maison. Mais au dernier moment, je n'ai pas pu.

— Trop de gens qui te demandent comment tu vas ?

— Ouais. Mais certains jours, ce n'est même pas ça. C'est Zach. Il n'arrête pas d'aller sur Internet pour lire des trucs sur le processus de deuil. Il a l'air de penser que si on suit chaque étape à la lettre, tout ira mieux, tout de suite. Et quand ça ne marche pas, il panique, il ne sait pas comment gérer mes crises de pleurs ou de folie. Ça devient épuisant, tu sais. J'en peux plus d'essayer de minimiser la situation pour lui éviter de s'effondrer complètement. J'avais besoin de faire un break.

Je ne savais pas. C'était probablement l'un des avantages de gérer seule ma tragédie. Je n'avais pas à faire bonne figure devant l'autre, je pouvais me laisser sombrer dans des gouffres aussi noirs et profonds que je le voulais.

Jenny prit appui sur ses bras, tendus derrière elle, et leva son visage vers le ciel, les yeux clos. Je ne l'avais jamais vue aussi négligée – cheveux emmêlés aux racines un peu grasses, traînées noires sous les yeux, chemisier froissé. Jusqu'à sa manière décousue de parler, aux mots qu'elle débitait sans réfléchir. Est-ce que je la voyais différemment depuis que Cal m'avait fait prendre conscience de mon complexe d'infériorité ? À moins qu'elle n'ait toujours été plus humaine que je le pensais et que je n'aie jamais eu l'occasion de m'en apercevoir avant.

— Je n'avais pas l'intention de revenir ici, à Barren Springs, après la fac. Tu le savais ? me demanda-t-elle sans ouvrir les yeux.

Je n'avais jamais consacré beaucoup de temps à méditer sur les choix de vie de Jenny Logan, mais elle n'attendait pas de réponse et elle enchaîna immédiatement.

— Ce n'est même pas une décision mûrement réfléchie, je ne me suis jamais dit : « Tu vas partir de Barren Springs et t'y remettras jamais les pieds », expliqua-t-elle avec un petit rire humide, avant d'ouvrir les yeux. Mais ça me semblait une évidence. Je pensais que j'irais à Mizzou[1], que je décrocherais un diplôme puis que je déménagerais à Kansas City, à Saint Louis, peut-être même à Chicago un peu plus tard.

Son histoire, l'histoire de Jenny Logan, ne m'intéressait pas particulièrement, mais j'appréciais de me focaliser sur quelqu'un d'autre pour changer. Comme si je prenais congé des turbulences dans mon cerveau.

— Qu'est-ce qui s'est passé ?

— T'es déjà partie d'ici ? me demanda-t-elle au lieu de répondre.

Je fis non de la tête. J'avais passé une journée à Branson, de nombreuses années auparavant. Mes voyages s'étaient limités à ça. Et je n'en gardais qu'un souvenir d'embouteillages monstrueux et de marées de touristes sur les trottoirs. Ça m'avait paru si étranger, à des lieues de la verdure paisible de notre région. J'avais envisagé de déménager avec Junie, d'essayer de nous faire une place au soleil. J'aurais pu gagner

1. Mizzou : université du Missouri à Columbia.

un peu plus d'argent en travaillant dans une chaîne de restauration en ville plutôt qu'au *diner*. Mais le coût de la vie y était plus élevé. En fin de compte, j'aurais été aussi pauvre, j'aurais toujours lutté pour joindre les deux bouts, mais j'aurais dû le faire sans Cal, sans Louise et Thomas, sans le filet de sécurité de Barren Springs, dont je connaissais chaque centimètre carré. J'avais eu beau essayer, je ne m'imaginais pas vivre à Branson.

— Je croyais que j'allais adorer. Toutes ces rencontres, toutes ces expériences nouvelles, fit-elle comme elle arrachait un fil de son jean. Mais le monde est vraiment grand. Même une ville aussi petite que Columbia me dépassait. Je ne savais pas à qui parler ni comment me comporter. J'ai passé le plus gros de mes deux années là-bas à mourir d'envie de revenir ici. Je me souviens d'un soir où l'un de mes pneus a crevé et où je suis restée au bord de la route sans que personne s'arrête pour m'aider. J'essayais de changer ma roue sous la pluie et je chialais comme un bébé en pensant que si j'étais à Barren Springs, *chez moi*, une dizaine de personnes m'aurait déjà offert un coup de main. T'y crois à ça ? Une putain de pleurnicharde…

Elle n'avait pourtant pas tort. C'était une des caractéristiques de notre ville ; elle abritait une beauté cachée sous sa laideur. Ses habitants pouvaient compter les uns sur les autres en cas de crise. Loin des regards, ils étaient débrouillards, et nourrissaient une volonté acharnée de se battre quand il aurait été plus simple de renoncer. Sans parler des collines verdoyantes et du vent dans les arbres. Je devais me rappeler tout cela chaque fois que j'avais envie de tout faire cramer.

— Quand j'ai rencontré Zach et que je suis tombée enceinte, c'était le prétexte idéal pour abandonner mes études et revenir ici. Je l'ai peut-être même planifié. Mais Zach ne s'en est jamais plaint, et c'est tout à son honneur parce qu'il avait toujours prévu d'emménager dans une grande ville et de travailler dans une entreprise prestigieuse. Je me disais qu'il allait me le reprocher un jour, mais non. C'est moi qui ai parfois envie de changer, qui essaie de le convaincre de déménager, et c'est lui qui veut rester. Dieu seul sait pourquoi.

Elle me jeta un coup d'œil et je vis que les larmes brillaient dans ses yeux. Quelques-unes coulèrent sur ses joues pâles.

— Il a renoncé à tous ses rêves pour Izzy et moi, et aujourd'hui, j'ai envie de le tuer pour ça. Je suis furieuse qu'il ait accepté cette vie parce que s'il avait refusé, rien de tout ça ne serait arrivé. Et je sais que c'est injuste et dégueulasse. T'as pas besoin de me le dire.

— Je n'en avais pas l'intention.

Elle eut un rire surpris et essuya les larmes de ses joues.

— T'es une bouffée d'air frais, Eve, honnêtement. Rien ne semble jamais te surprendre.

Je haussai les épaules.

— Il en faut plus que ce que tu viens de me dire, c'est sûr. Tu n'es pas la seule à regarder en arrière et à regretter tes décisions.

Jenny me regarda attentivement, comme si elle cherchait à démêler mes pensées, à pénétrer dans mon esprit pour en extirper ce que je taisais.

— Comme quoi ? demanda-t-elle.

— Rien de particulier, dis-je en fuyant son regard. Tous les choix qui ont mené à la mort de nos filles dans ce parc.

— Mais ce n'était pas notre faute, fit-elle d'une petite voix.

— Peut-être pas, répondis-je sans conviction. Mais c'était certainement pas leur faute à elles.

De l'autre côté du parc, une porte moustiquaire claqua et nous eûmes juste le temps de voir le derrière de Mme Stevenson qui se retirait dans sa maison.

— Bon Dieu, dit Jenny, si seulement cette vieille fouine avait eu l'idée de regarder par la fenêtre quand… s'interrompit-elle avec un geste vers le tunnel. Elle surveille ce parc comme un faucon tous les autres jours de l'année.

— Comment sait-on qu'elle n'y était pas ?

— Land l'a déjà interrogée. Dès qu'il s'est mis à neiger, elle a tiré ses rideaux et s'est camouflée à l'intérieur. Elle ne voulait pas allumer sa chaudière au mois d'avril, lança Jenny avec un petit rire moqueur. Je veux bien le croire. Ma mère, qui était à l'école avec elle, dit qu'elle a jamais vu une femme aussi radine. Et pourtant, y a de la concurrence, dans le coin.

Je plissai les yeux face à la faible lumière du soleil qui tentait de percer les nuages.

— Land vous tient au courant de la progression de l'enquête ?

— Oui, assez régulièrement, répondit Jenny qui hésita avant de demander : Pas toi ?

Je fis non de la tête et des flammèches de gêne embrasèrent ses joues.

— Il doit penser que ton frère te raconte tout.

— Ouais, dis-je d'une voix sèche. Soit ça, soit il est trop occupé à s'empiffrer de donuts pour bouger son gros cul.

Je promenai mon regard autour du parc : l'assassin avait bien choisi son emplacement. Il n'y avait que la maison des Stevenson à proximité et sa vue était partiellement bloquée par des arbres. Les rues de Barren Springs ne s'agençaient pas comme celles des petites villes qu'on voit à la télé, où elles rayonnent toutes parfaitement à partir d'une place centrale. Comme si les premiers colons ne s'étaient pas attendus à ce que la ville s'élargisse et qu'ils avaient construit leurs maisons n'importe où, au hasard, sans plan d'urbanisation. Dans l'esprit du « chacun pour soi », plutôt que dans le cadre d'un effort collectif. Les rues avaient été tracées au fil du temps pour desservir les habitations, pas l'inverse, de sorte que certaines ne comptaient qu'une seule maison ou se terminaient abruptement. La bourgade était un véritable labyrinthe ; les épaisses forêts vertes qui en rognaient les abords étaient la seule constante.

Je commençai à me pencher, prête à sauter de la table et à mettre fin à notre conversation, mais Jenny posa doucement la main sur mon avant-bras.

— J'aimais bien Junie. Je veux que tu le saches. Vraiment beaucoup. Honnêtement, je la préférais parfois à ma propre fille. Izzy traversait cette période de préadolescence infernale, soupira-t-elle, je ne savais jamais si elle allait m'embrasser ou m'insulter. Les six derniers mois, il fallait constamment marcher sur des œufs avec elle. Junie était comme ça avec toi ?

Je repris ma place sur la table et dégageai mon bras de sa main.

— Non.

Jenny sourit faiblement.

— C'est ce que je pensais. Junie était une fille raisonnable, je crois que c'est la meilleure façon de la décrire. Elle semblait plus posée qu'Izzy. Plus posée que je l'étais à son âge, c'est certain, dit-elle en me donnant un petit coup de coude. Elle tenait ça de toi ?

Je séchais. Je connaissais la réponse à sa question, mais je ne savais pas comment la formuler. Enfant, comme Junie, je prenais ma vie et ma place dans le monde très au sérieux car j'avais appris tôt que le fait d'être frivole, de prétendre à certaines choses, déclenchait la violence extrême de ma mère. J'espérais que l'origine du sérieux de Junie était radicalement différente, que ma fille était juste née un peu plus sage que les autres, un peu plus sûre d'elle, sécurisée par l'amour que je lui avais toujours porté, sans faillir.

— Je ne sais pas, finis-je par dire. Je ferais mieux de rentrer chez moi avant que les journalistes nous repèrent.

— C'était bon de te voir, dit Jenny alors que j'essayais à nouveau de descendre de la table. De passer un peu de temps avec quelqu'un qui comprend ce que je traverse. Ça m'a fait du bien.

Je comprenais. La perte tragique d'un enfant se traduit par un isolement immédiat. Après le déluge initial de compassion, les gens se tiennent à distance par crainte que vous ne leur portiez malheur, par crainte que le sombre nuage de meurtre et de violence qui pèse au-dessus de votre tête ne se déplace au-dessus de la leur. Elle me sourit.

— Pourquoi on n'a jamais discuté comme ça avant ? Nos filles étaient si proches et c'est la première fois qu'on a une conversation digne de ce nom.

Je haussai les épaules, évitai son regard.

— On était juste trop occupées, sans doute.

— Mieux vaut tard que jamais, en tout cas. Même si j'ai monopolisé la parole aujourd'hui. À toi de parler la prochaine fois, d'accord ?

Je me forçai à sourire.

– D'accord, lui dis-je en sachant que, même si Jenny l'ignorait, il n'y aurait jamais de prochaine fois.

12

Une journaliste finit par me mettre le grappin dessus, et je ne pouvais m'en prendre qu'à moi-même. J'étais allée à la laverie à l'aube, espérant finir ma lessive et être de retour chez moi avant que la ville s'anime. J'étais passée par la porte de derrière et il n'y avait pas un chat, seulement une puissante odeur de lingettes assouplissantes. Jusque-là tout allait bien. Deux sèche-linge étaient pleins de vêtements que quelqu'un n'avait pas pris la peine de récupérer la veille et les six machines à laver étaient vides. J'en remplis une de blanc, une autre de tout le reste, puis insérai distraitement des pièces dans les fentes en regardant le panneau d'affichage en face de moi. Des annonces de vide-greniers, de baby-sitting avec un numéro de téléphone gribouillé sur des papiers détachables dont personne n'avait voulu, des annonces de chiens perdus… et soudain, au beau milieu de tout ça, un portrait de Junie.

Il me fit l'effet d'un coup de poing dans le ventre, un élancement aigu auquel rien ne m'avait préparée. Je me sentis faiblir en regardant son sourire édenté et son nez parsemé de taches de rousseur. L'inscription sous la photo invitait toute personne ayant des renseignements à appeler un numéro de téléphone. Je résistai à l'envie pressante d'arracher le prospectus, de cacher le visage de ma fille pour le protéger des regards indiscrets. Je ne voulais pas qu'elle appartienne à tout le monde. Je voulais la garder pour moi et moi seule.

Dans mon dos, la porte s'ouvrit dans un grincement de charnières, puis se referma en claquant. Je m'éloignai des machines en enfonçant ma casquette sur mon front. Du coin de l'œil, je vis une femme s'approcher en traînant un sac de linge sale en toile.

— Bonjour, lança-t-elle.

— Salut.

Je m'empressai de rassembler ma lessive et mes pièces en lui tournant le dos, jetant le tout dans ma corbeille vide pour m'échapper au plus vite. Je savais déjà qu'elle n'était pas d'ici. Voyelles pas assez nasales, coiffure au balayage trop citadin.

— Où peut-on boire un café à cette heure-ci ? me demanda-t-elle.

J'entendis l'ouverture du lave-linge, le cliquetis de pièces.

— Le Bait & Tackles, à un petit kilomètre, répondis-je en tendant le doigt vers l'ouest sans me retourner, attendant qu'elle commence à charger la machine pour que je puisse me glisser derrière elle.

Elle soupira.

— J'aurais dû en prendre un au motel avant de partir.

Le motel le plus proche était à huit kilomètres à l'est, à côté d'une station-service et de pas grand-chose d'autre. Bondé de reporters en ce moment, ce qui resserra encore le nœud dans mon estomac.

— Dites-moi, y a des trucs à faire dans le coin ou quoi ?

Je me représentai Barren Springs à travers ses yeux : un triste ramassis de bâtiments en bordure de la route principale, dont la moitié étaient inoccupés, qui avaient même renoncé à afficher le panneau *À louer*, trop optimiste. Les commerces encore ouverts – cette laverie, la supérette aux rayons à moitié vides, la sandwicherie, un bar minuscule et la banque – n'avaient rien d'accueillant pour des étrangers. Le Piggly Wiggly, à un kilomètre et demi du centre, était le fleuron de nos magasins et attirait les habitants de tout le comté. Ce que cette femme ne verrait jamais, ici, c'était Jackson Creek, le coin de pêche de Cal, ou la vallée où ma mère avait installé son mobile home, au creux de forêts si drues et luxuriantes qu'on pouvait s'y perdre en seulement dix pas.

— Ça fait longtemps que vous habitez ici ? me demanda-t-elle d'une voix plus vive, oubliant son sac de linge à ses pieds tandis que je la contournais pour atteindre la porte. Parce que je suis journaliste. Je fais un papier sur les filles assassinées et j'aimerais vraiment parler à quelqu'un qui connaît le coin.

Elle s'approcha de moi en baissant légèrement la tête pour mieux me voir.

— Non, répondis-je en évitant son regard.

Je tendis la main pour pousser la porte et l'atmosphère changea dans la pièce. Je sentis la tension, la différence de respiration.

— Vous êtes Eve Taggert, n'est-ce pas ? La maman de Junie ?

Elle posa la main sur mon bras.

Je me tournai vers elle et ses yeux marron s'écarquillèrent en lisant l'expression de mon visage. Elle retira sa main. Je poussai la porte d'un coup d'épaule, traversai le parking et jetai ma corbeille dans le coffre. Elle m'attendait devant la portière du conducteur et s'interposa pour m'empêcher de l'ouvrir.

— Écoutez, me dit-elle d'une voix basse et assurée, je veux juste vous parler. Pas forcément de Junie. On peut parler de n'importe quoi. De ce que vous voulez. Vous avez bien quelque chose à dire, non ?

— Écartez-vous, répliquai-je en me retenant de la gifler pour lui ôter l'envie de prononcer le nom de ma fille.

Elle recula d'un seul pas, me bloquant toujours l'accès. Je savais ce que ma mère aurait fait à ma place. Elle aurait ouvert la portière d'un coup sec et envoyé valdinguer cette connasse. Mais je respirai à fond, rassemblai toute ma volonté et réussis à garder mon sang-froid, les mains crispées à en blanchir sur le cadre de la portière.

— Écartez-vous, répétai-je en maîtrisant ma voix.

Elle s'exécuta à regret, écœurée de me tenir si près, pour elle seule, sans pouvoir en tirer profit.

— Je serai à la conférence de presse demain, cria-t-elle en trottant à côté de ma voiture alors que je faisais crisser les pneus sur le gravier du parking. Vous aurez peut-être quelque chose à dire d'ici là.

— Tu peux toujours courir, marmonnai-je dans ma barbe.

Je laissais la communication à d'autres. À ceux qui savaient faire bonne figure et qui trouvaient les mots justes. Ce n'était pas pour moi. Encore une chose que j'étais incapable de donner à ma fille. Mais peut-être que, quand j'en aurais fini, je pourrais lui offrir beaucoup mieux.

*

* *

Malgré toute ma réticence, j'avais fini, de justesse, par consentir à participer à la conférence de presse avec les parents d'Izzy. Land m'avait convoquée au poste de police le lendemain de ma rencontre avec Jenny dans le parc, et m'avait dit que les Logan avaient déjà accepté. J'avais d'abord catégoriquement refusé, ne voyant pas l'intérêt d'y assister. Zach et Jenny s'en sortiraient très bien sans moi. Si quelqu'un savait quelque chose, ce n'était pas ma présence qui allait l'inciter à partager ses informations. Il livrerait ses secrets ou se tairait, avec ou sans moi.

C'était mon frère, comme bien souvent, qui avait réussi à me faire changer d'avis à force de patience alors que Land, dégoûté, avait depuis longtemps claqué la porte. Cal était d'accord avec moi : ça ne changerait peut-être rien, ça ne ferait peut-être aucune différence de diffuser mon visage ravagé de chagrin dans les foyers du pays entier. Mais il demeurait une chance infime que ça fasse avancer l'enquête. Puis il avait joué sa carte maîtresse : « Fais-le, fais-le pour Junie. » Ce qui m'avait montré comme il était bon flic, capable de déjouer les défenses des gens, de les persuader de faire ce qui n'était pas forcément dans leur intérêt. Tellement habile et bienveillant qu'on ne se rendait compte de s'être fait avoir que lorsqu'il était trop tard.

Et il était effectivement trop tard : aveuglée par les projecteurs, je sentais la sueur s'insinuer dans le dos de ma robe en polyester. J'aurais dû rester en jean, mais, au dernier moment, j'avais fait un détour par la friperie de la ville voisine et acheté la première robe qui m'était tombée sous la main. Elle était trop grande et d'un marron affreux. Un choix d'autant plus malheureux que je côtoyais Jenny Logan, élégante et chic dans sa jupe fourreau noire, son chemisier crème, son simple collier de perles. Le fait qu'elles soient sans doute fausses n'avait aucune importance. Jenny tenait parfaitement son rôle alors que j'en étais incapable, c'était aussi simple que ça. Elle projetait une image qui suscitait la compassion. J'étais perçue comme une pauvre plouc débile, qui méritait sans doute son sort. Je savais ce que les gens pensaient, car je l'avais pensé avant eux.

Land nous installa tous les trois derrière une table, Zach au milieu. Des portraits encadrés des filles étaient exposés devant nous. J'étais soulagée de n'en voir que l'envers, il m'aurait été impossible de prononcer un seul mot en regardant Junie dans les yeux.

Le shérif prit la parole en premier, sur un podium à ma droite. Je ne l'écoutai pas, je baissai les yeux et sentis la lumière crue me brûler le sommet du crâne. Quand Zach lui succéda, je me forçai à me tourner vers lui, à le regarder. Un filet de transpiration s'était formé à la racine de ses cheveux, mais si fin qu'il n'apparaîtrait sans doute pas sur les écrans.

— En mon nom et en notre nom à tous les trois, dit-il avec un coup d'œil vers Jenny puis vers moi, nous supplions toute personne ayant des renseignements de les communiquer à la police. Tout ce que vous avez pu voir ce jour-là.

— Même si vous pensez que c'est sans importance, ajouta Jenny. Même si ça paraît anodin. S'il vous plaît, parlez-en à la police.

Zach prit la main de Jenny sur la table.

— Tout à fait. On ne sait jamais ce qui peut faire avancer l'enquête. Ce qui pourra nous aider à rendre justice à nos filles. Le coupable rôde toujours. Aucun d'entre nous, aucun de nos enfants ne sera en sécurité tant qu'il ne sera pas arrêté.

Personne ne parla pendant un moment, le silence seulement brisé par les déclencheurs d'appareils photo et les froissements de carnets. Je me focalisai sur les taches de son le long de mon bras, et revis Junie les suivre du doigt en jouant à « relier les points ». Je levai précipitamment les yeux, essayant de ne pas lancer un regard haineux à la marée de journalistes.

— Qu'est-ce que vous pouvez nous dire, madame Taggert ? cria quelqu'un.

Mes yeux s'accommodèrent à la lumière et je repérai Cal au fond de la salle, le visage crispé, tendu. Louise, à sa gauche, me regardait avec compassion. C'était impossible, bien sûr, mais j'avais l'impression que la moitié de la ville était là, entassée devant moi, avide de spectacle. Et derrière tout le monde, juste à côté de la porte, il y avait ma mère. Rien en elle n'exprimait l'inquiétude ou la compassion. Ses bras osseux étaient croisés, son visage blême. Je savais parfaitement ce qu'elle répondrait si un journaliste lui demandait son nom : « *Mêle-toi de ton cul*, ça te plaît comme nom ? » Elle avait l'air furieuse et sa rage attisa la mienne. Une étincelle prête à embraser la colère qui couvait en moi.

J'avais pris trop de temps à répondre et Land voulut intervenir et s'appropria le micro sur le podium.

— Nous avons tous traversé une période difficile, comme vous vous en doutez. Mme Taggert n'est pas…

— Je peux parler, lançai-je d'une voix rauque et trop forte.

Un silence de plomb se fit dans la salle, les chuchotements s'interrompirent brutalement. À côté de moi, Zach se raidit et je vis les muscles de sa main se contracter sur la table, comme s'il se retenait de me toucher. Pour me réduire au silence ou me réconforter, aucune idée. De toute façon, j'étais insensible à tout.

— Appelez le numéro et partagez toutes vos infos, dis-je. Parlez aux flics. Faites tout ce que vous pouvez. Ça fera peut-être avancer l'enquête. Mais j'en doute.

Je m'interrompis, je respirais difficilement. J'étais assez intelligente pour savoir que la colère qui déferlait dans mes veines comme un poison était sans doute un report de douleur mal placée, mais je m'en fichais. Elle me faisait du bien. J'avais envie de ressentir quelque chose qui pouvait peut-être blesser quelqu'un d'autre que moi.

— Mais ça ne veut pas dire que l'assassin doit garder l'esprit tranquille et s'imaginer qu'il va s'en tirer comme ça, continuai-je en faisant face aux caméras, le doigt pointé vers l'objectif. Parce que je vais te retrouver, sale enfoiré. Et je vais te démolir.

Le choc était palpable – après une fraction de seconde où personne ne parla ni ne bougea, ce fut un vacarme chaotique de clics d'appareils photos, de questions hurlées, de flashs qui m'explosaient à la figure. Entre les éclats de lumière, j'entraperçus : Jenny qui me regardait comme si elle me voyait pour la première fois, les yeux écarquillés ; Louise, pétrifiée, des coulées de larmes sur les joues ; Cal, qui frottait son visage accablé ; la journaliste de la laverie, les joues rouges, se reprochant sans doute de ne pas avoir su me faire parler quand elle en avait eu l'occasion ; et Land, le front marbré, cramoisi, qui me prit le bras en faisant semblant de m'aider à me lever, mais plongea ses doigts au plus profond de ma peau, ses os écrasant mon tendon.

— Qu'est-ce que tu fous ? me demanda-t-il, dos à la foule.

Je le regardai et quelque chose changea dans son expression, il s'adoucit un instant.

— Merde, Eve, soupira-t-il. C'est comme ça que tu nous aides ? On essaie de sensibiliser les gens à votre cas, de compatir. Pas de leur faire éteindre la télé en leur foutant la trouille.

Je songeai à toutes les conférences de presse que j'avais vues au fil des ans, le défilé de parents d'enfants disparus, tués ou violentés. Tout le monde compatit avec ces parents, avec ces mères, jusqu'à un certain point. Jusqu'à ce que les mères pleurent trop ou pas assez. Jusqu'à ce que les mères soient trop placides ou pas assez. Jusqu'à ce que les mères soient furieuses. Car c'est la chose que l'on ne pardonne jamais, absolument jamais, aux femmes. On tolère que l'on soit tristes, folles d'inquiétude, désemparées, suppliantes ou indulgentes. Mais pas furieuses. La rage est réservée aux autres. Le pire que vous puissiez être, c'est une femme en colère. Une *mère* en colère.

Mais j'étais bel et bien en colère et je n'avais aucune intention de le cacher. Je me fichais de ce que les gens diraient de moi. Et si Land s'imaginait que ce genre de comédie parviendrait à faire la lumière sur l'assassinat de Junie et Izzy, il était encore plus con que je le pensais.

— Vire tes sales pattes de moi, crachai-je en reculant pour me dégager.

Le shérif en resta bouche bée, mais j'étais déjà partie, parcourant du regard le fond de la salle. Ma mère était toujours adossée au mur, les bras toujours croisés, les yeux toujours froids. Mais maintenant, elle souriait.

*
* *

J'étais arrivée à ma voiture que je tentais d'ouvrir d'une main tremblante lorsque Cal me rattrapa. J'entendais le brouhaha des journalistes, mais l'accès du parking était bloqué par une ligne de policiers, leurs caméras obstruées par un mur de corps. Ce qui ne les empêchait pas de hurler leurs questions : « Eve, est-ce que vous pensez connaître le coupable ? Que comptez-vous lui faire si vous l'attrapez, Eve ? » Je remarquai que je n'étais plus Mme Taggert. Ma robe à deux balles, mes yeux durs et mon déchaînement avaient supprimé le besoin de formalités. Ils croyaient tous me connaître, à présent, ils m'avaient cataloguée.

Cal me laissa ouvrir la portière et me glisser derrière le volant avant de se pencher à l'intérieur. Il s'assura de se placer de sorte qu'aucun appareil photo, même équipé d'un téléobjectif, ne puisse m'atteindre.

— Pourquoi, Evie ? me demanda-t-il à voix basse. Qu'est-ce qui a bien pu te passer par la tête ?

— T'as vu maman ? répondis-je en regardant droit devant.

Un papillon jaune précoce battit des ailes contre mon pare-brise.

— Qu'est-ce que tu racontes ?

— Elle était là, au fond de la salle.

Cal secoua la tête.

— Non, je l'ai pas vue.

Il hésita, puis posa doucement la main sur mon épaule.

— Me dis pas que c'est maman qui dicte ta conduite, maintenant ?

— Ça serait si terrible ?

Il retira immédiatement sa main.

— Évidemment, putain, dit-il tandis que son visage virait au rouge.

— Pourquoi ? Y a pas d'impunité avec elle. Elle a toujours fait payer les gens qui s'en prenaient à nous.

Mon frère laissa échapper un petit rire dur.

— T'es défoncée ou quoi ? T'as pioché dans sa réserve de came ? Parce qu'on dirait que t'as oublié toutes les fois où elle s'est défoulée sur nous. Les coups de poing, les claques, quand elle oubliait de nous donner à manger, quand elle nous disait qu'on valait rien.

Il se frotta le visage, comme chaque fois qu'il était exténué, à bout.

— Je comprends pas ce qui t'a pris. Je te jure, Evie, je te reconnais plus, ces derniers temps.

Ouais, avais-je envie de lui répliquer. Bienvenue au club ! Mais je me contentai de répondre :

— Je n'ai jamais dit qu'elle était une bonne mère. Et t'as raison, elle n'hésitait jamais à nous flanquer des raclées. Mais personne d'autre n'avait le droit de nous toucher. Personne osait lever la main sur nous. Parce que tout le monde connaissait les conséquences. Ce que je veux dire, continuai-je tout en attachant ma ceinture de sécurité et en glissant la clef dans le contact, c'est que si j'avais été comme elle, personne aurait eu le cran de toucher à Junie. Ils se seraient méfiés.

— Ah, Evie, me dit Cal d'une voix pleine de tendresse qui me fit monter les larmes aux yeux. Tu n'aurais pas pu faire pire que de ressembler à maman. Pour toi, et pour Junie aussi.

Je pensai à ma douce petite fille, qui se blottissait contre moi le dimanche matin, quand tout était paisible, et m'enlaçait pour que je la serre dans mes bras, certaine que je répondrais toujours à ses câlins, que je ne serais jamais avare de tendres baisers sur ses joues. Sa confiance absolue en moi, la certitude que je ne lui ferais jamais de mal. Puis je revis son corps sur la table métallique, sa gorge tranchée et sa vie évaporée. Et je sus que Cal avait tort, car Junie morte, Junie assassinée, resterait toujours le pire qui puisse arriver.

13

J'avais laissé Cal sur le parking, sa silhouette se résorbant en un point minuscule dans mon rétroviseur alors que je m'esquivais par la sortie de derrière. Puis j'avais roulé au hasard des rues, redoutant de rentrer directement chez moi. Je n'avais pas la force d'affronter la meute de journalistes. J'avais peur de ce que je risquais de leur lancer à la figure pendant les quelques secondes qu'il me faudrait pour aller de ma voiture à la porte de mon appartement. Je m'arrêtai au Piggly Wiggly et achetai des bâtonnets de viande séchée et un pack de six bières, mais je n'avais toujours pas repris goût à l'alcool et, après quelques gorgées peu enthousiastes, je laissai la première canette croupir dans le porte-gobelet. Cal serait content de savoir qu'au moins, sur ce point-là, je n'imitais pas notre mère.

Finalement, ne sachant pas où aller, j'atterris sur le parking du *diner* et reculai dans le coin le plus isolé, à moitié dissimulée dans les ombres du début de soirée. À travers la vitre, j'apercevais Thomas annoncer les plats prêts à être servis, Louise et Joan parler aux clients, verser du thé glacé et apporter des assiettes de gâteaux.

Je me revoyais avec eux, relayant les commandes à Thomas tandis que Junie faisait ses devoirs dans le box du coin en grignotant un sandwich au fromage grillé.

Je savais que Thomas m'avait repérée, son regard s'était attardé sur moi à travers la vitre, mais, quand il partit après sa journée de travail, il fit comme s'il ne m'avait pas vue. Il me laissait le temps dont j'avais besoin, respectait mon désir d'invisibilité. Après son départ et celui de Joan, Louise donna un dernier coup d'éponge sur le comptoir, emballa une part de gâteau, éteignit les lumières et ferma la porte à clef derrière elle. Mais au lieu d'aller directement à sa voiture, elle se dirigea vers la mienne. Elle ouvrit la portière passager, s'installa et me força à prendre la boîte en polystyrène.

— Mange, ordonna-t-elle en me tendant une fourchette avant de refermer la portière.

— Quel parfum ?

— Crème de banane, c'est tout ce qui restait. Et me dis pas que t'as pas faim.

Je n'avais pas intérêt à la contredire, je lui obéis donc et en pris une bouchée. Je ne lui trouvai aucun goût et eus toutes les peines du monde à l'avaler.

— Thomas m'a bien dit de pas te déranger, mais j'ai pas pu m'en empêcher, expliqua Louise. Je me fais un sang d'encre pour toi et… après ce qui s'est passé aujourd'hui… Les gens parlaient que de ça, au *diner*.

— J'imagine que c'est la première fois qu'ils voyaient ce genre de conférence de presse.

Elle s'approcha de moi.

— C'est pas drôle, Eve.

— C'était pas censé être drôle, répondis-je en prenant une autre bouchée de gâteau, la dernière que je parviendrais à ingurgiter.

— Je me mêle sans doute de ce qui me regarde pas, mais faut bien que quelqu'un te le dise, poursuivit Louise en se tordant les mains. Junie n'aurait pas voulu te voir comme ça. Furieuse au point d'en être méconnaissable. Ça lui aurait brisé le cœur.

Franchement, à mon avis, personne ne savait ce que Junie aurait voulu. Peut-être que sa haine d'avoir été arrachée au monde aurait été encore plus forte que la mienne. Peut-être aurait-elle exigé sang et vengeance. Ou peut-être aurait-elle penché pour la clémence et pour la mère dont elle se souvenait. Mais Junie avait disparu, et ce qu'elle aurait voulu n'avait plus la moindre importance. Tout ce qui comptait, c'était ce que je pouvais supporter après sa mort.

Je refermai la boîte car l'odeur douceâtre de banane n'était pas loin de me donner un haut-le-cœur.

— Si tu me demandes de pardonner, j'en suis incapable, lui dis-je. C'est pas dans ma nature.

Le pardon était une vertu que l'on ne m'avait jamais enseignée, et le moment était mal choisi pour l'apprendre.

Louise hocha la tête.

— Je t'ai jamais demandé de pardonner. Mais il y a un monde entre le pardon et la vengeance, Eve. Beaucoup d'étapes intermédiaires.

Elle soupira et reprit la boîte de gâteau.

— J'imagine que deux bouchées valent mieux que rien.

Nous restâmes assises un moment en silence. Les ombres s'allongeaient dans le parking, un coyote hurla. Je basculai la tête en arrière et fermai les yeux.

— Je connaissais les parents de ta maman, dit Louise en brisant le silence. Pas très bien, mais ta grand-mère avait le même âge que ma sœur aînée. Elles étaient copines et elles se voyaient avant que ta grand-mère se marie.

J'ouvris les yeux et me tournai vers elle.

— Tu ne me l'avais jamais dit.

Ma mère ne parlait pas souvent de sa famille. Tout ce que Cal et moi savions, c'est qu'elle avait grandi près d'ici, que son père était mort quand elle était petite et qu'elle avait des frères et sœurs qu'elle n'avait pas vus depuis des lustres et dont elle n'avait aucune nouvelle. Elle n'aimait pas parler du passé, ni du sien ni du nôtre. Elle disait toujours : « Ce qui est fait est fait. » Revenir sur le passé était une perte de temps, d'après elle.

Louise m'adressa un regard triste.

— J'espérais ne jamais avoir à le faire. C'est pas une histoire heureuse, mais j'imagine que je ne t'apprends rien, tu dois t'en douter.

— Raconte.

J'avais appris tôt à ne pas poser de questions à ma mère, et j'avais fini par me convaincre que je m'en fichais. Mais j'étais soudain curieuse de cette histoire inconnue. D'obtenir le contexte me permettant de mieux comprendre la rudesse de ma mère.

— Comme je te le disais, je ne les connaissais pas très bien. Ta grand-mère était jeune quand elle s'est mariée, une ado, et après ça, je n'ai pas eu l'occasion de la voir souvent. Ton grand-père avait une espèce de cabane dans les bois, pas d'eau courante, toilettes à l'extérieur. Rustique, même pour ici, fit Louise avec un hochement de tête. C'était un salopard fini. Il voyait pas grand-monde, mais il avait sa réputation. Les gens se tenaient à bonne distance de lui.

— Ça me rappelle quelqu'un, dis-je en pensant à tous ceux qui évitaient soigneusement ma mère, pour être hors de sa portée quand elle pétait un plomb.

— Mais ta grand-mère était gentille, c'était une bonne gamine. Elle avait sans doute une vision romantique du mariage. Elle pensait qu'elle parviendrait à civiliser ton grand-père. En réalité, continua-t-elle après une pause, il l'a réduite à néant. Je l'apercevais parfois en ville et, au fil des années, elle n'est devenue plus que l'ombre d'elle-même. Elle marchait la tête basse, sur les nerfs, maigre comme un clou. En traînant ta mère et les deux autres.

Je pensais aux femmes que j'avais vues dans ma vie, constamment recroquevillées par crainte d'être frappées. Je pensais à moi quand je fréquentais Jimmy Ray.

— Ma mère avait un frère et une sœur, non ?

Louise acquiesça.

— Ta mère était la plus jeune. Son frère a déguerpi quand il avait une quinzaine d'années. Disparu comme une fumée, on l'a jamais revu. Sa sœur, Tanya, a fini comme ta grand-mère. Mariée à un type qui la traitait encore moins bien qu'un vieux chien errant. Ils ont déménagé il y a belle lurette. Je ne sais pas ce qui leur est arrivé, mais j'imagine que c'est pas brillant.

— Mon grand-père est mort quand ma mère était jeune, mais je ne sais pas ce qui est arrivé à ma grand-mère.

Elle détourna les yeux.

— Personne ne le sait. Elle a juste arrêté de venir en ville. Ton grand-père racontait qu'elle l'avait quitté, mais d'après les rumeurs, il serait allé trop loin et l'aurait battue à mort. Et il se serait débarrassé de son corps quelque part dans la forêt.

Décidément, il devait y avoir plus de cadavres jetés dans les bois autour de Barren Springs que dans le cimetière de la ville.

— Et les flics n'ont rien fait ?

— Qu'est-ce qu'ils pouvaient faire ? Il n'y avait aucune preuve contre lui. Et les choses étaient différentes à l'époque. Les affaires de famille se réglaient en famille. Ta mère était une petite fille très éveillée, mais après la disparition de ta grand-mère, elle s'est endurcie. Elle donnait l'impression qu'elle allait te réduire en lambeaux si tu t'approchais d'elle. Puis, quelques années plus tard, ton grand-père est mort d'un cancer de l'estomac. Ta mère avait l'âge de Junie, à peu près, et elle s'est retrouvée seule au monde. Les gens ont essayé de l'aider, ils voulaient se montrer généreux envers elle, mais elle était comme une bête sauvage. Toutes griffes dehors et prête à mordre la première personne assez idiote pour lui tendre la main. Je sais que les services sociaux sont intervenus, mais elle était rusée. Elle connaissait la vallée comme sa poche, ses cachettes, les gens chez qui elle pouvait se réfugier ou à qui elle pouvait demander un service. Bon an mal an, elle s'est débrouillée.

Je n'avais pas de mal à imaginer ma mère survivre seule. Je l'avais toujours vue fonctionner ainsi. Elle faisait partie de ces rares créatures qui semblent se contenter de peu et qui n'ont besoin ni d'amour, ni d'argent, ni de raison d'être pour continuer à respirer.

Louise me regarda dans les yeux.

— Quand de telles choses arrivent à quelqu'un, ça peut les former ou les anéantir. Faut reconnaître que ta mère ne s'est pas laissé abattre, on ne peut pas lui enlever ça. Beaucoup d'autres se seraient effondrés. Elle a analysé son environnement et elle s'est adaptée. Mais elle s'est laissé transformer par la laideur, comme une mutation intérieure. À moins qu'elle ait tenu ça de son père et qu'elle ait toujours été destinée à finir comme ça, j'en sais rien. Je me souviens encore du jour où je l'avais vue en ville, enceinte de Cal jusqu'aux yeux – j'en avais eu le cœur serré, je m'étais vraiment demandé quel genre de mère elle serait. Et puis, des années plus tard, tu es venue chercher du boulot au *diner*. Tu lui ressemblais mais t'étais pas encore perdue. Parce que t'avais eu Cal, t'avais eu quelqu'un pour te maintenir la tête hors de l'eau. Mais c'est seulement avec la naissance de Junie qu'une lumière s'est allumée en toi. Une lumière radieuse.

Louise me prit la main et la caressa.

— Je te raconte pas ça pour que t'aies pitié de ta mère ou que tu lui trouves des excuses. Je te le dis parce que je vois qu'elle t'attire vers elle, qu'elle essaie de te convaincre de l'imiter, que c'est la bonne voie. Mais c'est faux. Junie n'est plus là, c'est vrai, mais ce n'est pas pour ça que tu dois faire machine arrière, Eve. Il y a d'autres choix, de meilleurs choix.

Je la laissai me tenir la main une minute de plus et m'embrasser sur la joue en descendant de voiture. Je lui promis que je réfléchirais à ce qu'elle m'avait dit et que j'allais me forcer à manger. Je lui dis ce qu'elle avait besoin d'entendre parce que je n'avais pas le cœur de lui confier qu'il était trop tard ; j'habitais déjà les ténèbres.

*
* *

De retour à mon immeuble, je coupai le moteur et écoutai les bruits de la nuit : le bruissement des arbres dans le vent, l'appel lointain d'un homme en train de chercher un chien ou un enfant, le son métallique d'une radio s'échappant par une fenêtre ouverte. J'attendis, mais je ne vis pas les véhicules des journalistes, je n'entendis pas le claquement sec de leurs talons se diriger vers ma voiture. Ils avaient dû renoncer et aller fouiner ailleurs. Peut-être campaient-ils devant la maison des Logan, qui était sûrement beaucoup plus photogénique.

Je n'étais pas certaine d'avoir assez d'énergie pour descendre de voiture, traverser le parking et monter l'escalier de mon appartement. Pour ouvrir la porte et affronter les pièces vides qui gardaient l'odeur de ma fille. Mais dormir dans ma voiture et être réveillée par des objectifs braqués sur moi aurait été encore pire. Je me fichais d'être surprise avec un filet de bave sur la joue et les yeux bouffis de sommeil, mais Cal ne me le pardonnerait jamais. Land non plus. Quand on étale sa douleur sur la scène nationale, il y a un certain protocole à respecter, et j'avais déjà merdé une fois. Je n'avais plus droit à l'erreur.

Mes chaussures sonnaient creux en claquant contre les marches en béton, mais je m'arrêtai net en arrivant à hauteur de mon palier : un homme était assis devant ma porte, les genoux repliés, le front posé sur ses bras. Il leva la tête quand il m'entendit et me dévisagea de son regard vitreux et aviné.

Je croisai les bras.

— Qu'est-ce que tu fais là ?

J'avais toujours conduit Junie chez Izzy ou bien j'étais allée chercher Izzy chez elle. Ses parents n'étaient jamais venus chez moi. Je ne savais même pas que Zach Logan connaissait mon adresse.

Il avait pleuré. Des traînées argentées se devinaient sur ses joues sous la faible lumière.

— Ce que tu as dit aujourd'hui…

Je soupirai. Louise avait raison. Mon esclandre monopolisait toutes les conversations.

— Je n'aurais pas dû le dire. Pas à voix haute. Je regrette d'avoir gâché la conférence de presse.

Je savais comment m'excuser, même quand je n'en pensais pas un mot. Je savais quelles formules utiliser dans l'espoir d'adoucir la punition qui m'attendait. Avec ma mère, ça marchait parfois, pas toujours. Mais les autres n'avaient pas son don pour flairer le manque de sincérité. C'était comme si je leur servais un gâteau sans glaçage : j'omettais la part la plus importante, mais les gens l'avalaient quand même.

Zach se releva ; il semblait moins ivre que je l'avais cru au départ, ses mouvements étaient souples et précis.

— Non, reprit-il. Je suis content que tu l'aies dit. Je suis content que tu l'aies *ressenti*. J'en peux plus d'être tout le temps triste. De faire semblant d'être fort. La colère est un soulagement.

Je le bousculai et m'empressai d'insérer la clef dans la serrure.

— C'est pas un soulagement. Rien ne peut me soulager.

Sa main se posa sur mon épaule. Je me figeai, sans me retourner.

— Qu'est-ce que tu fais ? murmurai-je. Rentre chez toi.

— Je ne veux pas rentrer chez moi, répondit-il doucement. Ma maison n'est plus la même.

J'ouvris la porte et esquivai la chaleur de sa main. Je respirai profondément, vidai mon visage de toute expression et me tournai vers lui. J'étais assez proche pour sentir sa mauvaise haleine de bière et le bonbon à la menthe qu'il avait mâché pour la couvrir, pour voir les éclats dorés dans ses yeux marron et l'ombre de barbe naissante qui ourlait sa mâchoire.

— Arrête, lui dis-je avec sévérité, mais mon estomac se noua et mon cœur s'emballa. T'es complètement fou.

Il lâcha un rire creux.

— Je deviens fou, c'est vrai, lança-t-il en franchissant le seuil de façon à ce que je ne puisse pas l'enfermer dehors. J'arrête pas de penser à elles. À ce qu'elles ont vécu. À la peur qu'elles ont ressenti.

Sa voix se brisa et il déglutit avec difficulté. Il tendit ses deux mains, vers moi, vers Dieu ou vers les filles, je n'en savais rien.

— J'aurais dû pouvoir les sauver. Quel genre de père n'est pas capable de protéger ses propres filles ?

Un sentiment violent m'habita alors, proche de la terreur, une panique dévastatrice qui affaiblit et amincit ma voix lorsque je réussis à articuler :

— Junie n'était pas ta fille.

Zach me regarda sans ciller, complètement dégrisé.

— Tu le sais aussi bien que moi. C'était ma fille.

Je trébuchai. Mon corps restait droit mais tout le reste se mit à tourner, à revenir au passé alors que mon cerveau luttait désespérément pour rester ancré dans le présent.

— C'était ma fille, dis-je d'une voix rauque. La mienne, rien qu'à moi.

Je m'aperçus trop tard qu'en trébuchant, j'avais laissé à Zach la possibilité d'entrer complètement dans mon appartement ; il referma la porte. J'étais piégée. Je n'avais pas peur de Zach, mais j'avais peur de ce qu'il allait me dire, peur que ses mots ne me déchirent comme des coups de feu, en laissant des plaies sanglantes et douloureuses. J'étais déjà en position de faiblesse, je ne savais plus derrière quoi me réfugier.

— C'était pas l'immaculée conception, Eve. J'y étais. Junie était aussi ma fille.

Il s'approcha de moi, mais s'arrêta à mi-chemin quand il me vit reculer.

— Tu ne peux pas savoir le nombre de fois où j'ai décroché le téléphone les premières années, où je voulais t'appeler. Le soir, je restais assis là, dans ton parking, en me demandant si je devais frapper à ta porte. Mais je ne l'ai jamais fait, dit-il en hochant doucement la tête, pour respecter ta volonté. Putain, t'as pas idée du bonheur que j'ai ressenti quand Izzy est rentrée de l'école, un jour, en parlant de sa nouvelle copine, Junie. Quand elle a demandé si elle pouvait l'inviter à la maison. J'ai immédiatement accepté. Et la première fois que Junie est venue, j'ai passé la journée entière à la regarder. Je vous avais vues de loin, toutes les deux, mais j'avais jamais remarqué ses taches de rousseur, je l'avais jamais entendue rire. Je ne pouvais pas la quitter des yeux, je craignais même que Jenny se doute de quelque chose.

— Elle est au courant ? parvins-je à demander. Jenny ?

— Non, elle n'en a pas la moindre idée.

Il se tourna vers la chambre de Junie et la désigna du doigt.

— Je peux ?

Je ne répondis pas. J'en étais incapable. J'aurais aimé qu'il s'agisse d'un cauchemar dont je pourrais m'échapper en m'éveillant. Pour moi, Junie n'avait pas de père, elle était simplement sortie de mon corps, et elle n'appartenait qu'à moi. En silence, j'observai Zach entrer dans la chambre de Junie. Il retint son souffle et me lança un regard peiné par-dessus l'épaule.

— Je sens son odeur, dit-il.

Un cri se forma dans ma tête et cogna dans mon crâne tandis que Zach touchait sa couette, glissait la main sur sa table de chevet, prenait l'un de ses manuels scolaires et le gardait à la main.

— J'ai toujours été bon en sciences. Elle aussi. On en parlait parfois quand elle venait à la maison. Izzy ne pigeait pas vraiment, mais Junie, si, expliqua-t-il en reposant le livre. Peut-être qu'elle tenait ça de moi.

Je me réfugiai dans la cuisine, le souffle court et saccadé. Tout tournait. Le gâteau à la banane me remontait dans la gorge. Je restai figée en entendant les pas de Zach, même quand il s'arrêta derrière moi, son corps si proche du mien que sa respiration chatouillait les minuscules cheveux dans mon cou.

— Tu leur as dit que tu ne m'avais pas revu depuis cette nuit, dit-il doucement.

— Quoi ?

J'avais le souffle court et les poumons douloureux, comme en plein sprint pour échapper à une créature résolue à plonger ses griffes au plus profond de moi.

— Aux pompes funèbres, le premier soir. Avec Land. Tu as dit que tu n'avais pas vu le père de Junie depuis la nuit de sa conception.

Il glissa un doigt le long de ma nuque et mon corps entier se mit à vibrer.

— Tu as menti.

Je me retournai brusquement, et cette fois-ci, ce fut lui qui recula sous le coup de la surprise. Mais il restait encore trop près à mon goût.

— Je n'ai pas menti.

— Si, tu as menti. Parce que j'ai toujours été ici, Eve, tout le temps. Toutes ces années.

— Non. Zachary Logan était ici toutes ces années. Avec ses chemises BCBG, sa concession de bateaux, sa femme et sa fille adorables, déclarai-je en poignardant son torse du doigt avant de retirer ma main à son contact. Je ne connais pas ce mec-là. Je ne le reconnais pas. Il n'est rien pour moi.

Je tendis les bras et pris solidement appui sur le plan de travail derrière moi.

— Je n'ai pas menti.

— D'accord, répondit-il avec un petit sourire tandis qu'il réduisait la distance entre nous, son corps à deux doigts du mien. Mensonge par omission, alors. Et maintenant, tu me reconnais ? demanda-t-il affectueusement.

Je le regardai, je le regardai vraiment, comme je ne l'avais pas fait depuis des années. Mon regard s'attarda au lieu de diverger immédiatement, de sauter comme une aiguille sur un disque rayé, ne retenant qu'une vague impression d'ensemble. Ce soir-là, il était soudain plus proche de mon souvenir qu'il ne l'avait jamais été, ses cheveux bruns ébouriffés et négligés, son tee-shirt bleu délavé, son odeur de transpiration et d'après-rasage. Pour la première fois depuis des lustres, il me semblait réel.

— Tu me reconnais ? répéta-t-il.

— Oui, murmurai-je.

Quand il m'embrassa, j'eus l'impression de dégringoler d'une falaise. De plonger tête la première dans le passé. De remonter le temps jusqu'à une époque où nous étions tous les deux ridiculement jeunes, où Junie n'était qu'un grain de poussière dans un horizon que nous n'avions pas encore imaginé. Nous nous jetâmes l'un sur l'autre, comme s'il était possible de recommencer, de recréer ce qui était déjà arrivé pour donner aux événements une tournure différente, pour défaire ce qui était déjà fait.

Mais au bout du compte, si ses morsures firent enfler mes lèvres, si son dos portait désormais la marque de mes ongles, rien n'avait changé. Il était trop tard. Nous étions toujours des étrangers. Et notre fille était toujours morte.

14

J'avais peut-être menti en disant à Land que je n'avais jamais revu le père de Junie, mais le reste était vrai. Il s'était bel et bien agi d'un coup d'un soir. Un plan cul. Une aventure sans lendemain. C'était tout ça, mais aussi un peu plus que ça. Même avant la naissance de Junie, la réalité de cette nuit avait toujours dépassé les apparences.

Le dimanche soir, le *diner* tournait au ralenti. La cuisine fermait à cinq heures, et on servait uniquement des boissons et des desserts jusqu'à la fermeture, à huit heures. C'était le seul soir de congé que s'accordait Thomas et il partait toujours à cinq heures pétantes, ne laissant qu'une serveuse pour tenir le restaurant. C'était un créneau merdique et sans pourboires parce qu'il n'y avait jamais plus de deux ou trois clients. Comme j'étais nouvelle, embauchée depuis le début de l'été seulement, c'était moi qui travaillais en cette soirée de mi-juillet où Zach Logan s'était arrêté.

Je ne l'avais jamais vu avant et je n'avais pas reconnu son SUV bleu foncé quand j'avais jeté un coup d'œil par la vitre. Il n'était pas d'ici, ce qui le rendait immédiatement intéressant. Son look ne gâchait rien non plus : le demi-sourire tranquille qu'il m'adressa, ses cheveux décoiffés par le vent, son léger bronzage agricole sur le cou, visible là où son tee-shirt bâillait.

— C'est encore ouvert ? me demanda-t-il en s'appropriant un tabouret au comptoir avant que je puisse répondre.

— On ferme dans cinq minutes, répondis-je.

Je n'avais jamais été timide, mais j'observais toujours une certaine vigilance ; je me méfiais des gestes imprévus et des visages inconnus. Cependant, quelque chose m'avait séduite chez cet homme. Je m'amusais presque en m'observant de l'extérieur. Je découvrais l'attirance. J'avais déjà couché avec cinq ou six types et j'avais subi mon lot de séances de tripotage bâclées derrière l'école ou dans les bois près de chez ma mère. J'avais attendu le frémissement censé parcourir tout le corps ou les joues roses dont j'entendais parler. Eh bien voilà, je le vivais. L'élu venait de franchir nonchalamment la porte du *diner*, au moment où je m'y attendais le moins.

Je lui servis une part de l'incontournable gâteau au citron vert et un café tiède, verrouillai l'entrée et affichai la pancarte « Fermé » pendant qu'il mangeait. J'acceptai son invitation à lui tenir compagnie et évitai de faire trop attention aux poils qui se dressaient sur mon bras chaque fois que sa main frôlait ma peau.

Il me raconta qu'il s'apprêtait à entamer sa dernière année d'université, qu'il était originaire de l'Illinois et de simple passage à Barren Springs. Je présumai qu'il allait vers des cieux plus cléments. Chicago, confirma-t-il, pour un stage d'été en entreprise. Je ne me souviens pas de ce que je lui ai répondu. Une version aseptisée de ma propre situation. Je sais que j'ai menti sur mon âge, craignant que l'écart entre mes dix-sept et ses vingt et un ans l'inquiète et étouffe l'étincelle que je voyais dans ses yeux. Je n'étais pas sotte au point de penser que je le reverrais, mais je n'en avais pas moins envie de vivre pleinement le moment. Ce garçon qui n'avait pas sa place ici m'ouvrait la porte sur un monde étranger, différent, taillé sur mesure pour moi. Un garçon qui ne connaissait ni ma mère ni mon passé. Qui ne me cataloguait pas dès qu'il posait les yeux sur moi.

Quand j'allai éteindre les lumières, je le laissai me suivre. J'accueillis avec joie sa main sous ma jupe tandis que le restaurant plongeait dans une semi-obscurité. Je fermai les yeux et fis comme si j'avais une vie différente lorsqu'il m'embrassa, avec sa langue au goût de chantilly. Avec lui, j'étais juste une fille avec un garçon qui lui plaisait. Je n'étais pas la petite sœur moins mignonne de Cal Taggert. Je n'avais pas une vieille marque de bleu sur la joue que ma mère avait giflée. Je n'étais pas condamnée à bosser toute ma vie dans ce *diner*, à rester pauvre et assoiffée d'autre chose, tout en manquant de motivation pour l'obtenir. Durant ces quelques heures, je m'étais laissée aller, j'avais glissé dans une nouvelle peau.

Lorsqu'il était parti, après minuit, j'étais sûre de ne jamais le revoir. Il ne me manquait pas, je ne rêvais pas de ce qu'on aurait pu devenir Je n'avais jamais fonctionné comme ça, et un soir avec Zach n'y avait rien changé. Le monde qui existait au-delà de Barren Springs l'avait englouti, ses feux arrière s'étaient fondus dans le noir et moi j'étais restée. Ce serait toujours comme ça. Je n'avais pas perdu mon temps à espérer un dénouement différent, même après le test de grossesse positif.

Mais en réalité, bien sûr, je l'avais revu. Six mois plus tard. J'avais été embauchée pour servir au mariage de Jenny Sable. Qui épousait apparemment un type qu'elle avait rencontré à la fac. Elle avait abandonné ses études et décidé de se ranger plutôt que d'obtenir son diplôme. Il se disait qu'elle avait déjà un polichinelle dans le tiroir, mais je n'avais pas prêté attention aux détails. Je savais seulement que les noces seraient un grand événement pour Barren Springs. Cocktail suivi d'un buffet. Fournis par le service traiteur du Blue Lantern, le seul restaurant à peu près décent dans un rayon de cent kilomètres, alors même que ses plats étaient principalement des surgelés réchauffés au micro-ondes. En ce jour venteux de fin janvier, cent vingt-cinq invités se sont tassés entre les murs du vieux country club proche de la ville, Elks Lodge. Un effort avait été fait pour l'égayer avec des guirlandes lumineuses et des fleurs artificielles dans chaque coin sombre, mais la salle sentait encore la moquette moisie et le tabac froid, et les panneaux en imitation bois restaient poisseux au toucher. « Autant mettre du rouge à lèvres à un cochon », avait déploré Louise quand nous étions arrivées, affublées de robes noires bon marché assorties que la mère de Jenny avait tenu à nous faire porter. La mienne recouvrait difficilement mon ventre en ballon de basket, et la mère de la mariée avait eu un pincement de lèvres désapprobateur en me voyant.

J'étais en cuisine, où je préparais des plats de *potato skins*[1] tièdes, lorsque les jeunes mariés furent

1. Peaux de pommes de terre croustillantes grillées au four et agrémentées de fromage, bacon, etc.

accueillis, et j'entrai dans la salle de réception à la fin des acclamations. Je présentais un plateau à un petit groupe et remarquai Zach pour la première fois lorsqu'il se retourna, une rose pâle à la boutonnière de son smoking, une alliance en or brillant au doigt. Je m'attendais à ce qu'il joue les innocents, à ce qu'il fasse comme s'il ne m'avait jamais vue avant. Je ne fus pas surprise de voir son visage se décomposer, mais je reculai gauchement quand il tendit la main vers moi, ses pommettes s'enflammant en remarquant mon ventre. Les pommes de terre glissèrent du plateau et s'écrasèrent sous mes talons quand je reculai.

Je m'efforçai de l'éviter après cela. Je rasais les murs et me réfugiais dans les recoins les plus obscurs, comme un fantôme. Je le voyais tourner la tête et me chercher du regard, même lorsqu'il écoutait les discours en son honneur ou qu'il ouvrit la danse avec sa nouvelle épouse. Il ne faisait pas semblant de ne pas m'avoir vue, n'essayait pas de me fuir. Tout ce que je souhaitais désespérément.

Il finit par me rejoindre. Le gâteau avait été coupé, la fête bien arrosée battait son plein, et j'étais allée faire une pause dehors où j'étais adossée au mur de brique rugueux, les bras croisés pour me tenir chaud. Il faisait froid, mon haleine s'embuait dans la nuit, mais j'avais la nuque et les aisselles en sueur. Le bébé avait donné un coup de pied contre mes côtes et je frottais son pied pour l'apaiser.

Je sus que c'était lui dès que la porte s'ouvrit, laissant s'engouffrer les rires et la pop des années 90.

— Salut, dit-il, je te cherchais.

Je fermai les yeux, décidai de régler la situation au plus vite.

— C'est pas la peine, répondis-je sans me tourner vers lui, les yeux clos. Tout va bien.

Je sentis qu'il se glissait à côté de moi, son épaule effleurant la mienne quand il s'adossa au mur. Il portait sur lui l'odeur du bouquet de la mariée.

— T'es enceinte de combien de mois ? me demanda-t-il à voix basse.

Là, je me tournai vers lui.

— Tu veux savoir si c'est le tien ?

Il fit non de la tête.

— Je sais que c'est le mien, je l'ai vu à ton expression. Ça fait six mois, non ? À une ou deux semaines près.

J'acquiesçai, portai mes doigts à moitié engourdis devant ma bouche et soufflai pour les réchauffer. Il commença à quitter sa veste de smoking mais je le dissuadai d'une main sur son bras.

— Non. Si quelqu'un sort, ça va paraître bizarre.

Il réagit en riant, d'un rire dur et cassant.

— C'est le dernier de mes soucis à cette heure.

— Je te demande rien. J'attends rien de toi. Tu devrais rentrer.

Zach se tourna vers moi, cala son épaule contre le mur. Je n'aimais pas son regard direct, ni la proximité de son corps.

— Qu'est-ce que tu vas faire ?

Il tendit la main, ses doigts écartés survolant la courbe de mon ventre. Je me dégageai et il baissa le bras.

— Je vais finir ma terminale, répondis-je en haussant les épaules. Après, je prendrai un temps plein au *diner*. Je me débrouillerai.

Je n'avais jamais envisagé d'autre option que celle de garder le bébé. C'était ce que faisaient toutes les femmes que je connaissais. Peu importait leur nombre, ni s'il y avait assez de temps ou d'argent pour s'occuper d'eux : ici, les bébés naissaient tous. Ce n'était pas à cause des affiches ternies le long de la route qui condamnaient l'avortement, le décrivant comme « l'arrêt d'un cœur qui bat » et l'illustrant de photos de fœtus minuscules recroquevillés comme des têtards. Ma mère aurait craché à la gueule de tous ceux qui lui auraient dit qu'elle devait absolument mener sa grossesse à terme, de tous ceux qui s'arrogeaient le droit de lui dire quoi faire, ou ne pas faire. Mais il fallait reconnaître que se débarrasser de Cal ou de moi ne lui avait jamais traversé l'esprit.

— T'es encore au lycée, me dit-il, et ce n'était pas une question, plutôt une constatation horrifiée qui lui fit hausser démesurément les sourcils. Putain, tu m'avais pas dit ça.

Il passa une main dans ses cheveux, emmêlant les boucles.

— Ouais, en même temps, tu m'avais dit que t'étais de passage. T'as jamais parlé de ta petite copine qui habitait au coin de la rue.

Il ébaucha un faible sourire.

— J'imagine qu'on a tous les deux menti.

— Menti *par omission*, s'il te plaît, précisai-je.

Il m'adressa un sourire franc cette fois-ci, chaleureux et lumineux. Mon cœur se serra. Puis sa mine s'assombrit.

— Je tiens quand même à te signaler que Jenny avait rompu le week-end où je t'ai rencontrée. On s'est réconciliés peu de temps après, mais techniquement, ce n'était pas une infidélité.

Une clameur enthousiaste s'éleva à l'intérieur, la musique s'amplifiait derrière le mur.

— La soirée bat son plein, lui rappelai-je. T'es en train de rater ton propre mariage.

— Je ne vais pas disparaître. Tu n'es pas toute seule avec le bébé, tu sais.

— Si, je suis seule, dis-je en levant la main pour qu'il me laisse poursuivre. Et c'est très bien comme ça. Inutile de foutre ta vie en l'air. C'est pas comme si on était destinés à rester ensemble, toi et moi.

— Si j'avais su…

À mon tour de sourire.

— Quoi ? T'aurais pas épousé Jenny ? Tu m'aurais épousée à sa place ? Allons, voyons. On ne se connaît même pas.

Il ne me contredit pas, mais il ne partit pas non plus.

— Tu veux que je disparaisse ?

Il tendit à nouveau la main et, cette fois-ci, parvint à la poser sur mon ventre avant que j'aie le temps de réagir. Le bébé donna un violent coup de pied, sans doute parce que mon corps s'était tendu au contact de la main de Zach. Le visage émerveillé, il se tourna vers moi et une lueur de tristesse passa dans ses yeux.

— Tu sais ce que c'est ?

— Non, mais je pense que c'est une fille.

— Je veux connaître ce bébé, dit-il en retirant sa main.

J'envisageai la situation une fraction de seconde. Quelqu'un qui m'aiderait à boucler les fins de mois, qui s'occuperait de mon enfant quand je serais fatiguée, qui partagerait le fardeau. Mais j'imaginai aussitôt la tête que ferait Jenny quand elle serait au courant. La tête que ferait sa mère. Les commérages colleraient à la peau de mon enfant, susciteraient colère et honte. Être mère célibataire ou fille-mère n'avait rien d'inhabituel chez nous. Mais baiser le nouveau mari de Jenny Sable, le forcer à devenir père avant même que Jenny lui ponde son propre gamin ? Ça nous hanterait à tout jamais.

Je m'écartai du mur.

— Vous aurez bientôt vos propres enfants. Et tu seras bien content de ne pas avoir à t'occuper du mien. Je te l'ai déjà dit, on se débrouillera.

— Attends, dit-il en m'attrapant la main quand je passai devant lui. Si tu changes d'avis, peu importe quand, je serai là. Dans une heure, une semaine, un mois ou un an. N'importe quand, répéta-t-il en me serrant les doigts. Tu sais où me trouver.

Je ne l'avais pas cru, pas vraiment. Personne n'accepte de son plein gré de faire exploser sa vie en plein vol. J'étais persuadée que si je me pointais devant la maison de Zach Logan d'ici un an, notre bébé dans les bras, il me sortirait à coups de pied au cul en faisant comme s'il ne m'avait jamais vue. Mais le fait qu'il ait proposé son aide m'avait réchauffé le cœur. Zach était bon ; il essayait de l'être en tout cas. Quitte à me retrouver en cloque d'un inconnu, j'aurais pu plus mal tomber.

J'avais cru que cette histoire s'arrêterait là. Et ce fut le cas pendant longtemps. Jusqu'au CP, quand Junie s'est mise à parler de sa nouvelle amie, Izzy, du fait qu'elles avaient toutes les deux des doigts hyperlaxes et une tache de naissance au coude. Elle m'avait suppliée de l'autoriser à passer une nuit chez elle. « S'il te plaît, maman, allez, s'il te plaît. » Et j'avais compris que le passé parvient toujours à nous rattraper, malgré notre envie de l'enterrer à tout jamais.

15

Ma mère était la dernière personne que je m'attendais à trouver devant chez moi le lendemain matin. En entendant frapper, j'avais tout de suite pensé aux journalistes. Puis, immédiatement après, à Jenny, qui aurait repéré les griffures sur le dos de Zach et qui serait venue marquer son territoire. J'ouvris, prête à affronter une dispute que je n'avais aucune envie de gagner, et demeurai bêtement pantoise en découvrant ma mère, qui s'engouffra dans l'appartement et referma la porte d'un coup de pied. Elle me regarda de la tête aux pieds et hocha la tête.

— Heureusement que tu portes plus le sac à patates que t'avais hier. Bon sang, ma fille, t'as fait exprès de dénicher la robe la plus moche du magasin ?

Avec son short en jean décousu et son tee-shirt étriqué à tête de mort ternie, elle n'avait pas vraiment de leçon de mode à me donner. Mais je décidai de ne pas relever et me dirigeai avec lassitude vers la machine à café.

— Qu'est-ce que tu fais ici ?

Elle n'avait pas mis les pieds chez moi depuis ma grossesse. Elle était venue fouiner quand j'étais enceinte de huit mois et que je venais juste d'emménager. Cal avait payé le premier mois de loyer pour que je puisse fuir le mobile home avant la naissance. Je lui avais dit que je ne voulais plus la voir, mais ça ne l'avait pas empêchée de débarquer à la maternité, soûle et puant le sexe, quand Junie n'avait qu'un jour. Pour m'engueuler de ne pas avoir accouché chez elle, me traiter de pétasse et de pimbêche, de gamine gâtée et faiblarde qui se croyait au-dessus d'utiliser les services de la sage-femme qui nous avait mis au monde, Cal et moi. Elle avait fait un tel tapage que la sécurité avait dû la virer. Ç'avait été la première et la dernière fois qu'elle s'était trouvée dans la même pièce que ma fille.

Elle se laissa glisser sur une chaise, sortit une cigarette et l'alluma sans me demander si ça me gênait.

— Me parle pas sur ce ton, dit-elle.

Je soupirai et pris deux mugs dans le placard au-dessus de l'évier. Je n'étais pas d'humeur à jouer à son ping-pong verbal. Je devais le supporter quand j'étais enfant, mais j'étais adulte maintenant.

— Qu'est-ce que tu veux, maman ?

— Je suis surprise que tu sois déjà levée, lança-t-elle en tirant une longue bouffée sur sa cigarette avant de rejeter la fumée par les narines. Avec la visite que t'as eue cette nuit.

Je me figeai, la main sur la bouteille de lait dans le frigo, et détournai la tête. Inutile de voir sa grimace, le sarcasme s'entendait dans sa voix.

— Qu'est-ce que tu racontes ?

— Le papa d'Izzy Logan. Il est sorti de chez toi comme s'il était à moitié bourré. Et pas parce qu'il avait trop bu, pouffa-t-elle d'un rire rauque.

Laisse-moi deviner, il est venu chercher un certain type de « réconfort ».

Elle insista sur ce mot, le rendant sale et répugnant. Et aux yeux de quasiment tout le monde, ce n'était rien d'autre. Un homme marié et la mère de son bébé illégitime, baisouillant en douce dans un appart pourri pendant que l'épouse esseulée pleurait à la maison. Mais cette histoire ne se limitait pas à ça. Ça n'était pas qu'une histoire de sexe. Tout était lié à Junie. Et au matin, Zach était reparti et avait retrouvé sa place, chez lui.

— N'importe quoi, marmonnai-je.

Je versai le café et m'ébouillantai les doigts en faisant déborder ma tasse.

— Aïe ! Merde ! m'exclamai-je en secouant la main. De toute façon, qu'est-ce que t'es venue faire ici, hier soir ?

J'espérais détourner le sujet, tout en sachant que la bataille était perdue d'avance. Quand elle s'attaquait à quelque chose, dès qu'elle percevait la moindre faiblesse, elle était pire qu'un chien avec un os.

— Je suis venue te voir. Mais j'ai changé d'avis en voyant Logan rentrer chez lui après avoir découché.

Elle se leva, mouilla un essuie-tout dans l'évier et tendit le bras pour envelopper mes doigts dans le papier froid et humide. De ma main libre, je lui montrai la cicatrice ovale qui dépassait de l'essuie-tout.

— Tu te souviens de ça ? lui demandai-je.

— Ouais. T'as eu ce que tu méritais.

Pas de remords, inflexible. J'avais sept ans, je chouinais parce que je voulais manger et je ne m'étais pas tue quand elle m'avait prévenue. Cal devait être ailleurs, sans quoi il m'aurait arrêtée, il m'aurait écartée avant que ça dégénère. Mais il n'était pas à la maison. Maman avait saisi la cuillère chauffée à blanc qu'elle utilisait pour fondre ses cristaux de meth et l'avait collée sur le dos de ma main. C'était une constante de mon enfance. Un refrain aussi familier que mon prénom : « T'as eu ce que tu méritais. » Une petite phrase qui justifiait les péchés sous toutes leurs formes. Grâce à Louise, je connaissais mieux le passé de ma mère, mais ça ne changeait en rien notre présent. Même si j'avais désiré et essayé d'établir une relation différente avec elle, elle n'aurait jamais accepté parce qu'elle estimait qu'elle n'avait rien à se reprocher.

Je cherchai à retirer ma main et elle resserra son emprise.

— Logan est le papa de Junie, hein ?

— Non, répondis-je.

— Tss, fit-elle entre ses dents. Je dirai rien à personne, si c'est ce qui t'inquiète. Je sais fermer ma trappe, moi.

Les épaules voûtées, je pris appui contre le bar, vidée de tout esprit combatif, incapable de démentir.

— Comment tu l'as su ?

Le fait que quelqu'un soit au courant, après tout ce temps, ne m'apportait pas le soulagement attendu.

Elle haussa les épaules, me lâcha la main.

— Je l'ai deviné en vous voyant ensemble à la conférence de presse. À sa manière de te regarder.

— Tu parles, dis-je en hochant la tête. Y a rien de spécial dans sa manière de me regarder.

— Si, si. Il a un faible pour toi, ça saute aux yeux. Et ensuite quand je l'ai vu marcher, il avait une façon de balancer les bras qui m'a fait penser à Junie. J'ai fait le rapprochement, c'est tout, conclut-elle comme si c'était une évidence.

Et voilà. Quand je disais qu'il ne fallait jamais sous-estimer ma mère. Malgré toutes les drogues qu'elle prenait, malgré son allure de bonne à rien… elle était toujours en train de guetter, de calculer, d'archiver des informations. Elle avait toujours les bonnes munitions sous la main, exactement au bon moment. Et avant que vous ayez pu comprendre ce qui vous arrivait, elle vous avait piégé et touché là où ça faisait mal, et elle vous toisait, triomphante.

— En tout cas, moi au moins, je sais qui est le père de ma fille, lui rétorquai-je. J'ai une longueur d'avance sur toi.

Elle souffla entre ses lèvres pincées.

— Je me fous bien de savoir qui était ton père. Ça change rien. C'était qu'un donneur de sperme.

Typique. Les tentatives d'humiliation se retournaient toujours contre vous car ma mère ne connaissait pas la honte. Enfant, j'avais tout essayé pour lui faire dire qui était mon père. Un jour, j'avais même essayé de pleurer, tactique dangereuse avec elle, qui était plus encline à répondre aux larmes par une gifle que par des câlins. J'avais prétendu que des enfants se moquaient de moi à l'école. Elle m'avait pincée jusqu'à m'arracher la peau et m'avait ordonné de fermer ma sale trappe de menteuse avant qu'elle me la ferme elle-même. Elle avait poursuivi en disant qu'elle savait que les gamins se foutaient tous éperdument de qui était mon père parce que la majorité d'entre eux ne connaissaient pas le leur non plus.

Pendant longtemps, j'avais nourri l'espoir qu'elle cachait une grande tragédie mystérieuse. Peut-être que mon père était célèbre et qu'elle était tenue au secret. Mais j'avais fini par ouvrir les yeux et comprendre qu'elle me disait la vérité. Elle n'avait pas la moindre idée de qui il s'agissait, et n'aurait sans doute pas été fichue de le reconnaître parmi les suspects d'un tapissage de police.

— Je sais toujours pas ce que tu faisais ici hier soir, lui rappelai-je. Ni ce que tu voulais me dire.

Elle écarta ces considérations d'un geste de la main, comme si elles n'avaient aucune importance.

— J'voulais juste te conseiller de parler à Marion, dit-elle en vidant le reste de son café dans l'évier. Mais t'as intérêt à pas être pressée. Cette femme a jamais raconté une histoire sans la faire traîner sur une demi-journée.

J'inclinai la tête. Je croisais Marion chaque fois que j'allais au Bait & Tackle, et je ne voyais vraiment pas ce qu'on aurait à se dire.

— Parler à Marion de quoi ?

— Du type qui traînait avec Izzy.

— Quoi ? Attends un peu, m'exclamai-je en ayant l'impression d'avoir raté un épisode. Comment tu sais ça, toi ?

Elle sourit, dévoilant ses dents jaunies.

— Je sais ça comme je sais tout le reste, Eve. En ouvrant l'œil.

*

* *

Ma mère n'avait pas d'amis. Pas vraiment, en tout cas pas ce qu'on considère comme des amis, en temps normal. Personne avec qui déjeuner ou à qui se confier. Personne sur qui compter dans les passes difficiles. Mais s'il lui avait fallu nommer une personne qui s'en rapprochait, elle aurait sans doute choisi Marion. Elles se connaissaient depuis toujours, apparemment. Dire qu'elles s'appréciaient était sans doute exagéré. J'avais entendu ma mère baver sur Marion plus souvent qu'elle en avait fait l'éloge. Mais elles sortaient du même tonneau, respectaient le même code de conduite. Interdiction de cafter, on se serre les coudes, on frappe en premier et on frappe fort. Bref, elles se comprenaient.

Je ne voyais plus Marion aussi souvent qu'avant, lorsqu'elle venait fréquemment rendre visite à ma mère dans son mobile home. Sa famille possédait le magasin de pêche et d'alimentation Bait & Tackles depuis des générations, mais j'essayais de l'éviter car il était délabré, sombre, encombré et puant. Je n'y mettais les pieds qu'en cas de nécessité absolue, si le Piggly Wiggly et la supérette étaient fermés. J'avais toujours trouvé que les cartons de lait y avaient un arrière-goût de poisson pourri. Faire ses emplettes au Bait & Tackles vous donnait l'impression d'être indigent et crasseux. C'était une institution dans le coin, mais tous ceux qui pouvaient se le permettre n'hésitaient pas à parcourir une quinzaine de kilomètres pour acheter leurs hameçons et leurs vers ailleurs.

La seule chose qui ne changeait jamais à l'intérieur, hormis l'odeur, c'était la présence de Marion. Elle régnait derrière le comptoir fissuré, une vieille caisse enregistreuse d'un côté, un cendrier en céramique débordant de l'autre. Ma mère fumait beaucoup, mais à côté d'elle, c'était une petite joueuse. Marion descendait les cartouches de cigarettes comme si c'était un boulot à plein temps. Je ne fus donc pas surprise de la trouver avec une Marlboro sans filtre au bec quand je franchis la porte.

— Ben ça, nom d'un chien, fit-elle d'une voix forte. Si c'est pas la petite Evie Taggert…

— Salut, Marion, répondis-je en me frayant un chemin entre des seaux grouillant de vers.

— Fais pas gaffe ! Cet abruti d'Earl Willows s'imagine qu'il va s'enrichir en bêchant la moitié de son jardin pour m'amener ses putains de vers. Une vraie tête de con, c'ui-là.

Elle hocha la tête et tapota sa cigarette pour faire tomber un long cylindre de cendre.

— Comment que ça va, gamine ?

— Oh, tu sais… dis-je en détournant les yeux.

— Pas terrible, j'imagine. C'est vraiment nul, ce qui est arrivé à ta Junie.

Dans d'autres lieux, le meurtre de deux fillettes aurait plongé la ville entière dans l'horreur. Ici, ce n'était qu'un mauvais jour de plus. J'hésitai, incertaine, avant de répondre de manière vague :

— Ouais, c'est vrai.

— T'as faim ? me demanda-t-elle. Parce que j'ai un chili de bestioles écrasées sur le feu. Un peu épicé, mais ça me ferait plaisir de le partager avec toi.

Le chili de Marion était légendaire et j'en avais mangé une centaine d'assiettes dans ma vie. Quand je venais avec Junie, elle faisait un effort pour ne pas grimacer en le voyant. Elle me disait qu'elle ne pourrait jamais ingurgiter une cuillerée de raton laveur ou d'opossum écrabouillé et ramassé sur la route. Elle avait peur de tout gerber avant de l'avaler, ce qui lui aurait valu une baffe sur la nuque, comme celles que

Marion distribuait aux garçons qui essayaient de voler des bâtonnets de viande séchée sur le comptoir. Je ressentais toujours une certaine fierté de voir Junie refuser le chili. Ça démontrait qu'elle n'avait pas faim au point de bouffer n'importe quoi pour se remplir le ventre. Une preuve tangible que j'étais une meilleure mère que la mienne.

— Non, merci. Pas de chili pour moi aujourd'hui.

Marion me dévisagea par-dessus la cigarette qu'elle allumait.

— Quel bon vent t'amène ? C'est pas souvent que je te vois par ici.

Son ton de voix était amical, mais son regard restait dur. Elle savait que je voulais quelque chose, que je n'étais pas venue tailler le bout de gras ou acheter du pain. Mais la familiarité ne s'accompagnait d'aucun privilège. Encore un point commun entre elle et ma mère. Rien n'était jamais acquis, tout se méritait.

Je m'approchai d'elle. Le magasin semblait vide, mais quelqu'un aurait pu rôder dans un coin sombre et nous écouter. Je m'adossai à l'ancien congélateur dont la vitre incrustée de givre crasseux laissait voir des poissons vidés juste à côté de glaces à l'eau décolorées et de sandwichs à la crème glacée.

— Maman dit que t'as peut-être des informations sur Izzy Logan. Et sur le type qu'elle voyait, ajoutai-je après une pause.

— Tiens donc, fit Marion en hochant la tête. Ça ressemble pas à ta mère de jacasser comme une pie.

Je fus traversée par une vague de frustration, noire, irrépressible. Je n'avais pas de temps à perdre avec ces conneries. À faire des pieds et des mains pour avoir une réponse. Ma fille était morte : soit les gens acceptaient de m'aider, soit ils pouvaient aller se faire foutre.

— Tu vas me dire qui c'est, oui ou non ?

Marion rejeta une volute de fumée vers moi.

— Ouais, je vais te le dire, répondit-elle en m'attrapant le poignet, qu'elle serra jusqu'à ce que je grimace de douleur. Mais je te préviens, surveille-toi : t'as les chevilles qui enflent. Si je raconte à ta mère comment tu me parles, elle va te corriger et t'apprendre à respecter tes aînés.

Je la regardai fixement jusqu'à ce qu'elle me lâche le poignet.

— Je suis prête à prendre le risque.

Je ne sais pas à quoi je m'attendais, mais certainement pas à l'éclat de rire fracassant de Marion.

— Ça alors, regarde-toi un peu ! hurla-t-elle. Moi qui croyais que t'avais perdu ta grande gueule.

— Non. Je l'avais juste mise en *stand-by*.

J'avais contenu ma grande gueule, entre autres choses, quand Junie était née. Je voulais lui enseigner une approche plus saine du monde. Lui éviter de se faire cataloguer comme « pauvre vermine blanche » dès qu'elle ouvrait la bouche. Mais à présent, je me disais que si ma fille avait eu plus de tchatche, comme moi à son âge, ça aurait peut-être pu la sauver. Elle n'aurait peut-être pas hésité à hurler. À insulter son agresseur. À se battre. Ou alors ça n'aurait fait qu'accélérer son meurtre.

La vérité, c'est qu'il n'y a pas de bonne manière d'être une femme en ce monde. Si nous nous exprimons, si nous refusons, si nous résistons, on nous traite de salopes et de harpies qui méritent tout ce qui leur arrive : « elles l'ont bien cherché ». Mais si nous sourions, acceptons, survivons grâce à la politesse, nous sommes faibles et prêtes à tout. Des proies faciles. Dans un monde de prédateurs. Pour les femmes, les options sans risques n'existent pas, les choix vous claquent toujours dans les dents. Ma fille n'avait pas eu le temps de s'en rendre compte. Mais elle aurait fini par l'apprendre. Nous l'apprenons toutes, d'une façon ou d'une autre.

Nouveau rire moqueur de Marion.

— En *stand-by* ! Ah, t'as toujours eu du bagou, même quand t'étais gamine.

Je tambourinai du poing sur le comptoir et sentis un truc gluant me coller aux doigts.

— Izzy ? dis-je pour lui rafraîchir la mémoire.

Elle tira une nouvelle bouffée de tabac.

— Tu vas droit au but. Respect.

Elle attendit, puis me pointa de son doigt taché de nicotine.

— Me demande pas comment je le sais : je te le dirai pas, asséna-t-elle en faisant virevolter sa cigarette. Les magiciens ne révèlent jamais leurs secrets.

— Je ne te le demanderai pas, promis-je en essayant de la bousculer un peu.

Mon Dieu, elle aimait vraiment faire son cinéma. Ma mère avait vu juste.

Elle se pencha vers moi.

— C'était Matthew. Le mec qui bosse pour Jimmy Ray. Avec sa queue de rat ridicule. J'ai entendu dire que la gamine était comme une chatte en chaleur autour de lui.

— Matt ? dis-je, interdite.

Le serveur du club de strip-tease. Le connard fini. Le pire de tous les mauvais choix. Oh, Izzy, qu'est-ce qui t'est passé par la tête ?

— Mais comment ils se sont rencontrés ?

— Alors là, aucune idée, répondit Marion. J'imagine qu'ils ont dû se croiser quelque part et qu'ils ont aimé ce qu'ils voyaient. Je sais pas jusqu'où c'est allé ni rien. Mais je tiens de source sûre qu'il faisait pas la fine gueule.

— Elle avait douze ans.

Marion haussa les épaules.

— Et lui, c'est un trouduc monté d'une bite. C'est pas comme si c'était nouveau, comme scénario. C'est la plus ancienne histoire du monde.

J'aurais tant voulu qu'elle se trompe. J'aurais voulu vivre dans un monde où les adultes ne chassent pas les fillettes de douze ans. Mais elle avait raison, il n'y avait rien de nouveau. Rien qui ne se pratiquait pas chaque seconde de chaque jour à chaque coin du globe. La sécurité n'existait pas pour les petites filles. J'aurais dû le savoir : j'en avais été une.

16

À l'origine, Barren Springs était une ville aride dans un comté aride, et sa horde disparate de colons s'obstinait à remercier le bon Dieu de l'avoir sauvée de la famine et du désastre. Les bonnes résolutions n'avaient pas tenu longtemps. Les nouveaux venus avaient vite constaté la rudesse des lieux – ils avaient découvert, par exemple, qu'un joli paysage ne s'accompagne pas forcément de terres arables – et ils s'étaient tournés vers la boisson pour adoucir leur quotidien, le rendre plus supportable. À Barren Springs, la consommation d'alcool se faisait toujours en privé, comme si Dieu tolérait qu'on boive à condition que ça se fasse derrière Son dos. On descendait ainsi au bord du ruisseau des caisses entières de bière achetées au Piggly Wiggly et, en rentrant du boulot, on sirotait des flasques de whisky cachées sous le siège de la voiture. En dehors du club de Jimmy Ray, le seul abreuvoir de Barren Springs était le Cassidy's, un bar minuscule coincé entre la laverie et la sandwicherie douteuse. Contrairement au club, il avait l'avantage d'offrir un ou deux cocktails décents et il y flottait une odeur de draps secs plutôt que de strip-tease. Bien sûr, au moins la moitié de la ville considérait cela comme un inconvénient, pas un avantage. Les seuls soirs où j'y étais allée, c'était avec Louise, car son mari Keith y tenait le bar. La salle longue et étroite du Cassidy's ne pouvait accueillir qu'une trentaine de personnes. Le comptoir bordait le mur de droite sur toute sa longueur – les bouteilles d'alcool tremblotaient quand les séchoirs de l'autre côté de la paroi commune tournaient à plein régime – et quelques tables pour deux étaient alignées sur la gauche.

Ce mardi soir-là, à une demi-heure de la fermeture, il n'y avait qu'un client avachi sur le comptoir et Keith qui rangeait.

— Salut, mon chou, me lança-t-il quand je franchis la porte, vêtue d'un sweat enfilé sur mon pyjama et chaussée de claquettes. J'aurais préféré te laisser tranquille, mais je voulais pas qu'il rentre en voiture. Impossible de confisquer ses clefs : j'ai essayé, il refuse de me les donner.

Le coup de fil de Keith m'avait sortie du premier sommeil profond dans lequel j'avais sombré depuis ce qui semblait des années. J'avais dormi pour de bon, pas d'un semblant de sommeil encombré de pensées de Junie flottant derrière mes paupières closes.

— C'est pas grave. Il est là depuis longtemps ?

— Depuis le début de la soirée, répondit Keith en nettoyant le comptoir, s'arrêtant là où la tête de Cal reposait sur le bois. Le pauvre bougre. Je crois qu'il s'est laissé rattraper par la situation. Je t'aurais pas dérangée, mais la clique habituelle a montré son nez. Comme Brenda Longmont, la pouffiasse avec laquelle t'étais à l'école. Je me suis dit qu'il aurait assez de regrets demain matin sans devoir, en plus, se réveiller à côté d'elle.

— Ouais, t'as bien fait, dis-je en me hissant sur un tabouret à côté de mon frère et en lui passant la main dans les cheveux. Allez, Cal, réveille-toi.

Il n'avait jamais beaucoup bu, même quand nous étions jeunes et que j'étais un peu trop copine avec la bouteille. Il avait voulu prendre le contre-exemple de notre mère, et je l'avais imité dès que je m'étais retrouvée enceinte. Mais alors que j'avais complètement arrêté l'alcool, Cal s'autorisait parfois une bière en sortant du boulot ou en regardant un match à la télé. Je ne l'avais vu vraiment soûl qu'une seule fois, quand sa petite-copine du lycée, qui avait depuis longtemps déménagé et fait sa vie ailleurs, avait épousé un avocat à Saint Louis. Il s'était cuité moins parce qu'il avait le cœur brisé que parce qu'il avait réalisé que sa routine à Barren Springs – travailler pour Land, m'aider à élever Junie, approvisionner maman de temps en temps pour s'assurer qu'elle ne dépérisse pas – était sans doute la vie qu'il était condamné à mener jusqu'à la fin de ses jours. Nous n'en avions jamais parlé, cependant, et Cal aurait systématiquement nié cette vision des choses, quitte à se mentir à lui-même autant qu'aux autres.

Je m'appuyai doucement sur son épaule, l'appelai encore et il leva la tête, le regard vitreux, perdu.

— Eve ? hésita-t-il et je reculai pour éviter son haleine aux vapeurs de whisky. Qu'est-ce qui se passe ?

— T'es bourré, expliquai-je en puisant dans mes réserves de patience et d'amabilité.

Si quelqu'un méritait une nuit d'oubli, c'était bien Cal. Il était injuste de toujours lui demander d'être le plus solide. Je me demandai combien d'heures il avait travaillées depuis la mort de Junie. Cal se faisait constamment du souci pour moi, mais qui se souciait de lui ? Qui s'assurait qu'il mange et qu'il dorme, qui le serrait dans ses bras même s'il essayait de fuir ? Qui lui disait que tout allait s'arranger ? Je me promis de mieux m'occuper de lui quand tout ça serait fini. À condition que je sois encore là pour tenir ma promesse.

— Allez, viens, je te ramène chez toi.

— Non, répondit-il quand je le tirai par le bras. Assieds-toi un peu avec moi, Evie. S'il te plaît, ajouta-t-il en souriant.

J'adressai un regard impuissant à Keith.

— C'est bon, dit ce dernier. J'ai quelques verres à laver dans l'arrière-salle et faut que je boucle. Je vous laisse un moment.

— Merci, Keith. On en a pas pour longtemps.

Cal plissa des yeux pour regarder la pendule derrière le comptoir.

— Quelle heure il est ?

— Une heure et demie.

— Oh merde, marmonna-t-il. Excuse-moi, Keith aurait pas dû t'appeler. Je vais bien.

Je ris.

— Tu ne vas pas bien du tout, cow-boy. T'arrives à peine à garder les yeux ouverts et ton cul sur le tabouret.

Cal agrippa le comptoir à deux mains et se redressa.

— T'as vu les journaux ? me demanda-t-il.

— Quoi ? Non. De quoi tu parles ?

Il libéra une main, fouilla dans sa poche et en sortit un journal plié en deux qu'il fit claquer sur le comptoir. Je dus affronter la vision pénible de mon visage à la une du *Kansas City Star*. J'avais la peau blême, les yeux fous, les crocs découverts. Surprise au beau milieu d'une phrase à la conférence de presse. Ceux qui avaient vu cette photo se ficheraient de l'assassin de ma fille. À présent, le monstre, c'était moi.

— Celle-ci date de quelques jours. Ça te rappelle quelqu'un ? demanda Cal en poignardant la photo du doigt. Parce qu'on dirait maman. C'est son portrait tout craché.

Il n'avait pas tort. Plus jeune, moins ravagée, peut-être, mais je ressemblais à ma mère.

— J'ai déjà reconnu que j'avais fait une erreur. Qu'est-ce que tu veux d'autre ? demandai-je en retournant le journal pour ne plus me voir. C'est pour ça que tu t'es soûlé ? Parce que t'as vu ma gueule de psychopathe étalée en première page de la presse ? Tu devrais plutôt me remercier.

Il grimaça en cherchant à comprendre.

— Qu'est-ce que tu veux dire ? finit-il par me demander.

— Grâce à moi et à mon fiasco total pendant cette conférence à la con, tous les journalistes se sont cassés. Partis à l'affût de sujets plus intéressants.

Je le dis d'un ton désinvolte, mais je me sentais blessée. Je n'aimais pas qu'ils soient là, qu'ils me traquent, qu'ils essaient de me piéger avec leurs questions indiscrètes. Mais leur départ signifiait qu'ils étaient passés à autre chose, que le monde au sens large avait déjà oublié Junie. Dans le meilleur des cas, le temps d'attention consacré aux tragédies était bref. Ajoutez au tableau une victime issue de la vermine blanche et une mère antipathique : l'intérêt se réduisait presque à néant.

Cal se frotta le visage, et sa peau s'affaissa sous ses doigts ; j'eus une idée de ce à quoi il ressemblerait, plus vieux.

— Ça t'arrive jamais de penser qu'on est restés coincés dans le mobile home avec maman ?

Il ne me donna pas le temps de répondre. Il avait complètement changé de sujet, me laissant perplexe, sans la moindre idée de ce qu'il essayait de me dire.

— Parce que moi, oui. Y a des jours où je pourrais jurer que tout est un rêve, qu'on est des gamins qui n'ont jamais réussi à s'enfuir.

Il hocha la tête, vida son fond de whisky avant que je puisse l'en empêcher et reposa bruyamment le verre sur le comptoir.

— Quand je repense à notre enfance, avec maman, tu sais ce dont je me souviens le plus clairement ? À ce jour où on jouait dehors, je crois qu'on construisait un château, une connerie de ce genre. On devait avoir cinq ou six ans. Dans ces eaux-là. C'était l'hiver, il faisait froid et j'avais de nouvelles moufles et un nouveau bonnet. Pas neufs, mais nouveaux pour moi. Va savoir où maman les avait dénichés. La connaissant, elle les avait sans doute piqués à un autre gamin. Bref, on jouait dans les bois et ce petit merdeux de Randall… Comment il s'appelait, déjà ? Tu te souviens de son nom de famille ?

— Goff.

Je me souvenais très bien de cette histoire et j'aurais préféré ne pas avoir à l'entendre, mais l'alcool déliait la langue de Cal et il allait continuer sur sa lancée.

— C'était un emmerdeur fini, fis-je.

Cal acquiesça.

— Il m'a arraché mon bonnet. Il l'a attrapé d'un coup et m'a mis au défi de le récupérer. Quand je suis arrivé à la maison, le premier truc que m'a demandé maman, c'était où était passé mon bonnet. Elle se fichait éperdument de ce qu'on foutait, on la retrouvait dans un coma éthylique quatre-vingt-dix-neuf fois sur cent, mais pas ce jour-là, comme par hasard.

Je me rappelais parfaitement le nœud dans mon ventre quand elle avait posé la question. Cal et moi avions échangé un regard furtif, mais nous n'avions pas pu concocter de mensonge à temps. Sa main osseuse avait saisi le bras de Cal, le forçant brutalement à lui faire face tandis que j'essayais de me fondre dans le mur en priant pour devenir invisible.

— J'oublierai jamais la gueule qu'elle a fait quand je lui ai expliqué ce qu'il s'était passé. Déception et dégoût absolus. « T'as laissé quelqu'un prendre ce qui t'appartenait ? fit-il en imitant le ton nasal et cruel de notre mère, qui me donnait des frissons. Et tu reviens ici droit dans tes bottes ? Tu respires encore alors que ce petit trouduc porte ton bonnet ? Mais ça va pas, gamin ? Laisse jamais personne te prendre tes affaires, pas tant que t'es en vie pour l'empêcher ! »

La vraie leçon avait commencé après les insultes : elle avait ôté les moufles des petites mains de Cal puis lui avait dit de les récupérer, de ne pas la laisser faire. Il fallait vraiment qu'il soit la pire des couilles molles pour qu'elle puisse lui faucher ses moufles. Ça ne s'était terminé qu'après qu'elle l'eut roué de coups et qu'elle eut balancé la paire de gants sur son visage défoncé. J'étais tapie dans un coin. Elle s'était accroupie devant moi et m'avait violemment giflée. « Laisse jamais personne te piquer tes affaires, tu m'entends ? Tu les récupères ou tu crèves en essayant de les récupérer. » On ne peut pas enlever ça à maman : ses leçons étaient inoubliables. Je me souvenais de chacune d'elles.

Cal sortit son portefeuille et sa plaque de sa poche arrière, jeta quelques billets de vingt dollars sur le comptoir.

— Tu sais, c'est à cause d'elle que je suis devenu flic, me dit-il en briquant sa plaque de police. À cause de maman.

— T'espérais réussir à la foutre en taule ?

Cal sourit, mais du bout des lèvres.

— On sait tous les deux qu'elle me tuerait à mains nues avant de me laisser lui passer les menottes au poignet. Non, je l'ai fait pour choisir une autre voie. Pour lui prouver, et me prouver à moi aussi, qu'elle ne connaît rien au monde. Que tout n'est pas laid. Que tous les gens ne sont pas mauvais. Que j'étais capable de faire quelque chose de bien.

Il se leva de son tabouret, repoussa mon aide. Son rire ressemblait au craquement d'une vieille branche quand il tituba vers la porte.

— En fin de compte, c'était une perte de temps colossale. Cette vieille peau avait raison. Sur toute la ligne.

— Tu n'es pas responsable de ce qui est arrivé à Junie, lui dis-je alors qu'il s'éloignait.

Même s'il ne me l'avait pas dit, je savais que c'était la raison de sa cuite.

Il s'arrêta et, par-dessus son épaule, son regard navigua entre moi et le journal qu'il avait laissé sur le comptoir.

— Je parlais pas de Junie. Je parlais de nous deux, Eve : toi et moi. On est le produit de l'éducation de maman.

17

J'étais tout à fait consciente que débarquer dans le fief de Jimmy Ray sans y être invitée était un acte quasi suicidaire. Mais je devais trouver un moyen d'affronter Matt en privé, en dehors de la protection que lui offrait le club de strip-tease, où il pouvait me foutre à la porte ou tout simplement s'en aller. Après avoir passé les deux jours précédents à chercher des solutions alternatives, j'étais convaincue que je devais le prendre au dépourvu si je voulais avoir une chance de le faire parler. J'avais pensé à appeler Land, à partager ma découverte avec lui, mais j'avais le sentiment que les flics étaient peut-être déjà au courant et que, de toute façon, ils ne parviendraient jamais à lui soutirer le moindre mot. Je doutais sérieusement en être moi-même capable. Je repartirais sans doute avec un œil au beurre noir et quelques doigts cassés, sinon pire. Mais il fallait que j'essaie.

Je n'étais pas imprudente au point de me lancer à l'aveuglette, sans espoir d'être secourue si la situation partait en vrille. Cal avait répondu au téléphone d'une voix lasse et stressée. Nous ne nous étions pas parlé depuis que je l'avais ramené du bar chez lui deux nuits plus tôt. J'avais attendu qu'il me contacte en premier. Je voulais lui donner le temps de choisir sa réaction, le soupçonnant de préférer prétendre que son moment ne faiblesse n'avait jamais eu lieu. Il n'avait sans doute aucune envie que je lui rappelle qu'il avait eu besoin de moi, pour changer un peu. Ou que les souvenirs de notre enfance continuaient à l'obséder après tant d'années.

— Salut, lui dis-je, le portable coincé entre l'oreille et l'épaule, remontant la vitre de la voiture pour couper le bruit du vent.

— Salut. Tout va bien ?

J'entendis la surprise dans sa voix et me rendis compte que j'avais perdu l'habitude de lui téléphoner. Avant la mort de Junie, je lui parlais au moins deux fois par jour, sans raison particulière, pour discuter de tout et de rien, voir si tout allait bien. Cette routine de toujours s'était arrêtée en même temps que le cœur de ma fille. En vérité, je n'avais plus rien à dire et je n'avais pas la force de prétendre m'intéresser à ce que les autres disaient, à moins que ce ne soit pour m'apprendre qui avait tué mon enfant.

— Ouais, tout va bien, mentis-je, occupée à calculer la distance qui me séparait de chez Jimmy Ray par rapport au temps que Cal mettrait à m'y rejoindre. Mais écoute, j'ai un tuyau sur le type que fréquentait Izzy et…

— Eve, coupa sèchement Cal. Qu'est-ce que tu fais ?

Mes dents claquèrent lorsque la voiture se mit à cahoter sur le chemin menant à la propriété. Il commençait à faire nuit et je me sentais exposée et vulnérable : mes phares et le boucan de mon moteur annonçaient mon arrivée.

— T'en fais pas, dis-je à Cal, mais son souffle saccadé prouvait l'inutilité d'une telle recommandation. Tout va bien. Je vais pas faire de conneries.

Les mensonges glissaient sur ma langue comme de l'eau, à présent.

— Je veux juste que tu saches que je suis chez Jimmy Ray, au cas où il m'arrive quelque chose.

— Non. Fais demi-tour, Eve, immédiatement. Sans déconner, fais…

Je lui raccrochai au nez, éteignis mon téléphone et le jetai sur le siège passager. J'estimais avoir à peu près une demi-heure avant que Cal me rattrape. Ce qui devait suffire, car soit Matt parlerait immédiatement, soit il se tairait à tout jamais.

Je m'approchai de la guérite construite par Jimmy Ray, en contreplaqué et en ferraille. Elle gardait l'entrée de sa propriété et il était impossible d'emprunter le chemin d'accès sans passer devant. Un projecteur brillait sur le toit bancal et l'assemblage de bric et de broc aurait été comique s'il n'y avait pas eu un pedzouille armé à l'intérieur.

Mais quand je m'arrêtai devant le poste de garde, je le trouvai vide. J'avais préparé un petit discours, une formule qui me permettrait de passer, et je n'étais pas sûre de ce que je devais faire maintenant que je n'en avais plus besoin. La grosse chaîne métallique qui barrait l'accès à la propriété en l'absence de garde était enroulée par terre, dans les buissons. La facilité de mon entrée s'accompagnait d'une inquiétude que j'entendais siffler comme un serpent. Jimmy Ray n'était pas du genre à négliger la sécurité. Je ne le voyais pas non plus me tendre un piège. Il n'était pas sournois. Il ne complotait pas, n'agissait pas en traître. Il vous fonçait dessus, à fond, bille en tête. Peut-être que le gardien était allé pisser et avait oublié de mettre la chaîne. Peut-être que sa présence avait été requise pour répondre à une urgence quelconque. Cette possibilité jouerait en ma faveur, finalement. Une distraction me donnerait plus de temps avec Matt.

Je franchis l'entrée, grimaçai légèrement en me rappelant les quelques fois où j'avais laissé Jimmy Ray me convaincre d'amener Junie ici. Mes pires décisions en tant que mère remontaient à la surface comme les ombres des bosquets le long de la route. À l'époque, Matt vivait dans une caravane à l'ouest de la propriété, et j'imaginais que ça n'avait pas changé. Une fois que les sbires de Jimmy Ray avaient établi leur territoire, ils étaient réticents à en bouger. Si ma mémoire était bonne, la caravane de Matt était une boîte de conserve aussi délabrée que celle de ma mère, mais elle était au bord du ruisseau, avec vue sur les collines verdoyantes à l'arrière.

Je pris un virage, puis montai sur le bas-côté en suivant un chemin, plus de mémoire qu'en me fiant à ce que je voyais. Les branches claquaient contre les vitres et je m'estimais heureuse qu'il n'ait pas plu récemment. Il ne manquerait plus que je me retrouve embourbée, coincée ici. Alors que je me demandais si je n'étais pas allée trop loin, je tombai sur la cabane à moitié pourrie que Jimmy Ray m'avait montrée un jour. C'était la ferme de la famille qui avait possédé ces terres des années plus tôt. Elle était cachée, envahie par la végétation. Nous avions baisé ici tandis que Junie dormait dans la voiture. Je me souvins des murs couverts de mousse contre mon dos. Je savais qu'il y avait un endroit dégagé où je pouvais faire demi-tour et laisser ma voiture prête à sortir si j'avais besoin de m'enfuir précipitamment.

Il était impossible qu'un véhicule s'approche discrètement du domaine de Jimmy Ray. Il l'avait bâti au pied d'une colline. Même en éteignant les phares, dès que vous apparaissiez en haut de la crête, vous vous retrouviez à découvert. Le seul moyen d'arriver sans se faire repérer, c'était à pied, et le plus loin possible du maître des lieux. Si tout se passait bien, je pourrais traverser les bois, parler à Matt et repartir avant même que Jimmy Ray ait détecté ma présence. C'était aussi dans l'intérêt de Matt que ça se passe ainsi. Son patron aimait foutre le bordel, mais il détestait avoir à nettoyer celui des autres. Plus vite Matt se débarrasserait de moi, mieux ce serait pour lui et pour moi.

Je pris une lampe électrique dans la boîte à gants et partis à travers bois. Du kudzu s'accrochait à mes mollets et, au-dessus de ma tête, je devinais des chauves-souris tournoyer dans un ciel de plus en plus sombre. J'entendis une créature ramper dans les buissons sur ma gauche et tapai plus fort des pieds pour la faire fuir. Je n'avais pas peur. J'avais grandi dans ces bois, je les connaissais aussi bien que mes battements de cœur. Rien ici ne pouvait me faire de mal sans que je puisse me défendre.

Je ralentis quand la forêt s'éclaircit ; des lumières brillaient pas très loin de moi. Je vis le demi-cercle habituel de pick-up devant chez Jimmy Ray, mais j'étais trop loin pour repérer les mouvements dans l'obscurité croissante. Sur ma gauche, une piste menait à la caravane de Matt. Je fus obligée de quitter l'abri des arbres et de marcher à découvert, quelques instants au moins. J'avais mis un jean et une chemise noire en espérant que si quelqu'un me voyait de loin, il présumerait que j'étais des leurs. Presque tous les hommes avaient des copines ou des femmes, parfois même les deux à la fois, qui vivaient dans la propriété ; ma présence ne serait donc pas forcément incongrue.

J'hésitai et écoutai, mais je n'entendis que le vent dans la cime des arbres, le hululement lointain d'une chouette effraie. J'aurais dû me décider, me lancer, mais je n'y parvenais pas. Je ne sais pas si la peur me paralysait ou si un reste de cerveau reptilien me prévenait qu'il valait mieux attendre. Je comptai lentement jusqu'à cent, une première puis une deuxième fois. Rien. Je pris une grande inspiration et sortis des bois, pressant le pas, le regard loin devant, en direction de la caravane de Matt. J'avais le sentiment d'être exposée, d'être une proie facile, mes cheveux se dressaient sur ma nuque et je dus réprimer l'envie de courir. J'étais à mi-chemin lorsque j'entendis un bruit de moteur en provenance de chez Jimmy Ray. Mon cœur s'emballa comme s'il essayait de devancer mon corps pour se mettre en sécurité ; un coup d'œil à droite et le faisceau de phares surgit sur la crête et balaya les hautes herbes devant moi.

Je n'avais nulle part où me réfugier : je ne pouvais pas regagner les bois avant d'être éclairée par les phares. Je me précipitai droit devant, trébuchant un peu en piquant un sprint, me ruant vers l'endroit où la piste disparaissait en haut de la côte. Je me jetai dans les hautes herbes, roulai, et sentis mon épaule heurter quelque chose de tranchant lors de ma glissade.

J'attendis, le souffle court, redoutant les voix ou les claquements de portières qui allaient suivre. Jimmy Ray s'en donnerait à cœur joie. La fois où il m'avait brisé le poignet serait du travail d'amateur à côté de ce qui m'attendait. Mais la voiture passa sans s'arrêter, descendit la pente et s'éloigna. Je restai un moment étendue, fis pression sur la blessure. Mes doigts étaient rouges de sang.

— Merde, marmonnai-je en me relevant.

Je me sentis étrangement gênée. Qu'est-ce que je fichais ici, à jouer aux vengeresses de bande-dessinée ? Qu'en penserait Junie si elle me voyait ? J'imaginai qu'au lieu de m'encourager, elle lèverait sans doute les yeux au ciel. Mais j'étais allée trop loin pour renoncer, je voyais maintenant la lumière des fenêtres de Matt, au loin.

Je descendis péniblement la colline, glissant sur l'herbe tassée. Ici, personne ne verrouillait sa porte. Je pouvais débouler d'un coup chez lui, le prendre par surprise. Mais ici, aussi, tout le monde avait un fusil chargé à portée de main. Une surprise totale pouvait me valoir une balle dans le ventre. Je décidai que frapper était sans doute l'approche la plus intelligente. J'étais à peu près sûre qu'il me laisserait entrer. Par curiosité, au moins – personne ne résiste à la curiosité.

J'étais à une cinquantaine de mètres quand j'entendis les intonations nasales d'une chanson de country s'échapper des fenêtres. J'avançai de quelques pas et sentis une odeur de cuisine dans le vent. Grillade et sauce barbecue. Cinq mètres de plus et le bruit d'un souffle étrange m'arrêta net. Ce n'était pas le vent. J'essayai de l'identifier et mon ventre se retourna violemment quand le déclic se fit dans mon cerveau : c'était le bruit du gaz qui s'échappe lorsqu'on allume la gazinière.

Puis le monde entier vola en éclats.

18

Quand je repris connaissance, je gisais sous les étoiles, devant des flammes déchaînées. J'entendais des cris au loin, mais tout était étouffé, comme si j'avais la tête enrobée dans un épais coton. Je roulai sur le côté et le monde se désaxa, la bile me monta à la gorge. Je baissai lentement la tête, posai le front sur l'herbe, puis j'inspirai par le nez et soufflai par la bouche jusqu'à ce que mon ventre retrouve sa place.

Il me fallut une minute pour me rappeler où j'étais et ce qui s'était passé. Je me mis à genoux en prenant appui sur mes mains. Je regardai l'emplacement de la caravane de Matt. Il ne restait que quelques grosses pièces métalliques fumantes, des morceaux étaient éparpillés partout, le feu brûlait à la lisière du bois de l'autre côté de la clairière.

— C'est quoi ce bordel ? dis-je d'une voix rauque.

Je savais que je devais retourner à ma voiture et déguerpir, mais mon corps refusait d'obéir à mon cerveau. J'entendis courir derrière moi ; même si j'étais parvenue à me relever, je n'avais aucune chance de semer la personne qui approchait. Un homme dévala le chemin vers moi, glissa un peu sur l'herbe tandis que je me préparais à ce qui m'attendait. C'était déjà grave d'avoir pénétré sans autorisation sur la propriété de Jimmy Ray. Mais me trouver là où un de ses hommes venait de se faire réduire en miettes, c'était désastreux.

Je plissai les yeux dans la fumée et fus soulagée de reconnaître Cal. Je m'approchai en titubant et il me soutint quand mes jambes refusèrent de me porter.

— Putain, Eve ! gueula-t-il. Qu'est-ce que t'as foutu ? Qu'est-ce qui s'est passé ?

Je hochai la tête.

— J'en sais rien. Je suis venue lui parler et… tout a explosé, dis-je avec un geste du bras. Je ne l'ai même pas vu.

Cal regarda derrière lui.

— T'as intérêt à partir avant que Jimmy Ray rapplique, m'ordonna-t-il en me poussant. Allez, bouge !

— Mais…

Il me bouscula à nouveau, plus fort.

— Discute pas, Eve, pour une fois dans ta vie, écoute-moi et barre-toi ! *Tout de suite !*

Je m'éloignai en trébuchant, mes jambes réagissant aux ordres de mon cerveau avec une demi-seconde de retard. Derrière moi, j'entendis Cal signaler l'explosion dans sa radio, demander des renforts de la police et une ambulance, même s'il était trop tard pour Matt, ou pour ce qu'il en restait. Je venais d'entrer dans le bois quand un pick-up apparut au sommet de la colline. Cachée derrière un tronc d'arbre, je regardai cinq ou six hommes en dégringoler, en hurlant et en se ruant vers Cal.

Une partie de moi voulait rester et s'assurer qu'il était en sécurité, que Jimmy Ray et ses acolytes n'allaient pas déverser leur colère sur lui. Mais je n'avais plus qu'à espérer que le statut de mon frère le protégerait, au moins jusqu'à l'arrivée des renforts. Sans compter qu'il avait raison : je devais déguerpir. Plus je traînais, plus j'avais de chances d'être découverte.

Je ne me souviens pas vraiment du retour à ma voiture, sinon que je butais sur des racines et trébuchais dans le noir. Mes mains tremblaient si fort que je dus m'y reprendre à trois fois pour mettre la clef dans le contact. Sans cesser de claquer des dents, je sortis à toute allure de la propriété, dans une course contre la montre avant l'arrivée des flics. Quand je repris la route principale, je croisai deux véhicules, sirènes à fond et gyrophares allumés. Je surveillai leurs feux arrière dans le rétroviseur jusqu'à ce qu'ils disparaissent, m'attendant à moitié à ce qu'ils fassent demi-tour et se lancent à ma poursuite. Ma mâchoire et mes mains ne se détendirent pas avant que je sois garée devant mon appartement. Quand je parvins enfin à m'extraire de mon siège, mon corps entier me lancinait comme après une dérouillée de Jimmy Ray. Je boitais, voûtée, jusqu'à ma porte d'entrée.

Je m'enfermai dans la salle de bains et ôtai prudemment mes vêtements, surtout le chemisier collé à la plaie de mon épaule. J'avais le visage maculé de suie et un bleu se dessinait sur ma pommette gauche – sans doute le résultat de ma chute après l'explosion. Je m'agrippai au lavabo pour empêcher mes mains de trembler, et pour essayer de trouver une logique aux événements. L'explosion de la caravane de Matt au moment même où j'allais lui parler n'avait aucun sens. S'il était l'assassin d'Izzy et de Junie, pourquoi se serait-il fait sauter ? Ce genre de type ne s'encombrait pas de remords. J'imaginais que, contrairement à son patron, Matt n'avait aucun code de conduite. Le meurtre de deux gamines à peine ados ne lui avait sans doute pas fait perdre une minute de sommeil. Et s'il n'était pas responsable de leur mort, pourquoi l'assassin se soucierait-il que je parle à Matt ? Ça détournerait l'attention de lui, au contraire. Si Matt était vivant et devait expliquer sa relation avec Izzy, ce ne pouvait qu'être bon pour l'assassin. Tous les yeux seraient braqués ailleurs.

Quelque chose me turlupinait, un détail m'échappait dès que mon cerveau tentait de l'analyser. Mais j'avais mal partout, surtout à la tête, et je savais que plus je me concentrerais, plus ça continuerait à m'échapper. Je restai longtemps sous la douche, jusqu'à ce que l'eau qui coulait sur mon épaule passe du rouge, au rose, à une transparence cristalline. Jusqu'à ce que l'eau chaude tiédisse. Le détail refusait toujours de se concrétiser. Peut-être qu'une bonne nuit de sommeil le ferait remonter à la surface de mon esprit. À moins, bien sûr, que ce ne soit rien du tout, finalement.

Je m'enveloppai dans une serviette, vérifiai à nouveau mon épaule pour m'assurer qu'elle ne saignait plus avant de recouvrir la plaie d'un bout de gaze et de deux pansements, puis je sortis dans le couloir. J'entendis le plancher craquer, me tournai sur la gauche. Quelque chose de lourd s'abattit sur moi, me projetant contre le mur, et ma tête heurta violemment le montant de la porte. Une main aux doigts calleux et durs me serra la gorge.

— Qu'est-ce que t'as foutu ? me demanda Jimmy Ray, son haleine chaude sur mon visage. Espèce de sale connasse !

Il s'attendait à ce que je me recroqueville, que je supplie, que je cherche à l'apaiser. Notre ancien mode de fonctionnement. Les fois où il serrait de plus en plus fort tandis que j'essayais désespérément de le calmer, de le contenir, d'épargner ce spectacle traumatisant à Junie. Mais nous ne vivions plus dans le même monde, maintenant que ma fille n'était plus là. Et je n'étais plus la même femme.

Je levai un genou, vite et fort, et lui donnai un coup en plein dans les burnes. Il ne s'y attendait pas, il n'avait même pas pensé à se protéger. Pas de moi. Il lâcha mon cou, se plia en deux, comme désarticulé, et tomba à genoux. Je le repoussai et pris la fuite, mais ne fis que deux pas avant qu'il m'attrape la cheville et me tire vers lui d'un coup sec. Je chutai lourdement sur la hanche, tâtonnai pour me raccrocher à quelque chose. Puis, de ma jambe libre, je lui donnai un coup de pied qui l'atteignit en plein dans le nez, produisant un craquement audible. Il relâcha ma cheville, s'affala sur le dos et se couvrit le visage de ses deux mains.

— Putain. Mais pourquoi t'as fait ça ? gémit-il.

Il avait le ton plaintif qu'adoptent les tyrans du monde entier, les brutes qui savent infliger la violence mais n'ont jamais appris à la subir.

Je pris appui au mur pour me redresser, ramassai ma serviette par terre et m'enveloppai à nouveau dedans.

— Parce que tu le mérites.

Il ne me contredit pas, étrangement. Ce seul coup de pied, avec lequel je lui avais déboîté le nez, semblait avoir sapé toute son agressivité. Je me demandai si je n'aurais pas dû le faire des années auparavant ; ça aurait peut-être suffi à mettre fin à notre histoire. J'aurais évité les bagarres interminables dont je sortais le visage couvert de bleus et de sang, je n'aurais pas été obligée de sucer Land dans sa voiture pour m'assurer d'être débarrassée de Jimmy Ray. Ça aurait pu marcher. Ou pas : il aurait pu me tuer et balancer mon corps dans les bois. Ça aurait été Cal qui aurait élevé Junie ou, pire scénario, ma mère. Mais ce n'était pas le moment de réinventer le passé. Je devais revenir à ce soir, au présent.

Je restai sur mes gardes en regardant Jimmy Ray s'asseoir et s'adosser au mur.

— Je peux avoir une serviette ? me demanda-t-il.

J'entrai dans la cuisine, nouai des glaçons dans un torchon et le lui apportai. Il essuya le sang sur son visage, renversa la tête en arrière et appliqua la glace sur son nez en gémissant.

— Putain, petite, tu m'as pas raté.

Je me laissai glisser le long du mur et m'assis à côté de lui, jambes tendues et croisées car je ne portais toujours qu'une serviette.

— C'est pas moi qui ai fait sauter la caravane de Matt.

— Ouais, je m'en doutais un peu, répondit-il en se tournant vers moi.

— Mais t'as quand même décidé de t'introduire dans mon appart et de m'étrangler ?

— J'étais en pétard, répondit-il en haussant les épaules. Y a des flics partout chez moi. Et d'ailleurs, si j'avais vraiment voulu te tuer, tu serais morte. Maudite soit ta mère.

— Qu'est-ce que ma mère vient faire là-dedans ?

— Quand on était ensemble, ta mère venait me souffler dans les bronches. Elle m'avertissait que si jamais je dépassais les bornes, elle se servirait de ma bite comme leurre pour pêcher.

Je le dévisageai, interdite. Quand j'étais petite, bien sûr, maman démolissait tous ceux qui me faisaient du tort. Mais à l'âge adulte, j'avais cru que même ce peu d'attention avait disparu. Un jour, en voyant l'œil au beurre noir que m'avait fait Jimmy Ray, elle m'avait dit que je m'étais foutue dans ce pétrin toute seule et que je devais être assez forte pour m'en sortir. Je n'avais jamais imaginé qu'elle ait averti Jimmy Ray de quoi que ce soit.

— Quoi ? fit Jimmy Ray d'un ton amusé. Pourquoi tu crois que c'est jamais allé au-delà de ton poignet cassé ? Sans déconner, je reconnais que ta mère me faisait flipper. Je me voyais déjà sans bite.

— J'imagine que t'as eu du bol de pas m'étrangler, dans ce cas.

Il me saisit la main et la serra juste assez pour me faire sentir sa force.

— Je déconne pas, Eve. Je t'ai à la bonne. Dieu seul sait pourquoi, tu m'as causé plus d'emmerdes qu'autre chose. Mais mon affection a des limites, prévint-il en me lâchant la main pour montrer son visage. Si tu récidives ou si tu reviens me faire chier comme ce soir, ton frère te repêchera en morceaux dans la rivière. En tout petits morceaux. Et ta mère pourra aller se faire foutre. C'est bien compris ? me demanda-t-il en soutenant mon regard.

— Oui.

J'avais bien compris. J'avais épuisé tout mon crédit avec Jimmy Ray, et ce n'était pas le genre de mec à accorder un autre prêt.

— Je te jure que je ne comprends pas ce qui s'est passé ce soir. Je voulais juste parler à Matt. C'est lui qui traînait avec Izzy, la copine de Junie.

— Et t'as donc décidé d'entrer en douce dans ma propriété ? demanda Jimmy Ray, incrédule. Pour quelqu'un qui veut pas se faire étrangler, t'as des putains de pulsions suicidaires, Eve.

— Ça doit être ça, dis-je en tirant la serviette sur mes cuisses. T'as des théories sur la mort de Matt ?

— Aucune idée, répondit-il, mais sa légère hésitation avant de me répondre, la petite pause entre les deux mots, m'indiquèrent qu'il avait sans doute un vague soupçon. Je sais qu'il lui arrivait de cuisiner du crystal meth dans sa caravane. Nous, on se concentre sur l'héroïne maintenant. Le marché est plus juteux, de nos jours.

Il parlait de son trafic de drogue comme il aurait parlé du temps ou de ce qu'il avait mangé à midi. Une activité ordinaire, routinière.

— Mais Matt aimait le crystal, poursuivit-il. Pour sa consommation personnelle. Il a peut-être bâclé la préparation et s'est fait sauter. Il a toujours été con comme ses pieds.

— Peut-être. À moins que quelqu'un lui ait donné un coup de pouce.

Jimmy Ray se tourna vers moi et je sentis la brûlure de ses yeux noirs sur mon visage.

— Pourquoi ? Qui aurait intérêt à ce que Matt meure ?

— J'en sais rien. Il savait peut-être quelque chose sur le meurtre d'Izzy et de Junie. Et on aurait voulu l'empêcher de parler.

Il me donna une pichenette sur la jambe.

— Je regrette d'avoir à te le dire, ma chérie, mais Matt t'aurait jamais parlé. Je doute qu'il ait su quoi que ce soit sur les meurtres, de toute façon. Il a toujours eu de la merde dans le crâne, ce corniaud.

— Je comprends pas, dans ce cas, dis-je en laissant aller ma tête contre le mur. Je comprends plus rien.

Après une hésitation, je fermai les yeux.

— J'essaie de trouver une logique, expliquai-je. À leur mort. À ce qui s'est passé. À pourquoi ça s'est passé.

— Tu perds ton temps, Eve. Autant pisser dans un violon. Essayer de répondre à cette question et de trouver la raison d'un tel acte… ça va te rendre barjot. C'est pas le « pourquoi » qui compte.

— Qu'est-ce qui compte, alors ?

— La question, c'est « qui ? ». Qui tenait ce couteau ? C'est la seule chose qui compte vraiment.

L'étrangeté de notre conversation ne m'échappait pas. Jimmy Ray et moi, en train de panser nos blessures et de discuter tranquillement comme si nous étions de vieux amis. C'est peut-être comme ça qu'il nous voyait, du reste. Ce qui me rappela, de la pire manière possible, ma mère et moi. Chaque fois que je croyais m'être enfin débarrassée d'elle, je me retrouvais une nouvelle fois en sa présence. Comme elle, Jimmy Ray avait de l'endurance, c'était indéniable.

— Je persiste à croire que tu ne me dis pas tout ce que tu sais, tentai-je en nouant mes cheveux mouillés sur le sommet de ma tête.

— T'as tort, répondit-il en se levant et en me tendant la main pour m'aider à faire de même. T'en sais autant que moi.

— Qu'est-ce que ça veut dire, exactement ?

J'essayai de le fixer, mais il gardait la tête tournée. Jimmy Ray se servait de ses yeux comme d'une arme, pour séduire et pour intimider. C'était un homme conscient de la force de son regard. Le fait qu'il refuse de croiser le mien avait forcément un sens.

Il s'éloigna en boitillant, séquelle de mon genou dans son entrejambe, et j'avoue que je ressentis un picotement de satisfaction.

— Tu sais ce que j'ai toujours préféré chez toi ?

Je repensai aux compliments qu'il m'avait adressés au fil des ans.

— Mes jambes ?

Il finit par me regarder, par-dessus son épaule, ses yeux glissant de mes hanches à mes chevilles nues.

— C'est vrai, j'ai toujours aimé tes jambes. Et elles sont toujours aussi canon. Elles seraient encore plus belles enroulées autour de ma taille, ajouta-t-il avec un petit sourire en coin.

Je pris soudain conscience de ma quasi-nudité, un petit coup sec sur la serviette et il pouvait l'ôter. Une flambée d'excitation suivit, immédiatement chassée par une bouffée de honte. Qu'est-ce qui clochait chez moi, pour qu'un homme comme Jimmy Ray fasse réagir mon corps au quart de tour, enflammer mon ventre et me faire mouiller en quelques mots ? Surtout quand ce même corps avait connu la douleur qu'il pouvait lui infliger. Je reculai pour m'éloigner de lui.

— Si c'est pas mes jambes, c'est quoi ?

J'essayais d'adopter un ton sérieux, posé, mais mon timbre de voix était rauque. Je le savais et Jimmy Ray aussi, si je me fiais à la façon dont son petit sourire s'était considérablement élargi.

Il me fit un clin d'œil pour confirmer que je ne lui cachais rien, puis il reprit son sérieux.

— J'aimais ton intelligence. Les autres filles avec qui je sors, c'est pas des lumières, dit-il en se frappant la tempe.

— Mais c'est pas ce qui te plaît, justement ? Ça évite qu'elles te répondent.

Il fit un geste de la main, comme pour chasser mes paroles.

— Écoute-moi bien, Eve. T'es intelligente, je sais que t'en as dans le ciboulot. C'est ce qui te rendait si chiante, la plupart du temps, mais je reconnais que je me suis jamais emmerdé avec toi.

J'avais du mal à accepter la franchise de cette tentative de compliment, j'étais à peu près certaine qu'il m'avait traitée de sale connasse une centaine de fois dans mon dos. Je serrai la serviette entre mes doigts.

— Pourquoi tu me dis ça ?

— Parce que tout est déjà là, expliqua-t-il en se frappant à nouveau la tempe. Tu peux tout deviner.

— Et si j'étais moins intelligente que tu le penses ?

— C'est pas le cas. Par contre, il se peut que tu te focalises sur les mauvais trucs.

— Tu veux parler de Matt ?

— Je veux dire qu'y a pas trente-six raisons pour lesquelles les gens tuent. Y en a trois, fit-il en comptant sur ses doigts. Sexe, fric ou colère noire.

Je commençais à perdre patience, et à me demander s'il savait vraiment quelque chose ou s'il me faisait marcher.

— Si t'en sais autant, dis-moi laquelle c'est.

— J'ai pas dit que je savais quoi que ce soit. Tout ce que je dis, c'est que t'es sans doute sur la mauvaise piste.

C'était aussi dans son intérêt de me raconter ça : il voulait que j'arrête de fouiner dans ses affaires et dans sa propriété. Matt n'était plus de la partie, je devais suivre ses conseils et m'orienter ailleurs.

— C'est peut-être toi qui as fait sauter Matt pour m'empêcher de lui parler.

Il rit.

— Tu regardes trop de films, ma belle. Tu penses que j'allais m'emmerder à faire exploser sa caravane alors que je pouvais simplement le descendre ? Un flingue est beaucoup plus discret et je me retrouverais pas avec les flics sur le dos.

Il ouvrit la porte d'entrée, mais hésita avant de sortir.

— Puis qu'est-ce que j'en ai à foutre que Matt te parle ? Je t'ai déjà dit que j'avais rien à voir avec le meurtre de ta fille. D'après mes informations, les meurtres n'avaient rien de sexuel. Ça ressemble pas trop à de la colère non plus. Elles auraient pas été retrouvées bien alignées l'une à côté de l'autre. Qu'est-ce qui reste ?

Il se tourna vers moi avant de fermer la porte et m'adressa un regard plein de pitié, une pitié que je n'avais jamais vue chez lui et dont il n'avait sans doute même pas conscience.

— Suis le fric, Eve. Suis le fric.

19

« Suis le fric » ? Qu'est-ce que ça pouvait bien vouloir dire, bordel ? On n'en avait pas, de fric, justement. Ni moi, ni Junie, ni Cal, ni maman. On avait toujours été fauchés comme les blés. Restait donc Izzy. De toute évidence, sa famille était plus aisée que la nôtre, mais elle était loin de rouler sur l'or. Merde enfin, n'importe où ailleurs, les Logan auraient été considérés comme de simples petits bourgeois. Et je n'imaginais pas Izzy mêlée à une grande combine brassant des tonnes de pognon. Elle avait douze ans, putain ! Elle s'intéressait aux vernis à ongles, aux textos et elle avait un béguin déplacé pour un abruti comme Matt. Cela dit, quelque chose m'échappait peut-être. Cette famille, que je ne connaissais que de l'extérieur, abriterait-elle un secret ?

Je m'habillai à la va-vite et me faisais une queue-de-cheval lorsque Cal arriva, puant la sueur et la fumée, la manche de son uniforme déchirée et ses chaussures couvertes de cendres. Il n'était pas tout à fait aussi furieux que Jimmy Ray un peu plus tôt, mais pas loin.

— Qu'est-ce que tu fabriques, Eve ? dit-il en arpentant le salon, laissant des petites marques de suie noires sur la moquette élimée. Qu'est-ce que tu fichais là-bas ? T'aurais pu te faire tabasser ou tuer s'ils t'avaient trouvée sur la propriété, même avant que la caravane de Matt explose.

Il se passa la main dans les cheveux, des mèches crasseuses se dressant sur sa tête.

— Je t'ai déjà expliqué au téléphone. Le type qui traînait avec Izzy, c'était Matt.

— Et alors ? hurla Cal. Depuis quand tu te crois permis de faire la loi n'importe comment ? C'est notre boulot, le boulot des flics, d'intervenir !

— Pourquoi vous ne lui avez pas parlé, dans ce cas ? criai-je. Maintenant il est mort, et c'est trop tard.

Cal se tourna vers le coin de canapé où j'étais blottie.

— Qu'est-ce qui te fait croire qu'on lui a pas parlé ?

Ce que j'allais lui renvoyer à la figure s'arrêta net sur le bout de ma langue.

— Pourquoi tu ne me l'as pas dit au téléphone ?

— Parce que tu m'as raccroché au nez et que t'es allée l'affronter toute seule comme une folle furieuse !

Cal et moi ne nous étions pas engueulés comme ça depuis des années. C'était notre mode de fonctionnement quand nous étions jeunes. J'étais belligérante, impulsive, limite suicidaire. Cal était constamment en train de réparer les dégâts que je causais, d'essayer de me remettre sur le droit chemin et de péter un câble quand je ne l'écoutais pas. Mais la naissance de Junie avait bouleversé la dynamique de notre relation. Avoir un enfant m'avait donné une vulnérabilité que je n'avais jamais connue avant. J'avais grandi en me fichant de ce qui m'arrivait. Mais Junie avait besoin de moi. J'avais donc accepté la protection et la sollicitude de Cal, dans lesquelles je nous avais enveloppées,

Junie et moi, comme dans du papier à bulles. Je me demandai si la nuit où j'avais récupéré mon frère au bar, bourré, débitant d'une voix pâteuse des vérités sur notre enfance, n'avait pas à nouveau chamboulé nos liens. Si le débordement de chagrin ne nous avait pas remis dans la peau de nos anciennes personnalités.

— Qu'est-ce qu'il a dit, Matt, quand tu lui as parlé d'Izzy ?

Il s'effondra dans le canapé à côté de moi, renversa la tête en arrière et ferma les yeux.

— Pas grand-chose. Il démentait tout, au début, mais on a insisté.

— Toi et Land ?

— Ouais. Il a fini par reconnaître qu'ils avaient un peu flirté, mais que c'était jamais allé plus loin que des mots.

Je me tournai vers Cal.

— Tu l'as cru ?

— Non, répondit-il en ouvrant les yeux. Mais le fait qu'il couchait avec elle ne fait pas de lui l'assassin.

— Dis-moi ce que t'as pensé, quand tu l'as interrogé.

Il soupira.

— Comment savoir avec des mecs comme ça, qui mentent comme ils respirent ? Il disait seulement ce qui pouvait le couvrir, répondit-il en se rapprochant de moi. On a retrouvé les textos du téléphone d'Izzy.

— Quoi ? Quand ? Qu'est-ce qu'ils disaient ?

— Doucement. Il n'y en a qu'un d'important : celui qu'elle a reçu le jour où elles ont été tuées. Le type l'a envoyé le matin même. Pour lui donner rendez-vous au parc. Mais il n'était pas question que Junie y soit aussi. Je présume que c'est un homme, pour le moment, précisa-t-il en haussant les épaules.

— Izzy le connaissait ?

J'aurais dû être soulagée de savoir que l'assassin avait un lien direct avec la fille des Logan, plutôt qu'avec la mienne. Mais je n'arrivais pas à y croire pleinement, j'avais toujours l'impression confuse que, d'une manière ou d'une autre, Junie avait elle aussi joué un rôle dans ce qui s'était passé.

— Apparemment.

— Est-ce qu'il était question d'argent, dans ce SMS ?

Cal fronça les sourcils.

— D'argent ? Tu veux parler de chantage ? Qu'est-ce que tu veux dire ?

Je me levai et ramassai quelques verres sales sur la table basse.

— Je ne sais pas ce que je veux dire, dis-je en allant déposer les verres dans l'évier de la cuisine. Quelqu'un a mentionné que l'argent était peut-être à l'origine de tout ça.

Je me concentrai sur la vaisselle, fis couler l'eau et gicler du liquide vaisselle.

— C'est qui ce « quelqu'un » ? me demanda Cal.

J'aurais mieux fait de me taire car dès qu'il entendrait le nom de Jimmy Ray, la conversation n'aurait plus rien de rationnel.

— Qui, Evie ? insista-t-il.

Il se posta dans l'embrasure de la porte et, en l'absence de réponse, donna un coup de main sur le montant.

— C'est ce putain de Jimmy Ray, je parie. Ce sale connard. Quand est-ce que tu lui as parlé ?

— Il est venu ici en début de soirée.

Cal se calma immédiatement, s'approcha de moi et passa la main sur mon bras avec tendresse.

— Il t'a frappée ?

Je haussai les épaules et détournai les yeux.

— Pas autant qu'il aurait voulu. Je crois que je lui ai cassé le nez.

Cal siffla lentement, doucement.

— Merde alors, Eve. Bien joué.

Je poussai un rire bref.

— On est vraiment en train de lui refaire le portrait, toi et moi.

Le sourire de Cal dura quelques instants avant de laisser place à une expression plus sérieuse.

— Tu sais qu'il cherche juste à semer le doute dans ton esprit, hein ? À te pourrir l'existence ?

— Pourquoi il ferait ça ? demandai-je.

Mais c'était une question stupide. Jimmy Ray adorait manipuler les gens, avoir le dessus et regarder son monde danser pendant qu'il tirait les ficelles.

— Parce qu'il le peut, répondit Cal, exaspéré. Parce que ça l'amuse. Parce que ça lui donne un sentiment de pouvoir. Ça te suffit ou je continue ?

Je laissai la vaisselle dans l'évier et pris un torchon sur le plan de travail pour m'essuyer les mains.

— T'essaies de me dire qu'il est complètement à côté de la plaque et qu'on peut écarter les histoires de fric ?

— Je n'ai pas dit ça. Jusqu'à maintenant, on n'a pas établi le rapport, mais ça ne veut pas dire qu'il n'existe pas. Mais même si c'était le cas, Jimmy Ray l'aurait deviné au pif. Il n'est au courant de rien, Evie. Il essaie seulement de te prendre la tête.

Ce que disait Cal était parfaitement sensé. Ça avait toujours été le mode de fonctionnement de Jimmy Ray. Pour autant, je n'arrivais pas à écarter la possibilité d'une affaire d'argent. Je repensai à son visage quand il m'avait parlé, à la lueur de tendresse que j'avais failli ne pas reconnaître tant elle était inattendue. Et à l'éclat de vérité dans ses yeux.

*
* *

Jenny avait gardé la main verte en dépit du chagrin. Les fleurs bordant son escalier formaient une explosion de couleurs qui annonçaient le printemps : roses, blancs et jaunes surgissaient de partout, les petites têtes tournées vers le soleil. Je me demandai si ce spectacle rendait sa douleur plus supportable, si l'espoir colmatait les fêlures de son cœur. Personnellement, j'avais envie d'arracher toutes ces fleurs et de les piétiner sauvagement. Mais cela aurait fait partir notre conversation sur de mauvaises bases.

Si elle était surprise de me trouver devant chez elle, elle n'en laissa rien paraître. Elle m'invita à entrer d'un geste et me proposa un café. Je vis ses yeux survoler les bleus pâles que Jimmy Ray avait imprimés au-dessus de mes clavicules mais, toujours aussi bien élevée, elle censura les questions gênantes. À moins qu'elle s'en soit contrefichée.

Nous nous installâmes à la petite table de la cuisine, à côté d'une fenêtre qui donnait sur le jardin. L'arrière de la maison était moins bien tenu, les mauvaises herbes et les digitaires envahissaient les emplacements qu'elle avait mollement tenté de nettoyer. Je me suis demandé si elle entretenait seulement les plantes côté façade, là où tout le monde pouvait les voir. L'intérieur de la maison était beaucoup plus minable que je l'aurais cru. Les pièces que je traversais étaient exiguës et rendaient presque claustrophobes, écrasées par un plafond trop bas, sans lumière naturelle pour éclairer la pénombre. Peut-être que leur maison avait toujours été comme ça, ou bien peut-être qu'elle portait le deuil elle aussi. Il y avait toujours trois chaises autour de la table : je me représentai le hurlement de ce siège vide à chacun de leurs repas.

Jenny semblait se contenter de ce que nous sirotions notre café en grignotant les parts de gâteau qu'elle avait présentées sur une assiette. Elle n'était pas pressée de connaître la raison de ma visite, ne cherchait pas à combler le silence en parlant de la pluie et du beau temps. Je commençais à comprendre que Jenny Logan avait deux visages : celui qu'elle présentait au monde – raisonnable, gracieux, d'une politesse à toute épreuve – et celui qu'elle affichait en privé. La Jenny intime se préoccupait moins de ce que les gens pensaient. Je me demandai comment cette femme-là réagirait si elle apprenait que Junie était la fille de Zach.

Je posai ma tasse de café et m'éclaircis la gorge.

— J'ai réfléchi aux raisons, lui dis-je.

— Les raisons ?

Elle répéta le mot comme si elle l'entendait pour la première fois.

— Oui, y a pas trente-six raisons pour lesquelles les gens tuent.

Je m'aperçus que je répétais les paroles de Jimmy Ray comme un perroquet et je la fermai brusquement.

— Les gens tuent parce qu'ils sont mauvais, répondit Jenny en repoussant son assiette comme si le gâteau l'avait offensée.

— C'est vrai, mais ce n'est pas tout. Ils sont motivés par une chose ou une autre. Est-ce que vous avez eu des problèmes financiers, Zach et toi, dernièrement ? demandai-je après une hésitation.

Elle inclina la tête. Elle ne semblait pas en colère, juste perplexe.

— Non. On aimerait avoir un peu plus d'argent, comme tout le monde, mais rien d'autre.

Elle promena son regard dans la cuisine, sur les vieux appareils ménagers, sur le carrelage démodé.

— Les gens ont tendance à oublier que Zach est gérant de la concession de bateaux mais qu'il n'en est pas propriétaire. Et Zach a bien des qualités, mais il n'a pas le bagou d'un marchand de tapis. Qu'est-ce que l'argent vient faire là-dedans ?

— Quelqu'un m'a suggéré que l'argent était peut-être à l'origine du drame.

— Tu penses que quelqu'un les a tuées pour de *l'argent* ?

Elle secoua la tête, incrédule.

— Je ne pense rien. Je pose la question, c'est tout. Pour ce que ça vaut, mes problèmes de fric ont toujours été les mêmes. J'en ai jamais assez. Mais je ne dois rien à personne, sauf à la compagnie d'électricité de temps en temps.

Je lui adressai un faible sourire auquel elle ne répondit pas.

— Et ta mère ? me demanda-t-elle après réflexion.

Ma main se figea sur la part de gâteau avec laquelle je jouais et qui me glissa entre les doigts.

— Quoi, ma mère ?

Elle gigota sur sa chaise mais elle ne détourna pas le regard comme le faisaient la plupart des gens quand ils abordaient le sujet.

— Allons, Eve. Toute la ville est au courant. On sait dans quels milieux elle trempe, et leurs activités douteuses. Si c'est vraiment une question d'argent, il est raisonnable de penser qu'elle est impliquée.

— Elle ne connaissait même pas Junie, lui rétorquai-je. Personne n'aurait pu atteindre ma mère en s'en prenant à Junie.

Jenny cessa de remuer son café et serra la tasse dans sa main.

— Tu sais aussi bien que moi que ce n'est pas vrai. Il y a deux faits incontestables en ce qui concerne ta mère : elle traîne avec des brutes et sa famille est intouchable. N'importe quel membre de sa famille. Si on cherchait à lui donner une bonne leçon, on commencerait sans doute par là.

Mon cœur battait à tout rompre. J'avais envie de m'indigner, de ridiculiser ses accusations, d'exiger des excuses. Mais elle n'avait rien dit de faux. N'avais-je pas toujours su, au fond, que cette affaire était liée à moi, à ma famille ? J'avais fait semblant de chercher l'origine du drame chez Izzy, mais j'avais tort. La solution était en Junie. En moi.

Je refusais toutefois de l'admettre. Le concéder à voix haute aurait été excessif. C'était une chose que j'en prenne conscience, c'en était une autre que je me dévoile à Jenny Logan.

— Et ce type plus âgé que voyait Izzy ? m'entendis-je demander, détestant la facilité avec laquelle j'avais posé la question.

Jenny tourna brusquement la tête, comme si je l'avais giflée, les yeux écarquillés de surprise. Mais elle n'était pas choquée. Je compris qu'elle savait, mais qu'elle ignorait que je le savais aussi.

— Quand l'as-tu appris ? lui demandai-je.

— C'est Land qui me l'a dit, répondit-elle avec un hochement de tête, il y a quelques jours. Je n'étais pas au courant avant.

— Tu ne l'avais jamais vue avec Matt ?

— Non et si j'avais su, j'y aurais immédiatement mis un terme.

Réaction typique d'une femme incapable d'imaginer que sa fille puisse être déviante et sournoise. Qui n'avait jamais entendu parler des milliers de manières que trouvent les adolescentes pour contourner les règles de leurs parents : faire le mur en déchirant la moustiquaire et pour descendre le long de draps noués, notes et messages secrets transmis par des amies, les « oui, maman » immédiatement accompagnés de roulements des yeux et de sourires narquois.

— J'aurais bien voulu entendre ce que Matt avait à dire. Voir sa réaction à mes questions.

Jenny tordit la bouche, ses yeux se firent lointains et durs.

— Oui, ben, il est mort. Il racontera pas grand-chose avant un bon moment.

Nous nous fixâmes longuement. La Jenny Logan lisse et polie avait disparu. Ne restait plus que la mère d'une victime : la créature la plus effrayante au monde. Après le drame, j'avais présumé un peu trop rapidement que ses larmes étaient une marque de faiblesse, mais je commençais à voir qu'il n'y avait rien de faible chez Jenny Logan. J'entendis à nouveau le silence étrange, le bruit de souffle avant l'explosion de la caravane de Matt. Le carambolage de chaleur, de lumière et de bruit qui m'avait percutée comme un camion. La mère d'Izzy aurait-elle eu le cran de frotter l'allumette, d'actionner la manette ? En la regardant à présent, je n'en doutais pas une seconde. Et pour la première fois, je me sentis proche d'elle. Notre souffrance commune n'avait pas réussi à nous lier, mais notre furie commune y parviendrait peut-être.

J'ouvris la bouche pour lui répondre, pour confirmer ce que j'avais lu dans ses yeux, mais son visage changea soudain et elle redevint l'insipide et agréable Jenny Logan.

— Ah te voilà, fit-elle en regardant derrière moi. Café ?

Je me retournai, sachant déjà qui j'allais voir, le redoutant. Zach était à la porte, sa chemise à carreaux à moitié déboutonnée sur un tee-shirt blanc. Il portait un jean et il était pieds nus, les cheveux encore humides en sortant de la douche. Je me sentis faiblir en le voyant, en repensant au toucher de sa peau contre la mienne. Ses yeux passèrent de sa femme à moi et s'attardèrent jusqu'à ce que j'aie envie de traverser la pièce pour le gifler, le forcer à regarder ailleurs. Je finis par lui tourner le dos et m'intéresser à ma tasse de café.

— Salut, dit-il en s'approchant. Qu'est-ce que j'ai raté ?

Jenny s'activait devant le plan de travail, versait du café, ajoutait une goutte de lait – tous les gestes bien rodés d'une épouse qui n'a plus à réfléchir aux désirs de son mari, dont les goûts sont aussi enracinés que les siens.

— Rien, répondit-elle. Eve est venue prendre de mes nouvelles.

Elle se tourna et lui tendit son mug.

Je repoussai ma chaise en la faisant grincer.

— Je ne vais pas vous déranger plus longtemps. Merci pour le café.

— Je te raccompagne, dit Zach.

— Non, finis ton café, c'est bon.

Je traversai la cuisine vers l'entrée, mais Zach m'emboîta le pas.

— Qu'est-ce que tu fais ? murmurai-je quand il posa la main sur mon coude.

— Tu n'es pas venue voir Jenny, répondit-il d'une voix aussi basse que la mienne.

Je laissai échapper un petit rire sec et me tournai vers lui.

— Si, en fait, c'est elle que je suis venue voir.

Il posa une main sur ma clavicule, repoussa mes cheveux derrière mon épaule, les doigts parcourant mes bleus. Il fronça les sourcils.

— Qu'est-ce qui s'est passé ?

— Rien, tout va bien.

Il garda ses doigts sur ma peau et son contact me donna la chair de poule.

— Je pense à toi. Tout le temps.

— T'es fou ou quoi ? demandai-je en lui frappant la main. On a échangé une dizaine de mots à tout casser pendant plus d'une décennie et soudain, tu ne penses plus qu'à moi ? Tu me prends pour une conne ?

— Tu n'es pas conne du tout, me répondit-il avec sérieux. Et ça n'a rien de soudain.

Voilà pourquoi il était impossible de rester en colère contre Zach, ni même de se mettre en colère contre lui. Sa gravité, sa conviction absolue en ce qu'il disait. Il racontait des conneries, je le savais, mais pas lui. Ce qui le rendait encore pire que Jimmy Ray, dans un sens. Avec ce dernier, au moins, on savait toujours à quoi s'en tenir.

J'ouvris la porte et décochai un regard à Zach par-dessus mon épaule.

— Arrête, lui dis-je aussi fort que je l'osai. C'était de la baise. Une bonne baise, mais ça s'arrête là. Ça ne veut rien dire. Retourne dans ta cuisine boire un café avec ta femme. Ce n'est pas moi que tu veux, fais-moi confiance.

Même en cet instant, j'épargnai ses sentiments. Comme on apprend aux femmes à le faire. En mettant l'accent sur ce qui était bon pour lui plutôt que ce qui était mauvais pour moi.

— Et toi, qu'est-ce que tu veux ? me demanda-t-il comme s'il pensait réellement que la réponse pourrait être lui.

Quel gamin ! J'éprouvai pour lui un sentiment proche de la pitié. Il n'avait toujours pas compris que ce que nous aurions pu être, à un moment donné, n'avait plus la moindre importance. Désir d'une aventure sans lendemain, véritable amour, amitié pour la vie... Toutes ces possibilités ne voulaient plus rien dire depuis la mort de Junie.

— Je veux me réveiller demain et retrouver ma fille. Ou me réveiller le jour où je t'ai rencontré et prendre un congé maladie. Je veux réécrire l'histoire, lui dis-je en haussant les épaules. Je veux chasser la douleur. Tu peux faire ça ?

— Non, répondit-il en hochant la tête, le regard mort.

Je franchis le seuil.

— Alors grandis un peu ! Parce que rien d'autre ne m'intéresse.

20

J'avais rendu un plus grand nombre de visites à ma mère depuis la mort de Junie que pendant toute sa brève existence. La familiarité des lieux m'effrayait, j'avais l'impression de me fondre en eux comme si je n'avais jamais réussi à m'en extirper. De quoi nourrir ma terrible crainte d'être destinée à y finir mes jours. Comme si ma période en tant que « mère de ma fille » n'avait été qu'une interruption momentanée, une brève parenthèse dans ma vraie nature. Ce que j'étais véritablement, ce que j'avais toujours été, c'était « la fille de ma mère ».

Le pick-up noir rouillé était toujours garé devant chez elle, mais j'eus cette fois-ci le plaisir douteux de rencontrer le conducteur, en présumant qu'il s'agissait effectivement du type comateux affalé sur le canapé en Skaï déchiré. Il avait le visage caché derrière un bras entièrement couvert de tatouages de prison et un bout de bedaine poilue apparaissait là où son tee-shirt peinait à rejoindre la taille de son jean crasseux. Exactement le type de mecs de maman, elle aurait pu les choisir sur catalogue.

Il bougea à peine lorsque j'entrai sans frapper, faisant claquer la moustiquaire déchirée.

— Maman ? T'es où ?

Trop remontée pour être prudente, j'avais oublié tous les protocoles en place pour ne pas faire de vagues chez elle : ne jamais crier, ne jamais rien exiger, ne jamais la prendre par surprise. Ma mère était comme une chienne enragée en ce qui concernait ces règles : elle vous faisait regretter la moindre entorse.

— Tu vas te calmer, bordel de merde ? siffla-t-elle depuis la cuisine.

Elle apparut derrière le frigo, une bière dans une main et une cigarette dans l'autre.

— J'ai bien envie de te botter le cul. Qu'est-ce qui te prend de débarquer comme ça, tu te crois chez toi ?

Le détail qui m'avait échappé, tarabustée, obsédée et exaspérée comme une corde de violon pincée à l'infini, m'était soudain apparu clairement lorsque j'étais partie de chez les Logan dans la matinée. Après l'avoir traqué en vain pendant ce qui semblait une éternité, il s'était offert à mon esprit comme un cochon sur un plateau d'argent. Je m'approchai de ma mère en la pointant du doigt.

— Comment ça se fait que tu connaissais la démarche de Junie ? lui demandai-je d'un ton sans appel.

Elle plissa le front.

— Qu'est-ce que tu racontes, putain ? grogna-t-elle en faisant tournoyer sa cigarette à côté de sa tête. Le chagrin t'a fait perdre la boule, ou quoi ?

Le type du canapé baissa le bras et m'adressa un regard vitreux.

— Qui t'es, toi, bordel ? m'interrogea-t-il. Qu'est-ce qui se passe ?

— Ta gueule, répondis-je sans me tourner vers lui, les yeux rivés sur ma mère. L'autre jour, chez moi, dans ma cuisine. T'as dit que tu savais que Zach était le père de Junie parce qu'ils avaient la même démarche.

Elle écrasa sa cigarette sur le bar, jeta le mégot dans l'évier.

— Ouais, et alors ?

— Comment tu le savais ? Comment t'as pu être assez familière avec la démarche de Junie pour pouvoir la comparer à la sienne ? Et me raconte pas de conneries, c'était pas en l'observant à distance. T'as jamais été proche d'elle, pas assez longtemps pour que ça compte.

Je voulais que ce soit la vérité, j'en avais *besoin*, mais bien avant que ma mère ne le confirme, je soupçonnais déjà que ce n'était pas le cas.

— T'as un sacré culot, de débarquer chez moi avec tes accusations, déclara-t-elle avant d'hésiter et de boire une gorgée de bière. D'ailleurs, de quoi tu m'accuses exactement ? De connaître la *démarche* de ta fille ?

Elle poursuivit d'une voix aiguë parodiant la panique :

— Au secours, vite, appelez les flics ! Arrêtez-moi, putain, je suis un danger pour la société !

Elle réagissait toujours comme ça quand elle se sentait piégée, acculée par ses propres mensonges. Elle se déchaînait, violente et cruelle, se fichant bien des dégâts qu'elle causait.

Je m'affalai sur l'une des chaises bancales autour de la table abîmée et me recroquevillai sur moi-même.

— Tu la voyais, constatai-je, plus pour moi-même que pour ma mère. Tu voyais Junie.

Mon pire cauchemar devenait réalité. Tout ce dont j'avais essayé de protéger ma fille, de l'isoler, apparaissait devant moi.

— J'étais sa grand-mère.

Je me levai d'un bond, si vite que de minuscules étoiles dansèrent devant mes yeux.

— Et moi, j'étais sa *mère.* Je t'avais interdit de la voir. Je t'avais dit de te tenir à distance, bordel de merde !

Je donnai un grand coup sur la table qui la fit sursauter et je sus qu'elle allait me le faire payer.

— C'est pas ce que t'as toujours dit à ceux qui essayaient de s'immiscer dans notre vie, de mettre le nez dans nos affaires pour essayer de nous aider, Cal et moi, quand on était petits ? Tu leur disais pas que t'étais notre mère et que c'était toi qui commandais ?

Elle me dévisagea, d'un regard calme et posé.

— Si, c'est ce que je disais.

— T'es un vrai poison, je l'ai toujours su, et je me suis réconciliée avec tout ce que j'ai hérité de toi. Mais t'étais pas censée toucher Junie, je voulais la tenir à l'écart de ta crasse, de ta méchanceté et de tes décisions merdiques.

Une pensée atroce me traversa alors l'esprit.

— C'est toi qui as présenté Izzy à Matt ? C'est comme ça qu'elle l'a rencontré ?

— Dis pas n'importe quoi, me répondit-elle sérieusement. Je l'ai même jamais vue Izzy. Jamais.

Je la crus, mais seulement parce que je savais qu'elle ne s'encombrerait pas de mensonges sur un sujet qu'elle considérait aussi trivial que la rencontre entre Matt et Izzy. J'essuyai les larmes de mes joues et promenai un regard flou autour du mobile home : canettes à moitié vides empilées sur toutes les surfaces ; traces d'une poudre blanche suspecte à l'autre bout de la table ; odeur fétide et écœurante d'ordures en train de pourrir ; vacarme de voix débiles de la télé dans un coin. Je me sentis soudain tenaillée par l'horreur.

— Est-ce que Junie est venue ici ? Est-ce que tu l'as amenée *ici* ?

— T'as honte d'avoir grandi dans la pauvreté ? C'est ça, ton problème ?

— Je suis toujours pauvre ! hurlai-je. Junie a été pauvre tous les jours de sa vie. Ce n'est pas la question. La question, c'est *toi*.

— Si tu te trouvais si mal ici, si ton enfance était si horrible, tu savais où était la porte, dit-elle en l'indiquant d'un coup de menton. Mais t'es jamais partie. T'étais bien contente de continuer de bouffer à ma table, de dormir sous mon toit.

Je levai les yeux au ciel, regrettant que Cal ne soit pas là pour échanger un regard complice.

— Ça y est, c'est reparti...

Je me préparai au laïus : la pauvre mère qu'on n'appréciait pas, malmenée par sa progéniture morveuse et ingrate. C'était le roman truffé de mensonges que ma mère ne se lassait pas de raconter. Le conte de fées qui l'arrangeait.

— Qu'est-ce que tu veux que je te dise ? reprit-elle. Tu veux que je m'excuse d'avoir vu ma propre petite-fille ? Ma chair et mon sang ?

— Non, tes excuses valent que dalle, on le sait toutes les deux. T'as jamais eu le moindre regret sur quoi que ce soit. Sauf peut-être d'avoir accouché de Cal et de moi.

— T'as tort, me rétorqua-t-elle, la bouche tendue en un petit arc de cruauté. J'ai jamais regretté d'avoir eu Cal.

J'avais déjà entendu ces propos, mais ils n'en étaient pas moins blessants. Ils ne me heurtaient pas de plein fouet comme quand j'étais petite, je les encaissais plutôt comme un coup de pied en plein cœur.

— T'en fais pas, maman, tu ne me dis rien que je ne sache pas déjà.

Elle se tourna pour jeter sa canette de bière vide dans la poubelle.

— Je suis pas d'humeur, soupira-t-elle. Écoute, je voulais rencontrer Junie, c'est tout. Au départ, ça devait être une seule fois. Mais j'ai appris à la connaître.

Elle hésita, haussa les épaules d'un air impuissant, comme pour annoncer un secret honteux.

— Je l'aimais, finit-elle par lâcher.

Elle n'aurait rien pu dire de plus stupéfiant. C'était comme entendre son chien entamer une conversation ou regarder le soleil tomber du ciel. Quelque chose de tellement impossible que, même sous vos propres yeux, ça ne devenait pas réel.

— Tu l'aimais, répétai-je d'une voix blanche.

— Oui, acquiesça-t-elle, et elle semblait en être la première surprise.

Je savais que ma fille était spéciale, je l'avais toujours su. Mais au point de pouvoir attendrir ma mère ? Même Cal n'y était pas parvenu. « Spéciale » ne risquait pas de suffire. Mon Dieu, je ne m'en étais pas doutée une seconde. Je remuai sur ma chaise, partagée entre l'envie de partir et celle d'en savoir plus. C'était sans doute ma seule chance. Ma mère n'était pas du genre à faire traîner les choses en longueur, à éplucher les sentiments. Une fois le sujet clos, elle n'y revenait jamais.

— Comment tu t'y es prise ? Tu l'as abordée dans la rue et tu t'es présentée ? « Salut, Junie, je suis la grand-mère que ta mère t'a dit d'éviter. Et si on était amies ? »

— Tu sais, il m'arrivait de penser que ta vraie personnalité me manquait. Celle que t'as mise de côté à la naissance de Junie. Je me disais que, au moins, l'Evie d'avant avait du cran. Mais je me trompais, ta grande gueule devient vite pénible.

Je laissai échapper un rire comme un aboiement rauque.

— J'ai appris par l'exemple, élevée par une experte en la matière. Réponds-moi maintenant, arrête de te débiner.

Ma mère s'adossa au bar et croisa les bras.

— Comment tu crois que je l'ai rencontrée ? Réfléchis un peu. C'est pas si compliqué.

J'aurais dû comprendre plus vite, mais j'écumais toutes les possibilités en sautant la plus évidente car je ne voulais pas y croire.

— Cal ? demandai-je enfin.

Je le formulais comme une question, mais je connaissais déjà la réponse. Savoir que Cal avait trahi ma confiance aveugle me frappait en plein ventre. Il m'avait fait une promesse. Il l'avait faite à Junie. Il avait tenu son corps de nouveau-né dans ses bras et lui avait promis qu'il la protégerait toujours, qu'il l'éloignerait toujours de maman. Il avait manqué à sa parole.

— Ouais. Je lui ai expliqué que c'était ma seule petite-fille et que je méritais au moins de la rencontrer, raconta-t-elle avec un sourire satisfait. Et il a accepté. Il a même pas discuté.

Évidemment. Autant Cal m'aimait et détestait maman, autant il ne pouvait s'empêcher de lui être loyal. Il passait la voir une fois par mois avec des provisions et une enveloppe de fric. Il lui rendait visite le jour de Noël, pour la fête des Mères et à Pâques. Contrairement à moi qui, depuis plus de cinq ans et jusqu'à la mort de Junie, ne l'avait vue que de loin. Elle continuait à exercer une influence malsaine sur Cal, même maintenant. Elle le persuadait habilement de faire ce qu'elle voulait, alors qu'il aurait dû se méfier. Une partie de moi n'arrivait pas à lui en faire porter la responsabilité. En dépit de mes fanfaronnades, moi non plus, je n'avais jamais réussi à m'affranchir complètement de l'emprise maternelle.

— Si t'es impliquée, à n'importe quel degré, dans ce qui est arrivé à Junie, si ça remonte jusqu'à toi, maman…

Je ne finis pas ma phrase.

— Tu crois que si je savais quelque chose, je serais ici en train de boire des bières et de bavasser avec toi ? demanda-t-elle en allumant une autre cigarette avec un briquet rose fluo. Je perds pas mon temps avec des menaces en l'air, Eve, dit-elle en me lançant un regard oblique derrière le rideau de fumée. Je perds pas mon temps à causer. J'agis, moi. Si je savais qui c'était, le coupable serait déjà crevé dans un fossé.

Je reculai brusquement ma chaise, qui se renversa et percuta le mur derrière moi.

— On n'a plus rien à se dire, annonçai-je. Et je ne parle pas de maintenant ni d'aujourd'hui. C'est définitif. Fais comme si tu ne me connaissais pas.

Alors même que je les prononçais, j'avais la terrible impression que mes paroles arrivaient trop tard. La mort de Junie avait déclenché une série d'événements que je ne contrôlais pas. Je rejoignis la porte d'entrée et lui balançai avant de sortir :

— Fais comme si tu n'avais jamais eu de fille. Ça ne devrait pas te demander un gros effort.

Je voulais la blesser, mais c'était tout simplement impossible. Dès que je serais partie, elle ouvrirait une autre bière, baiserait le type sur le canapé et balancerait un repas surgelé au micro-ondes. Elle finirait la soirée en s'injectant de l'héroïne entre les orteils. Et la fille qu'elle venait de perdre, et dont elle n'avait jamais voulu, ne lui traverserait même pas l'esprit.

21

Je n'étais pas encore capable d'affronter Cal, de le regarder dans les yeux et de l'écouter bafouiller des excuses honteuses. Une association de mots ne suffirait jamais à combler l'énormité de sa trahison. Le pire, c'était que je savais déjà que je lui pardonnerais. Je n'avais personne d'autre. Il était mon seul ancrage au monde. Et, à son corps défendant, je comprenais la raison de ses actions. Son impuissance occasionnelle à résister à notre mère. Restait Junie. Je n'arrivais pas à concevoir qu'il l'ait impliquée. Il pensait sans doute qu'il pouvait contrôler maman, contrôler sa manière de s'immiscer dans la vie de ma fille. Quel manque de jugeote ! Maman était incontrôlable ; la seule solution consistait à se tenir à distance, ce qui restait risqué car elle piétinait tous les périmètres que vous établissiez. Elle était comme une mauvaise herbe arrachée dans un coin du jardin qui se remet à pousser dès qu'on a le dos tourné.

Je n'avais toujours pas repris goût à l'alcool. En vérité, je ne l'avais probablement jamais eu, même plus jeune. À l'époque, quelques bières de trop rendaient simplement le reste de ma vie plus facile à digérer. Mais en passant devant le club de strip-tease de Jimmy Ray alors que le soleil commençait à décliner, je décidai de m'y arrêter. J'essayai de me convaincre que je n'y allais pas pour le voir, que je me fichais qu'il y soit ou non mais, en moi, un chant autodestructeur entonnait un autre refrain.

En ce début de soirée, le bar était quasi vide. Il n'y avait qu'une strip-teaseuse sur scène et, à une table, deux types qui me suivirent du regard jusqu'au comptoir. Je fus surprise de voir que Sam assurait le service avant de me souvenir que Matt était mort. Qu'il avait volé en éclats devant mes yeux.

Il me salua, un sourire timide se dessinant sous sa barbe.

— Qu'est-ce que je te sers ?

— Une vodka on the rocks.

Sam acquiesça, mais son regard s'attarda une seconde de trop.

— Comment ça va ? demanda-t-il en posant un verre plein de glaçons devant moi.

— Ça pourrait aller mieux.

Je ne voulais pas parler. Je voulais boire. Essayer de tout oublier l'espace d'un instant. J'avais besoin d'aide et je la puiserais au fond d'une bouteille si je pensais qu'elle s'y trouvait.

— Jimmy Ray n'est pas ici, m'indiqua-t-il en faisant glisser mon verre sur le comptoir. Il s'est fait plutôt rare, ces derniers temps. Si on en croit les rumeurs, tu lui aurais explosé le nez.

Je vidai la moitié de la vodka d'un trait et toussotai en reposant le verre. Mes yeux brûlaient, des tentacules de chaleur m'envahirent la poitrine.

— Ouais, je confirme.

— J'aurais bien voulu voir ça, rit-il avant de se pencher vers moi et de baisser la voix. Mais ça reste entre nous, hein ?

Je souris faiblement, finis mon verre et lui fis signe de remettre ça. Je voyais qu'il avait envie d'aborder mon envie retrouvée d'alcool, mais l'endroit était mal choisi et nous n'étions pas du genre à nous conseiller d'y aller mollo, ou de lever le pied. Les gens qui franchissaient la porte de ce bar venaient pour se bourrer la gueule, jamais pour siroter des cocktails ornés d'une ombrelle en papier entre amis. Je ralentis la cadence avec la seconde vodka, mais pas de beaucoup, et pivotai sur mon tabouret pour éviter la conversation avec Sam. Ce qui me força à regarder la strip-teaseuse solitaire, une femme d'à peu près mon âge avec une tignasse grasse teinte en roux et de larges hanches striées de vergetures. Les pompons de ses cache-tétons formaient des arcs de cercle en rythme avec ses tortillements blasés.

Il me fallut attendre que la chanson finisse et qu'elle descende de scène pour la reconnaître. Elle était brune dans le temps et habitait avec sa grande sœur à quelques kilomètres de chez moi. Je n'irais pas jusqu'à dire que nous étions amies, mais nous traînions ensemble au collège. Pas par affinité particulière, mais parce que nous étions douloureusement conscientes que nous venions du même milieu. L'union fait la force. Si mes souvenirs étaient bons, elle avait arrêté ses études avant le lycée.

— Salut, Crystal, lui dis-je quand elle fut à deux pas de moi.

J'avais la voix légèrement pâteuse et un peu plus aiguë que d'ordinaire. La vodka crépitait au fond de mon ventre. Elle me fixa d'un regard sans expression et je me demandai si je m'étais trompée de nom. Ce n'était peut-être pas Crystal, même si c'était un des prénoms préférés par chez nous. Ç'aurait pu être Diamond. Très populaire aussi. Comme si l'éclat et le chatoiement d'un nom pouvaient compenser une triste destinée de strip-teaseuse. Je devais sans doute m'estimer heureuse que ma mère ait eu quelques rudiments de catéchisme et ait choisi d'écrire Eve sur mon acte de naissance plutôt que Sapphire ou Destiny.

— Ah, salut, finit-elle par répondre. C'est Eve, non ? Ça fait une éternité qu'on ne s'est pas vues.

— Ouais, ça fait un bail.

Crystal s'accouda au comptoir et je tournai sur mon tabouret.

— Tu peux me donner une Bud Light ? demanda-t-elle à Sam qui lui tendit une canette glacée, et elle soupira. Ça fait du bien. Ça paraît pas, mais on crève de chaud sous ces putains de projecteurs, dit-elle en me regardant par-dessus la bière. Tu viens traîner ici ?

Je haussai les épaules puis pointai mon verre du doigt jusqu'à ce que Sam percute.

— Ouais.

— Hum. Je peux te faire une liste de cinq ou six meilleurs endroits où traîner. Ta salle de séjour y compris, ajouta-t-elle en buvant une autre gorgée de bière. Qu'est-ce que tu viens foutre dans ce trou à rats si t'y es pas obligée ?

— Ça m'a semblé une bonne idée au départ.

Je lui arrachai un demi-sourire, et eus droit à un aperçu de canine et l'éclat argenté d'un plombage.

— Je vois ce que tu veux dire. Quand faut boire, faut boire…

Je ne cherchai pas à la corriger. Pour être honnête, en me voyant descendre fiévreusement les vodkas, elle avait tout lieu de penser que j'aimais encore picoler. Et même si j'avais perdu goût à l'alcool, j'avouai que j'appréciais ma vision de plus en plus trouble et le mur flou que chaque gorgée m'aidait à élever entre le monde et moi.

— Tu te souviens, me dit Crystal avec un petit gloussement amusé, en quatrième, quand on avait fauché une bouteille de whisky à ma sœur, du Wild Turkey ou une merde de ce genre, et que t'avais gerbé en cours d'anglais ? Je revois encore la tronche de Mme Johnson quand l'odeur est arrivée à ses narines. T'avais été renvoyée combien de temps, cette fois-là ?

— Deux jours.

À ce stade, le principal avait perdu toute foi en moi et n'avait même pas pris la peine de me faire son sermon habituel m'exhortant à me bouger le cul et à songer à mon avenir. Il savait aussi bien que moi que je n'avais pas d'avenir au-delà de ma mère. Il estimait sans doute que j'avais touché le fond, mais les choses allaient empirer. J'avais été suspendue pour consommation d'alcool et bagarres au lycée, failli être définitivement renvoyée, et je m'étais même retrouvée menottée et évacuée par Land pour avoir menacé un prof. C'était la naissance de Junie qui m'avait sauvée.

Crystal repoussa sa canette de bière à moitié vide et ajusta un pompon d'une main experte.

— Si c'est ton frère que tu cherches, je l'ai pas vu depuis un moment.

— Qu'est-ce que tu racontes ? Attends... dis-je d'une voix lente et mal assurée. Mon frère ne vient jamais ici.

— Bien sûr que si, répondit-elle en démêlant les fils noirs satinés de l'autre pompon. Mais pas pour me glisser des dollars dans le slip ni rien, ajouta-t-elle en me regardant.

Je secouai la tête, espérant chasser les toiles d'araignées formées par l'alcool, mais la salle chavira et se mit à tourner.

— Mon frère ?

Je mangeais complètement mes mots à présent, les syllabes s'enchaînaient sans interruption.

— Cal ? insistai-je.

— C'est ça, Cal. Le beau gosse. Le flic, dit-elle en formant un pistolet avec ses doigts et mimant l'action de presser la détente pour illustrer ses propos. Hé, fais attention, poursuivit-elle en me saisissant l'épaule. Tu tiens pas l'alcool, toi, dis-donc.

— J'ai pas… articulai-je en dégageant mes cheveux de mon visage. J'ai pas l'habitude de boire.

Je repoussai sa main et me rattrapai au comptoir où je fus à deux doigts de dégringoler du tabouret.

— Qu'est-ce qu'il faisait ici, Cal ?

Crystal évitait de me toucher, mais sa main flottait autour de moi, prête à me rattraper si je perdais l'équilibre.

— Alors là, c'est pas mon domaine. Je suis pas au courant de ce qui se passe ici en dehors des histoires de cul et de nichons. Mais il traînait toujours avec Matt. Tu sais, le trouduc qui s'est réduit en miettes y a quelques jours. J'en sais pas plus.

J'aurais donné n'importe quoi pour retrouver la capacité de concentration que j'avais tant aimé perdre quelques minutes plus tôt. Ce que disait Crystal n'avait aucun sens, et je n'arrivais pas à m'éclaircir suffisamment l'esprit pour rassembler tous les morceaux.

— Faut que je bosse, me dit-elle. Ça va aller ?

— Ouais, mais attends une minute. Reste un peu.

— Je peux pas, répondit-elle en s'éloignant déjà. C'est ma chanson.

Je la regardai se déhancher en faisant claquer ses talons aiguilles bon marché. Dès qu'elle fut remontée sur scène, son visage se figea, ses yeux morts se perdirent au loin. J'attirai l'attention de Sam d'un coup de verre sur le comptoir et il s'empressa de me rejoindre, les sourcils froncés.

— T'as entendu ? lui demandai-je. T'as entendu ce qu'elle a dit sur mon frère et Matt ?

— Non, mais je me méfierais de ce que raconte Crystal, si j'étais toi. Elle est loin d'être fiable et elle adore semer la merde, expliqua-t-il en passant un coup de torchon sur le comptoir. Je te sers un peu d'eau ?

Je fixai mon verre vide. J'avais besoin d'eau, effectivement, mais je n'en avais pas envie. Je voulais oublier. Pour la première fois depuis le décès de Junie, la douleur avait pris ses distances. Elle n'avait pas disparu, mais elle ne me tailladait plus comme une plaie béante, à vif. Elle se cachait derrière un mur presque opaque. J'en voyais les contours, sans les détails. Je commandai donc une quatrième vodka. Ou peut-être une cinquième, je ne m'en souviens plus. La dernière chose dont je me souvins, ce fut mon front sur le comptoir, mon estomac qui tanguait, une goutte de sueur dans mon dos, et une voix d'homme dans mon oreille. Puis plus rien.

*
* *

Je me réveillai, nue dans des draps de coton. Un ventilateur ronronnait au plafond. Il y avait une marque d'humidité dans le coin. Je connaissais ce plafond. Je connaissais ce ventilateur. Oh putain. Je tournai la tête, Jimmy Ray me regardait sur l'autre oreiller. Je ne bougeai pas, comme si, en restant immobile, en faisant comme s'il n'était pas là, je parviendrais peut-être à me rendormir et à m'éveiller une seconde fois, ailleurs.

— Salut, Eve. T'as vraiment une gueule de déterrée.

— Merci, marmonnai-je.

J'étirai une jambe et me figeai quand elle frôla la sienne.

Jimmy Ray éclata d'un rire qui me perça le crâne.

— Tu devrais voir ta tête. On dirait que c'est la première fois que tu te retrouves à poil dans mon lit.

Je fermai les yeux, forçai mon cerveau en compote à rassembler les souvenirs. Je ne perçus que des fragments chatoyants et décousus : une main sous mes jambes pour me soulever ; un claquement de portière ; mon bras entortillé dans la bretelle de mon soutien-gorge ; mon rire fort et dément ; le visage de Jimmy Ray de plus en plus proche ; ma main lovée autour de sa nuque.

— J'étais soûle, dis-je d'une voix rauque et pâteuse, nauséeuse.

— Ouais. Complètement bourrée, confirma-t-il avec un petit coup de genou. Je t'avais jamais vue dans cet état.

— Et tu ne me reverras jamais dans cet état.

Je me redressai en couvrant ma poitrine avec le drap. Puis je posai le front sur mes genoux pliés. Doucement, un pas à la fois.

— T'étais vraiment décidée à te mettre minable, dit-il en me passant un doigt dans le dos, suivant les bosses de mes vertèbres et je détestai le fait de ne pas détester son contact. C'était lié à Junie ?

Il me posa la question avec une telle douceur et une telle sincérité que je dus me retourner pour voir s'il ne se foutait pas de moi. Mais son visage était grave, son regard pondéré.

— Tout est lié à Junie.

Le simple fait de dire son nom déclencha une réaction, comme quand une allumette crachote et hésite à s'enflammer. Je pressai mes doigts sur mes tempes, sans arriver à décider s'il valait mieux éclaircir les souvenirs de la nuit passée ou chercher à les enfouir dans les couloirs ténébreux de mon esprit.

— J'ai vu ma mère hier. Elle passait du temps avec Junie. Tu le savais ?

— Ouais. Il m'est arrivé de les apercevoir au Bait & Tackle. Elles étaient comme cul et chemise, toujours blotties au fond du magasin.

— Qu'est-ce qu'elles faisaient ? demandai-je en me tournant vers lui trop rapidement, ce qui me força à me stabiliser d'une main sur le lit, la bile au bord des lèvres. De quoi elles parlaient ?

— Comment tu veux que je sache, ma petite ? C'est pas comme si je m'étais amusé à les espionner. Une fois, réfléchit-il néanmoins, j'ai entendu ta mère dire à Junie qu'elle avait jamais fini le lycée, qu'elle avait pas été éduquée par les livres. Elle l'encourageait à bien travailler à l'école, apparemment. Rien de bien méchant, tu vois.

Je haussai les sourcils.

— Tout ce qui touche à ma mère est méchant. Tu le sais. Pourquoi tu ne m'as pas dit que tu les avais vues ensemble ?

— Je te rappelle qu'on s'adressait à peine la parole, ces dernières années. Merde, si j'essayais juste de te dire bonjour, tu me fusillais du regard avant que je puisse sortir un mot. Et si mes souvenirs sont bons, Land m'a passé un sacré savon après notre dernière dispute. Il m'a prévenu de garder mes distances avec toi. En plus de ça, comment j'étais censé savoir que ta mère voyait Junie en secret ? Elles étaient parentes, non ?

Il tendit le bras, réajusta son oreiller et y cala sa tête.

— C'est pour ça que tu t'es pointée dans mon club hier ? Tu voulais me casser les couilles avec cette histoire entre ta mère et Junie ?

Il semblait, au mieux, dubitatif.

— C'est pas toi que je cherchais, si c'est ce que tu penses.

Je voulais lui faire avaler son sourire narquois, mais j'échouai. Peut-être que j'aurais fini dans son lit, d'une manière ou d'une autre.

— Je ne sais pas trop pourquoi j'y suis allée. J'avais sans doute envie de tout oublier pendant quelques heures.

Je m'interrompis et tentai à nouveau de me souvenir, de recoller les morceaux. Je ne le faisais pas de gaieté de cœur, mais je n'avais pas le choix. Car à la lumière du jour, Junie avait repris sa place prédominante. La douleur m'envahissait, accompagnée d'une colère sourde, bouillonnant sous la surface.

— J'ai discuté avec Crystal hier soir.

— Crystal, lâcha Jimmy Ray d'un ton moqueur. Un nom bien choisi pour une junkie de crystal meth.

— Elle m'a parlé de Matt et de Cal, dis-je avec l'espoir qu'il la contredirait, qu'il l'accuserait de raconter des conneries. Comme quoi ils discutaient, traînaient tout le temps ensemble, un truc de ce genre.

— C'est à ton frère qu'il faut demander ça, me répondit Jimmy Ray après une pause un peu trop longue.

Mon cœur s'effondra, laissant un creux énorme et douloureux dans ma poitrine.

— Tu veux dire que c'est vrai ?

— Je dis rien du tout, sinon que c'est à ton frangin que tu dois parler si tu veux une réponse à ta question.

— Très bien, c'est ce que je vais faire.

Je glissai les jambes au bord du lit. Je pris une profonde inspiration, ramassai ma culotte et mon jean par terre et les enfilai, sans me soucier du regard de Jimmy Ray sur mon cul nu. Rien qu'il n'ait pas vu avant, me dis-je. La nuit dernière, pour être exacte.

— Au fait, lui lançai-je, c'est pas toi qui me disais que je faisais fausse route, il y a quelques jours de ça ? « Suis le fric, Eve », c'est pas ce que tu m'as conseillé de faire ? Et maintenant, tout à coup, t'as plus rien à dire ?

— Plus rien, répondit-il d'un ton amusé.

— Où est mon soutien-gorge ? demandai-je en me tournant vers lui, un bras cachant mes seins.

— Quelque part par là, répondit-il avec un grand sourire. Compte pas sur moi pour t'aider à le chercher. Le spectacle est trop beau.

— Tu me dégoûtes.

Je repoussai les couvertures et ratissai des piles de vêtements avec le pied avant de le retrouver, puis de trouver mon chemisier roulé en boule à côté de sa commode.

— Tu peux me conduire à ma voiture ?

— Inutile. Elle est garée devant. J'ai demandé à Sam de la ramener hier soir.

Jimmy Ray tout craché. Sous l'apparence d'un geste attentionné, il s'était simplement assuré que je ne m'éterniserais pas. Je me penchai vers mes chaussures, avec lenteur pour que mon estomac ne me remonte pas dans la gorge, et Jimmy Ray m'attrapa le poignet. Je me redressai en un éclair – tant pis pour les chaussures – et tentai de me libérer.

— Assieds-toi, dit-il en me tirant le bras, mais comme je résistai, il resserra son emprise. Assieds-toi, répéta-t-il d'un ton plus ferme, en tapotant le lit à côté de lui de sa main libre. Une petite seconde.

Je m'assis prudemment, du bout des fesses, le corps tendu et prêt à se battre. Il n'avait pas l'air d'humeur à frapper, mais avec lui, on ne savait jamais. Il soupira, comme s'il trouvait mon comportement ridicule, mais il me relâcha le poignet et reprit ses aises sur le tas d'oreillers.

— Tu te souviens de Libby Lang ?

— Oui, répondis-je. Bien sûr que oui.

Quand j'étais petite, les gens d'ici prenaient un plaisir malsain à raconter les mésaventures de Libby Lang, tout comme en ville, les gamins échangeaient sans doute des histoires de filles enlevées en pleine rue par des inconnus ou de maisons hantées par des fantômes assassins. Ces fables servaient à mettre en garde, mais aussi à émoustiller. Peu importait la véracité de l'histoire, seule la morale comptait. « Si tu continues, tu vas finir comme Libby. » Et la responsabilité reposait toujours entièrement sur Libby – comme par hasard, les autres protagonistes étaient tous blancs comme neige. Le récit variait un peu au gré des narrateurs, mais dans la version que j'ai le plus souvent entendue, Libby avait été élevée par sa maman dans un mobile home pas loin de là où j'avais grandi. Elle avait tout un tas de frères et sœurs – leur nombre oscillait entre sept et neuf. Les enfants avaient tous un père différent, ce détail ne changeait jamais. À l'âge de douze ou treize ans, elle s'était mis en tête de retrouver son vrai père. Peut-être qu'elle en avait marre de celui qui jouait ce rôle avec sa mère à ce moment-là, un *loser* quelconque à la main leste ou baladeuse. Peut-être qu'elle avait une imagination fertile, qu'elle s'était construit une « vraie » famille quelque part, prête à la sauver, à la câliner, à la traiter comme la princesse qu'elle était réellement. Bref, une imbécile. Le seul lien entre Libby et son père était sa grand-mère paternelle, qu'elle voyait une ou deux fois par an. Quand Libby l'interrogeait sur son père, la grand-mère la mettait en garde, elle l'avertissait que c'était un sale type qui n'avait aucune envie de connaître sa fille. Avec la réputation qu'avait la grand-mère, Libby aurait mieux fait de suivre ses conseils. Si cette femme – qui élevait des chiens de combat et mettait ses enfants à la porte comme des ordures ménagères – qualifiait quelqu'un de « sale type », ça ne pouvait être qu'un salopard fini. Mais Libby, têtue, avait persévéré, demandé à droite et à gauche, mis son nez dans les affaires des autres. C'était le moment de l'histoire où l'on baissait la voix, où l'on susurrait la suite. Elle avait fini par trouver l'endroit où son père se terrait, dans les profondeurs de la vallée. Il y fabriquait de l'alcool de contrebande (ou de la méthamphétamine, ça variait aussi en fonction des narrateurs) et Libby était partie le voir. Tout le monde savait que ça ne présageait rien de bon et effectivement, elle était revenue un mois plus tard, couverte de bleus, avec un doigt en moins, et enceinte. Ce qui était intéressant, c'était que personne ne ressentait la moindre compassion pour Libby, parce qu'elle aurait dû se méfier. Il fallait assumer les conséquences de trop fouiner, de s'acharner à trouver des gens qui voulaient se faire oublier, de refuser d'entendre raison. De dépasser les limites. Libby était l'illustration même de : « Je te l'avais bien dit. » Le visage calamiteux du : « Elle a eu ce qu'elle méritait. »

— Si ça se trouve, cette histoire est même pas vraie, dis-je. Juste un tas de foutaises pour nous recadrer.

— Si, c'est vrai, me répondit Jimmy Ray d'une voix grave, aussi grave que son visage, marqué de profondes rides autour de la bouche. Je la connaissais, on avait le même âge. Elle a accouché, elle a tué le bébé, et puis elle s'est suicidée. En avalant une bouteille d'eau de Javel. Elle croyait connaître ses limites, savoir ce qu'elle était capable de supporter. Elle avait tort.

Je sentis la chair de poule me recouvrir la nuque et je croisai les bras, m'agrippant les coudes pour contrôler le frisson.

— Ne t'en fais pas, je n'ai rien à voir avec Libby Lang. C'était une gamine. Je suis adulte.

— La douleur ne fait pas de distinction, Eve. Elle ne connaît pas d'âge. Et elle s'en fout. Elle frappe aussi fort les adultes que les enfants. Libby voulait connaître son père, et ça s'est mal fini.

Jimmy Ray se pencha vers moi, ses yeux verts brillant parmi les ombres violacées autour de son nez pas encore guéri.

— Parfois, les réponses sont pires que les questions. Parfois, il vaut mieux ne rien savoir.

— Il faut que je sache, murmurai-je.

Je ne savais pas comment expliquer à cet homme qui n'avait jamais aimé personne, en tout cas pas vraiment, que Junie n'était plus de ce monde, mais qu'elle m'habitait encore. Elle était intrinsèquement liée à moi. À chacun de mes muscles, à chaque goutte de sang dans mes veines, à chaque souffle, à chaque pensée, souhait ou souvenir. Je ne pouvais pas l'écarter de mon esprit et continuer à vivre en oubliant ce qu'elle avait subi. Je refusais la lâcheté d'éluder la vérité, même si c'était une vérité meurtrière.

— D'accord, comme tu veux, me dit-il en décidant de s'en laver les mains.

Il s'affala sur les oreillers et me regarda me lever et enfiler mes chaussures.

— Tu reviens me voir bientôt ? demanda-t-il.

— Non.

Quoi qu'il advienne, à partir de maintenant, notre histoire était finie. J'avais le sentiment que je trouverais de quoi satisfaire mes pulsions suicidaires ailleurs, et sans tarder.

22

Je parvins à rejoindre ma voiture et à me glisser derrière le volant avant de m'effondrer. Les élancements dans ma tête s'accordaient aux battements de mon cœur ; ma langue épaisse semblait étrangère à ma bouche. Je fermai les yeux pour refouler le picotement des larmes alors que les premiers rayons de soleil apparaissaient à l'horizon. J'étais au bout du rouleau, je n'avais jamais été aussi exténuée de ma vie, même dans les premières semaines après la naissance de Junie. Peut-être que Jimmy Ray avait raison. Peut-être était-il temps de laisser tomber, d'arrêter de fouiner comme une gamine idiote dans un nid de serpents à sonnette. Junie me pardonnerait peut-être même d'abandonner. Peut-être… mais je savais que moi, je ne pourrais pas me le pardonner, que je ne connaîtrais jamais la paix avant d'être allée jusqu'au bout. J'ouvris les yeux et démarrai la voiture.

D'instinct, j'avais envie d'affronter Cal, de foncer bille en tête et d'exiger des explications. Mais je revis son expression, ce jour au bord de la rivière, quand j'avais avoué l'avoir plus ou moins soupçonné de fréquenter Izzy. Si je faisais un autre faux pas, si je tirais des conclusions hâtives, sans preuves, je craignais que notre relation ne s'en remette pas. Et une nouvelle inquiétude se greffait sur la première, quelque chose que je n'avais jamais eu à prendre en considération avec lui : la peur qu'il me mente en me regardant droit dans les yeux. J'avais besoin d'analyser la situation avant de l'affronter, d'obtenir des certitudes et des preuves irréfutables.

Le problème, c'est que je ne savais pas par où commencer. La solution m'apparut en passant lentement devant le parking du *diner*, où je vis Land remonter son pantalon avant d'aller boire son premier kawa de la journée. À en juger par sa bedaine de plus en plus imposante, il commanderait probablement une tarte à la cerise pour l'accompagner.

Je tournai dans le parking, m'arrêtai juste devant lui et ouvris la vitre du côté passager.

— Putain, Eve, maugréa-t-il en se penchant vers moi, le bras posé sur le toit de ma voiture. T'as failli m'écraser les orteils.

— Désolée, m'excusai-je d'un ton désinvolte qui lui fit lever les yeux au ciel. Je me demandais s'il y avait du nouveau dans l'enquête.

— Rien dont je puisse te parler pour le moment.

— Qu'est-ce que ça veut dire ?

Il soupira.

— On fait tout notre possible, Eve.

J'entendis la frustration dans sa voix, mais aussi de la sincérité, ce qui me surprit. J'oubliais parfois que Land se souciait sans doute réellement de trouver l'assassin de Junie et Izzie, au-delà de son envie de classer l'affaire.

— J'aimerais pouvoir t'en dire plus, honnêtement.

— Et Matt ? lançai-je en appât pour voir ce que je pouvais attraper.

Il eut un petit mouvement de recul, l'air contrarié.

— Matt ? Tu veux dire le connard qui traînait avec Izzy Logan et qui s'est fait sauter dans sa caravane ?

Je sentis des palpitations au fond de mon ventre.

— Oui, confirmai-je prudemment.

— Il n'avait rien à voir avec les meurtres, me dit Land en se penchant vers moi. Bien sûr, je regrette de ne pas avoir eu l'occasion de lui remonter les bretelles pour avoir rôdé autour de gamines comme Izzy. Je lui aurais fait passer l'envie de recommencer. Mais il tenait le bar du club de strip-tease quand les filles ont été tuées. Il avait un alibi en béton, aussi solide et lourd que sa cervelle de demeuré.

Les palpitations accélérèrent puis se calmèrent d'un coup, creusant un gouffre dans mon estomac. Que m'avait répondu Cal quand je l'avais accusé de ne pas avoir interrogé Matt ? « Il démentait tout au début, mais on a insisté. » Il m'avait assuré que Land et lui avaient parlé à Matt de sa relation avec Izzy. Or le shérif venait de me donner une version différente. C'était un petit mensonge idiot. Mais pourquoi Cal avait-il menti si ce n'était pour me cacher quelque chose de beaucoup plus grave et sordide ?

— Tu pensais que Matt avait tué les filles ? me demanda Land. Je comprends que t'aies tiré cette conclusion quand t'as su qu'il traînait avec Izzy. Mais je t'assure que c'était pas lui.

— Je m'étais dit qu'il était peut-être impliqué. Qu'il savait quelque chose. C'est pour ça que je posais la question.

M'apercevant que je déblatérais n'importe quoi, je respirai profondément pour me calmer.

— Beaucoup de gens sont morts par ici ces derniers temps, poursuivis-je. J'ai fait le lien un peu rapidement, à tort sans doute, c'est tout, ajoutai-je en forçant un sourire. C'est ce qui arrive quand on ne trouve pas le sommeil. On a trop de temps pour penser.

Il m'examina un moment.

— Hum, fit-il enfin. Eh bien, essaie de te reposer un peu, Eve. On te préviendra dès qu'on aura du nouveau, d'accord ?

— D'accord. Merci.

Land frappa deux fois sur mon toit en guise de conclusion, puis il contourna ma voiture et entra dans le *diner*. Pour la première fois depuis des années, je n'eus même pas envie de lui casser la gueule.

*
* *

J'attendis que Cal parte au travail, qu'il monte en voiture et se dirige vers l'ouest, en direction du poste de police. Je m'étais garée à une centaine de mètres de sa petite maison et je m'étais recroquevillée en dessous du tableau de bord, mais d'après ce que je pus en voir, Cal ne se tourna même pas vers ma voiture.

J'étais entrée chez lui des centaines de fois avant. Sa clef côtoyait la mienne sur mon porte-clefs usé. Mais ce matin, mon approche était différente : secrète, suspecte. Je ne me faufilai pas exactement jusqu'à sa porte, mais j'étais loin d'être décontractée. J'avais une conscience aiguë de ma présence et du monde autour de moi, du bruit de mes pas, du vent dans les arbres, des stores ouverts de la fenêtre du salon, du soleil sur ma nuque. La maison jumelée à la sienne était occupée par une femme âgée qui sortait rarement de chez elle. Leur communication se limitait généralement à ses coups sur le mur mitoyen pour demander à Cal de baisser le volume des matchs de foot à la télé. Je ne pensais pas qu'elle remarquerait ma présence, mais j'entrai néanmoins sans tarder et ne me détendis qu'une fois à l'intérieur, après avoir verrouillé la porte derrière moi.

« C'est idiot », murmurai-je. Qu'est-ce que je fichais là ? Qu'est-ce que je pensais trouver ? Crystal s'était sans doute trompée – Matt et Cal n'avaient jamais été proches. Et il devait y avoir une explication logique au mensonge de mon frère à propos de l'interrogatoire de Matt. Tout cela ne mènerait sans doute nulle part. « Oui, mais je dois vérifier », m'exhortait une voix intérieure.

En apparence, le logement de Cal était mieux que le mien : plus grand et un peu plus moderne. Mais c'était une maison dortoir, où il ne faisait que se doucher et dormir. Il passait le plus clair de son temps au travail ou chez nous, avant le décès de Junie. Il n'y avait certainement pas laissé son empreinte. Pas de bureau aux tiroirs débordant d'affaires ni d'étagère encombrée de bibelots : rien où dissimuler quoi que ce soit. Je commençai par la cuisine, bien que ce soit une pièce improbable pour une cachette. Ignorer ce que je recherchais ne me facilitait pas la tâche. La moitié des tiroirs de la cuisine étaient vides et les autres ne contenaient que les ustensiles habituels : une spatule, un fouet qui portait toujours son étiquette, une manique en crochet que Junie avait offerte à Cal quelques Noëls plus tôt.

Je passai dans la chambre à coucher, caressai la tête de lit en chêne pâle assorti à la commode que j'avais choisie avec lui quand il avait emménagé. Il n'avait manifesté aucun intérêt pour ces achats. Il semblait satisfait de dormir sur son matelas à même le sol avec ses vêtements rangés dans des caisses, mais je tenais à lui aménager quelque chose de douillet, à transformer cette boîte beige et insipide en un espace personnel. Au-delà des meubles, il n'avait pas changé quoi que ce soit au décor. Pas de tableaux sur les murs. Pas de bazar sur la table de chevet. Il y avait seulement une photo encadrée de Junie et moi sur sa commode : nous riions et j'enlaçais ma fille par-derrière. La chambre de Cal me rendait triste sans que je puisse mettre le doigt sur la raison. Elle était trop vide, trop fade. Comme une vie qui n'a jamais été pleinement vécue.

Quand j'étais petite, je dissimulais mes secrets dans l'espace entre le matelas et le sommier. Pas une planque des plus ingénieuses, mais elle me servait rarement, de toute façon. Cal avait toujours été plus malin. Il n'avait pas grand-chose non plus mais, quand c'était le cas, il trouvait des cachettes élaborées pour s'assurer de ne pas être découvert. Je fouillai dans tous les endroits évidents, sans grand espoir.

Je finis par son placard, glissai la main dans les coins des rayons les plus hauts, puis au sol, le long des plinthes. J'étais sur le point d'abandonner quand je sentis un bord de moquette décollée. Je tirai et la détachai facilement, révélant un carré de parquet qui avait dû être enlevé et remplacé. Je restai accroupie, le cœur lancé au galop, les mains moites de sueur. Voulais-je vraiment soulever ce bout de plancher ? Jusqu'où allait mon besoin de réponses ?

« Espèce de dégonflée ! » me reprochai-je d'une voix trop forte dans le silence de la pièce. J'essayai de retirer le bois à mains nues, mais je dus sortir mes clefs pour faire levier et réussir à passer le doigt dans la fente. Je dégageai aisément le carré et examinai le trou obscur avec attention. Je ne vis rien et espérai m'être trompée. Il pouvait s'agir d'un simple défaut de construction. Cette planque n'avait peut-être rien à voir avec mon frère.

Je glissai prudemment la main à l'intérieur, redoutant la présence d'insectes ou de rats, mais mes doigts heurtèrent un objet lisse et froid. Je le sortis. C'était un sac de congélation à glissière rempli de billets. Je gémis, puis me mis à plat ventre pour passer le bras entier dans la cachette. J'en sortis sept sacs de cash. Des milliers de dollars. Je n'avais jamais vu autant d'argent.

« Suis le fric. » C'était fait : il était étalé au fond du placard de Cal, mais je n'arrivais toujours pas à trouver le rapport avec Junie. J'étais perplexe et en même temps réticente à assembler les dernières pièces du puzzle. Un râle sourd et animal grondait au fond de ma gorge et je dus maîtriser ma respiration pour le réprimer. Je passai en revue les différentes possibilités dans mon esprit, essayant d'en trouver une qui ait du sens. Si Cal et Matt avaient volé de l'argent à Jimmy Ray, ce dernier avait peut-être tué Junie pour les punir. Mais dans ce cas, pourquoi m'aurait-il dirigée vers l'argent, vers sa propre culpabilité ? Cal escroquait peut-être directement Matt, qui s'en était pris à Junie. Il aurait embauché quelqu'un pour faire le sale boulot tandis qu'il bossait au bar, ce qui lui fournissait un alibi.

Je m'assis et m'adossai au placard. Je devais parler à mon frère, déterminer quel rôle il avait joué. Car il était impliqué, d'une manière ou d'une autre, c'était désormais irréfutable. Je me penchai pour replacer le carré de bois et vis un éclat de lumière dans le trou noir. Quelque chose avait échappé à mon attention, un objet brillant. Mon cerveau le reconnut immédiatement, mais mon cœur refusa de l'admettre avant de l'avoir sous le nez. Un téléphone. L'écran fissuré, l'étui rose à paillettes : c'était le portable d'Izzy. Je l'avais vue l'utiliser des dizaines de fois. Mon frère cachait chez lui le téléphone perdu d'Izzy. Il n'existait aucune explication, aucune justification, qui ne menait pas directement à deux filles retrouvées mortes dans la neige.

Je pensai au SMS qu'Izzy avait reçu ce matin-là, ce piège qui lui avait coûté la vie. Et au cocard que Cal avait donné à Jimmy Ray : j'avais hâtivement conclu qu'il l'avait interrogé, mais mon frère cherchait peut-être seulement à se couvrir. Il m'avait dissuadée d'écouter le conseil de Jimmy Ray, « Suis le fric » ; avec finesse et subtilité certes, mais il m'avait manœuvrée. Et puis Cal était apparu bien trop vite après l'explosion du mobile home de Matt, il était arrivé presque immédiatement. Parce qu'il était déjà sur place, me rendis-je compte. Il avait tué Matt pour s'assurer que je ne puisse pas lui parler, pour s'assurer que Land ne puisse pas l'interroger.

Les murs du placard se mirent à valser sous mes yeux, à s'approcher et à s'éloigner comme des vagues, et je calai ma tête entre mes genoux. Jusqu'à cet instant, une partie de moi avait espéré que ce n'était qu'une histoire d'argent. Que les agissements de Cal, si terribles soient-ils, n'étaient pas directement mêlés au meurtre des filles. Mais le portable changeait tout. Le téléphone prouvait que la personne en qui j'avais le plus confiance au monde était responsable de la mort de ma fille. Je devais maintenant trouver le courage de réagir.

*
* *

Zach sourit quand il ouvrit sa porte et qu'il me reconnut, mais son sourire ne s'étendit jamais jusqu'à ses yeux.

— Salut, dit-il, entre.

Il s'écarta pour m'accueillir, mais n'alla pas plus loin que le hall d'entrée. Il jeta un coup d'œil dans la cuisine. J'étais quant à moi si fébrile que je trépignais sur place, mes yeux allant de lui à la porte, de la porte à lui, sans pouvoir m'arrêter. Je pensais seulement au temps que j'étais en train de perdre. Mais pour une raison indéfinissable, je voulais lui donner sa chance.

— Alors, dit-il après que j'eus refusé sa vague offre de café. Qu'est-ce qui se passe ?

— Je connais le coupable, lâchai-je.

J'avais eu l'intention de lui annoncer la nouvelle avec tact, pas de la vomir à ses pieds, mais tout en moi crépitait et explosait. J'avais perdu tout contrôle.

Zach me dévisagea en pâlissant.

— Qui ?

La question semblait flotter sur une bouffée d'air torpide.

— Cal.

Je dus faire un effort pour déloger le mot de ma bouche. Son visage se crispa d'incompréhension.

— Ton frère ? Mais c'est un flic.

— Je sais bien.

Je ne voulais pas m'attarder sur ce fait, je voulais sauter les « comment ? », « quoi ? » et « pourquoi ? ». Je n'avais pas les réponses à ces questions. Jimmy Ray avait raison. En fin de compte, je me fichais du pourquoi. Seul le « qui » m'importait.

— Je vais lui parler. Tu m'accompagnes ?

— Moi ? Mais… et les… et les flics ? Les autres flics. On devrait pas plutôt prévenir Land ? me demanda-t-il en se dirigeant vers la cuisine.

Je l'attrapai par le bras.

— Non. On ne prévient personne. Pas encore.

— Qu'est-ce que tu racontes ?

Zach parlait de plus en plus fort et je lui fis signe de se taire.

— Calme-toi. On les avertira bientôt. Je veux juste le voir avant. C'est mon frère. Je veux entendre ses explications avant que Land et des avocats me barrent la route.

Zach émit un rire forcé, glissa la main dans ses cheveux qui se rebiquèrent en épis inégaux.

— Quoi, tu veux le coincer et faire justice toi-même ? C'est ton plan ?

— Je n'ai jamais dit que je voulais le coincer. Je veux juste lui parler. Je crois que c'est la moindre des choses.

— Je ne…

Il s'affala sur le banc près de la porte. Je me tus, pour lui donner le temps de réfléchir.

— Je crois que c'est une très mauvaise idée, Eve, finit-il par dire.

— Peut-être, admis-je.

J'entendis quelque chose dans le couloir, un bruit de pas presque imperceptible, comme un murmure, mais quand je tournai la tête, il n'y avait personne.

— Et s'il s'en prenait à toi ?

Je me retournai vers Zach.

— Ça m'étonnerait.

Avant ce jour, j'aurais mis ma main à couper que Cal était incapable de faire du tort à Junie. Qu'il aurait sacrifié sa vie plutôt que de toucher à un seul de ses cheveux. Il était donc possible que je ne sois pas plus objective à présent. Mais en vérité, je m'en fichais.

— Écoute, je ne suis pas venue demander ta permission ni ta bénédiction. Mais c'était ta fille, alors j'estime que tu as le droit d'être au courant, et je voulais te donner l'occasion de venir avec moi.

Zach fixa son café comme si la réponse était cachée au fond de son mug.

— Je ne pense pas, Eve, me dit-il. Je ne fonctionne pas comme ça. Je ne dirai rien à Land, ni à Jenny. Pas pour l'instant. Mais je ne t'accompagnerai pas non plus.

C'était exactement la réponse que j'attendais. Que j'espérais, même. Car elle prouvait que j'avais raison, en fin de compte. Junie n'avait jamais été sa fille. Elle avait été ma fille, uniquement mienne, complètement mienne.

*

* *

— Merde alors, me salua ma mère quand elle m'ouvrit son mobile home, portant les mêmes vêtements que la veille. Tu m'as pas demandé, pas plus tard qu'hier, d'oublier que j'avais une fille ? Et dans ce cas, qu'est-ce que tu fous ici ? Je tolère pas les inconnus chez moi.

Elle ricana, fière de son trait d'esprit.

Cet instant était déterminant. Si je franchissais sa porte, si je demandais son aide, si je lui faisais confiance, je ne pourrais plus revenir en arrière. Je ne pourrais plus jamais prétendre être autre chose que la fille de ma mère. Je ne serais jamais mieux qu'elle. Jamais différente.

— Laisse-moi entrer, maman. Faut qu'on parle.

23

Il me trouva assise sur un rocher au bord de l'eau. Je regardais la rivière depuis plus d'une heure, perdue dans la contemplation du courant, des ondulations et des tourbillons, de l'occasionnel éclat argenté d'écailles de poissons. En levant la tête, je fus surprise de m'apercevoir que le soleil couchant embrassait l'horizon, le striant de zébrures roses.

— Salut, fit Cal. Qu'est-ce qui t'arrive ? T'as complètement affolé maman et pourtant, c'est pas une mince affaire.

Je peinais à le regarder ; entendre sa voix était déjà assez douloureux. Elle me rappelait notre enfance. Toutes les fois où il m'avait nourrie quand j'avais faim, réconfortée quand je souffrais, rassurée quand j'étais terrifiée. Cal, que j'aimais plus que moi-même. Plus que quiconque, à part Junie.

Il s'assit à côté de moi et je devinai son regard sur mon visage, je sentis le parfum de son shampoing dans l'air.

— Ça va ? me demanda-t-il. Maman m'a fait flipper, elle est venue me chercher et m'a demandé de te rejoindre. Je crois qu'elle craignait que tu…

Il fit un geste vers la rivière, où l'eau se fracassait sans relâche sur les rochers.

Je ne lui répondis pas. Je sortis le portable d'Izzy de la poche de ma veste et le plaçai entre nous.

Cal inspira d'un coup sec et recula instinctivement, comme si je venais de poser une grenade plutôt qu'un téléphone.

— Écoute, dit-il d'une voix perchée et tremblante, je peux expliquer. Je peux…

Je me tournai vers lui.

— Qu'est-ce que tu peux expliquer ? Pourquoi le téléphone d'Izzy Logan était planqué chez toi ou pourquoi tu les as tuées ?

Cal ouvrit la bouche, la ferma, la rouvrit, mais rien n'en sortait. Il ressemblait à l'un des innombrables poissons qu'il avait pêchés et vidés à cet endroit précis, et je faillis éclater d'un rire nerveux. Mes pires craintes s'étaient réalisées, je l'avais lu dans ses yeux. L'assassin, c'était lui.

— Je ne l'ai pas fait exprès, finit-il par lâcher. Tout s'est passé trop vite. La situation m'a échappé. Si vite.

Sa voix se brisa et de grosses larmes roulèrent sur ses joues. Il cacha son visage dans ses mains et sanglota. Je regardai à nouveau la rivière, les herbes ébouriffées par le vent sur la berge opposée. Je n'étais pas pressée. Je pouvais le laisser pleurer, parler, s'expliquer. Ça n'avait plus aucune importance car je savais comment tout cela allait se terminer. Il n'y avait qu'une issue.

— S'il te plaît, m'implora-t-il en posant la main sur mon bras, et j'imaginai casser ses doigts les uns après les autres. Laisse-moi… laisse-moi t'expliquer comment ça s'est passé. C'est pas ce que tu crois.

J'acquiesçai, même si j'étais certaine que c'était exactement ce que je croyais. Quelque chose avait eu plus d'importance à ses yeux que la vie de Junie. Point final. Mais j'avais hâte qu'il parle et qu'on en finisse.

— C'était pour elle que je le faisais. Pour Junie.

Surprise, je me tournai brusquement vers lui.

— Tu faisais *quoi* pour Junie ?

— J'économisais. Je voulais qu'elle puisse partir d'ici un jour, aller à la fac, je sais pas. Qu'elle s'en sorte. Mais je gagne pas assez, loin de là. Un soir, je suis tombé sur Matt qui m'a raconté que Land les harcelait de plus en plus, qu'il trouvait que leur trafic prenait trop d'ampleur. Ils avaient vraiment besoin de quelqu'un dans la police pour les aider. Au début, je me disais que je voulais juste l'écouter, que j'allais pas agir. Et puis bon, j'ai discuté avec Jimmy Ray et le deal semblait parfait, dit-il en haussant les épaules. De toute façon, ils vendaient de la drogue. Pourquoi ne pas en tirer profit ? C'était pas comme si je dévalisais des innocents. Ça m'a semblé équitable.

Qu'est-ce que les gens disent, ici ? On peut sortir le gamin de la vallée, mais on peut jamais sortir la vallée du gamin. Je n'y avais jamais cru, mais Cal et moi en étions la preuve vivante. Nous avions réussi à nous tenir à carreau quelque temps, l'un dans son uniforme de flic, l'autre responsable d'une enfant. Mais notre passé nous avait rattrapés et rabaissés à son niveau. Cal avait raison, dans le bar, quand il avait dit que nous étions le produit de l'éducation de notre mère.

— Et ça marchait, poursuivit-il, je récoltais pas mal de fric. Que je mettais de côté pour Junie. J'en ai pas dépensé un dollar.

— Et tu comptais m'en parler ?

— Bien sûr. Mais pas avant que Junie en ait besoin. Je me disais que t'aurais moins à y redire si l'argent lui tombait entre les mains quand elle serait en âge de s'en servir. Et d'ici là, j'en aurais eu fini avec toutes ces combines.

S'il croyait vraiment pouvoir décrocher comme ça, il n'avait pas la moindre idée du mode de fonctionnement de Jimmy Ray, qui ne l'aurait jamais toléré.

— Elle avait pas besoin de ton argent, lui dis-je. Elle aurait obtenu une bourse au mérite pour aller à la fac, et sinon, je me serais débrouillée.

Nous savions tous les deux que je n'en aurais pas été capable. Autant j'avais aimé ma fille et tout fait pour l'aider, autant il y avait certaines choses que je n'aurais jamais pu lui offrir. Comme maman aimait le dire, on ne peut pas tondre un œuf.

— Je ne voulais pas qu'elle parte d'ici sans un rond. Qu'elle aille à la fac et que tout le monde voie ses origines miséreuses. Je voulais lui mettre le pied à l'étrier, faire ce que personne n'a fait pour nous. Qu'elle ait toutes les chances de son côté. Et tout se passait comme prévu… jusqu'à ce qu'Izzy s'entiche de Matt. Quand je pense que c'est moi qui les ai présentés. T'y crois, toi ? Je discutais avec Matt devant la laverie, Izzy passait par là et elle s'est arrêtée pour me dire bonjour. T'as pas idée du nombre de fois où j'ai ressassé cette scène, fit-il en hochant la tête. Des nuits entières, incapable de trouver le sommeil. Comment ce hasard, ce petit hasard stupide, a tout foutu en l'air.

— C'est toi qui as tout foutu en l'air.

Ma voix était froide et dure, comme étrangère. Une voix que ma fille n'aurait pas reconnue.

— Je ne l'ai pas fait exprès, répéta Cal, et mes poings me démangèrent. Tout est parti en couille. J'étais chez Matt, en train de compter des drogues et du fric, quand Izzy a déboulé dans sa caravane, sans frapper ni rien. Elle était venue en stop et je comprends même pas comment elle avait réussi à entrer dans la propriété. Je me suis dit qu'on pourrait rattraper le coup. Elle était jeune, elle ne savait peut-être pas ce qu'on faisait. Mais elle est restée bouche bée, les yeux écarquillés. Je la voyais déjà en parler à Junie, qui t'en parlerait, et tout se casserait la gueule : j'étais obsédé par cette pensée. J'allais perdre mon boulot. Land serait tellement furieux de savoir que j'avais magouillé dans son dos qu'il entamerait des poursuites. J'étais dans la merde jusqu'au cou. J'ai parlé à Izzy. Je lui ai fait comprendre que son silence était crucial. Je lui ai promis qu'en échange je garderais le secret de sa relation avec Matt. Qu'on devait se rendre service l'un l'autre.

— Et elle a accepté ?

— Ouais, mais j'étais sûr qu'elle tiendrait pas parole. On s'est croisés quelques fois en ville et elle m'a laissé entendre qu'elle avait envie d'en parler à Junie. Je savais qu'elle ne garderait pas le secret pour toujours. Elle en était incapable. Et je crois qu'elle aimait avoir une arme sous le coude pour blesser Junie. Tu sais comment sont les ados parfois, un peu mesquines et jalouses. Elle m'avait dit plusieurs fois qu'elle pensait que son père préférait Junie à elle. Un jour où elle serait vexée, Izzy allait forcément lâcher le morceau pour rabaisser Junie.

— Parce que Junie t'idolâtrait, dis-je d'un ton neutre. Tu étais son oncle Cal, l'image de la perfection.

Il renifla un sanglot humide.

— Si seulement Izzy avait pu la fermer. C'était tout ce que je voulais.

— Et comme tu savais qu'elle en était incapable, tu as décidé de la tuer.

— Mais non ! répliqua-t-il vivement. Non. Je voulais juste lui parler. Je lui ai envoyé un texto à partir d'un portable jetable pour lui donner rendez-vous dans le parc.

— Un jour où il neigeait et où personne ne traînait dehors.

— Oui, mais juste pour m'assurer que personne ne nous surprenne ensemble à parler de trucs aussi graves. Je ne savais même pas que Junie l'avait accompagnée. On s'est retrouvés derrière le tunnel, Izzy était seule. Elle avait dû dire à Junie de l'attendre dans un autre coin du parc.

Il inspira avec difficulté.

— Je pensais réussir à la convaincre, poursuivit-il, mais elle m'a sorti que Junie avait le droit de savoir. Je crois qu'elle s'en fichait un peu, en fait. Elle aimait juste le secret, le fait d'être la seule au courant, et la menace qu'elle faisait planer sur moi.

— Elle avait douze ans, Cal. C'est pas comme si c'était un génie criminel avec un plan démoniaque pour foutre ta vie en l'air.

— Je sais. Je le sais maintenant. Mais sur le coup, j'étais fou de colère, je paniquais, et elle refusait de m'écouter. Elle écoutait rien, cette gamine ! C'est seulement en voyant le sang que j'ai compris ce que j'avais fait, je te le jure, dit-il en examinant sa main. J'avais du sang plein le bras et je me suis dit, « oh, putain ». Je ne comprenais même pas d'où il venait au début.

— C'est des foutaises, répondis-je d'une voix posée. Qu'est-ce que tu fichais avec un couteau si t'avais pas l'intention de t'en servir ?

— Mais j'ai *toujours* mon couteau dans ma poche. Comme une personne sur deux dans le coin. Je n'avais pas l'intention de la blesser. Je te le jure, Evie, honnêtement. Je l'ai sorti pour lui faire peur, c'est tout. Je pensais que ça suffirait. Mais elle était bien décidée à me faire chier, à ouvrir sa gueule et à tout saccager. Je risquais de tout perdre – mon boulot, ma relation avec Junie et toi, ma liberté – et elle s'en foutait. Je devais absolument l'arrêter.

— Et Junie ?

Tout devint silencieux. Le soleil déclina encore et une ombre effleura nos visages.

Cal se prit la tête entre les mains et parla à travers ses doigts.

— Je ne savais pas qu'elle était là. Je ne m'en suis pas douté une seconde. Izzy n'avait jamais parlé de l'amener. J'étais en train de regarder Izzy se vider de son sang, je ne comprenais pas encore ce que j'avais fait, quand j'ai entendu du bruit derrière moi. Je me suis retourné, le couteau à la main. Il en a pas fallu davantage. C'était comme un instinct animal. Quand je me suis rendu compte que c'était Junie, il était trop tard, j'avais déjà…

Il inspira profondément mais s'étrangla dans un sanglot. Il leva la tête et me regarda, les yeux brillants de larmes.

— Je ne lui aurais jamais fait mal exprès, Eve. Jamais. Pas à Junie. Je suis resté avec elle. Jusqu'à la fin. J'ai tenu sa main et je l'ai rassurée.

— Et c'est censé me consoler ? lui demandai-je, moi-même au bord des larmes. Parce que c'est raté. Complètement raté.

Je me rendis compte que j'avais désespérément envie de le croire, et c'était presque pire que de connaître la vérité. Je ne doutais pas une minute qu'en temps normal, dans n'importe quelle autre circonstance, il aurait sacrifié sa vie pour Junie. Et je savais que les choses s'étaient passées exactement comme il l'avait dit : l'instinct de survie, le réflexe au quart de tour que notre mère nous avait instillé chaque fois que nous nous sentions en danger. Tuer ou être tués. Le temps qu'il comprenne ce qu'il avait fait, il était déjà trop tard. Qu'il ait su, ou non, qu'il avait affaire à Junie, il avait seulement reproduit le schéma qu'on lui avait inculqué. Et c'était précisément ce que j'avais l'intention de faire, moi aussi.

— Je vais me dénoncer, dit-il. Tout de suite. Si c'est ce que tu veux, je me rends.

— C'est pas ce que je veux.

— D'accord, fit-il en hochant la tête. D'accord, dis-moi comment je peux me racheter.

— Tu peux pas te racheter. Tu peux pas remonter le temps, Cal. Tu peux pas ramener les filles.

Je levai la main droite, celle qu'il n'avait pas encore vue, celle qui tenait un flingue, et je le posai sur mes genoux.

— Tu peux pas te racheter, mais on peut être quittes.

Je ressentis une sourde satisfaction à voir ses yeux s'écarquiller, ses joues pâlir. Il s'apprêta à se lever et je braquai le pistolet sur lui, d'une main ferme et sûre.

— Reste assis, ordonnai-je.

Il m'obéit et reprit sa place. Le maniement des armes à feu n'avait aucun secret pour moi, il le savait. Merde, c'était lui qui m'avait tout appris.

— Qu'est-ce que tu fais, Evie ?

— Je crois que tu le sais, répondis-je en libérant le cran de sûreté, consciente qu'il m'observait. Même si c'était un accident, tu m'as laissée dans le noir depuis la mort de Junie. Tu m'as fait croire qu'elle me cachait des choses à propos d'Izzy. Tu m'as laissée devenir à moitié folle après l'explosion de la caravane de Matt, alors que c'est toi qui as mis le feu aux poudres. Tu m'as fait culpabiliser de t'avoir accusé d'être le type que fréquentait Izzy alors que t'étais coupable de bien pire. Je t'ai prévenu, j'ai prévenu tout le monde à la conférence de presse, de ce que j'allais faire quand je retrouverais l'assassin. T'étais averti.

Quand Cal déglutit, sa pomme d'Adam remonta comme s'il avalait un caillou. Je me demandai à quelle vitesse son cœur battait. Le mien était calme et lisse comme du verre.

— C'est moi, Evie. J'ai merdé, je sais bien que j'ai merdé. Mais tu ne peux pas me tuer.

— Bien sûr que si, lui répondis-je d'un ton détaché dont je fus la première surprise.

Je levai l'arme, j'étais assez proche pour être sûre de ne pas le rater. Une cible facile.

— Où t'as pris ce flingue ? me demanda-t-il calmement.

Il le savait déjà, mais il voulait me le faire dire.

— Maman, lui répondis-je après un moment d'hésitation. Parce que t'as fait une erreur, Cal. Une parmi tant d'autres. Tu t'es arrangé pour que maman rencontre Junie. C'était la seule chose que je t'avais demandé de ne jamais faire. La chose que tu m'avais *promis* de ne jamais faire. Le jour de sa naissance, tu m'as tenu la main à la maternité, tu m'as regardé droit dans les yeux et tu m'as juré que tu ne laisserais jamais maman s'approcher d'elle. Qu'on ne reproduirait jamais le même schéma. Qu'on empêcherait maman de plonger ses griffes en Junie. Mais tu m'as trahie.

Il ouvrit la bouche, voulut parler, mais je l'en dissuadai en resserrant le doigt sur la détente.

— Et tu sais ce qui s'est passé ? poursuivis-je. Maman adorait ma fille. Elle l'a aimée plus que moi. Plus que toi. Plus que tout. Alors quand elle a appris ce que t'avais fait, elle s'est empressée de me trouver un flingue. Et tu connais maman, cette arme a dû passer par tellement de mains qu'elle est sans doute impossible à tracer. Et elle a déjà concocté une histoire pour expliquer ta disparition et ce qui t'est arrivé.

— Mon Dieu, dit-il en hochant la tête, les yeux noyés de larmes. Toi et maman. J'aurais dû me douter qu'elle allait se mêler de ça. Essaie de garder tes distances avec elle, Evie, si tu le peux. Promets-moi de ne pas la laisser te manipuler.

Je répondis par une grimace moqueuse.

— Je crois qu'on a déjà établi que les promesses valent pas un clou, quand il s'agit de maman.

Cal ignora mes paroles et me dit d'une voix cassée :

— Promets-le-moi. Elle t'entraînera en enfer si tu la laisses faire.

— Je m'en fiche complètement, Cal, dis-je en agitant le flingue entre nous. J'y suis déjà.

Je regardai les larmes dégouliner sur ses joues. Il tendit prudemment les doigts et prit ma main libre.

— On a toujours été ensemble, toi et moi, Evie. Tu te souviens ? Toujours.

Je repensai aux nuits qu'on avait passées, gamins, blottis l'un contre l'autre dans les bois près du mobile home, à attendre la fin des soirées de défonce de maman. On se tenait à l'écart, hors d'atteinte de la lueur graisseuse que vomissaient les fenêtres. On se faisait des promesses dans le noir d'encre, les doigts entrelacés comme les branches au-dessus de nos têtes. « On va s'en sortir. Tous les deux. Je ne t'abandonnerai jamais. Je te ferai toujours confiance. Je veillerai toujours sur toi. Toujours. » Les yeux pâles de Cal scintillaient au clair de lune. La brise balayait des mèches blondes sur son visage. Nous étions plus que frère et sœur, nous étions une planche de salut mutuelle. Ensemble, nous avions survécu à une enfance conçue pour nous détruire.

Les paroles que nous échangions pendant ces nuits interminables, avec pour toile de fond sordide notre avenir probable, allaient au-delà des mots. Chaque syllabe était chargée de sens, lourde d'intention sur nos lèvres. Nos promesses s'élevaient dans la nuit en une buée humide, en bouffées floconneuses, par tous les temps et à toute époque de l'année. Les mots nous dépassaient, nous les avions confiés au monde entier. Nous avions été entendus. « Tous les deux. Toujours. » Le poids sacré des serments.

Pourtant, en fin de compte, ce n'étaient que des mots. Car nous nous retrouvions ici, maintenant, à nous détruire. Et c'était beaucoup plus facile que ça aurait dû l'être. Mes lèvres tremblaient, mon cœur mort était brisé. Si forte que soit l'envie de faire porter le chapeau à ma mère, ça n'aurait pas été juste.

Elle nous avait montré la voie, mais nous avions tous les deux choisi de l'emprunter. Personne d'autre que Cal n'avait tranché la gorge de ma fille. Personne d'autre que moi ne braquait ce flingue.

— Je t'aime, Evie, me dit Cal en me serrant la main avant de la lâcher.

Comme quand il me bordait, quand j'avais dix ans. Quand il essayait de me rassurer, quand il me disait que tout allait s'arranger, même si nous savions tous les deux que c'était un mensonge.

— Je t'aime aussi. Toujours.

Le soleil déclinant enflamma ses cheveux comme une auréole. Il me sourit, un sourire triste de petit garçon.

Alors je le butai.

24

Je restai à ses côtés jusqu'à la nuit tombée, je tins sa main jusqu'à ce que ses doigts refroidissent, comme il avait tenu ceux de ma fille alors que la vie la quittait. Les larmes que j'avais si longtemps contenues ruisselaient en un flot incessant sur mon visage et imbibaient le col de mon tee-shirt. Je savais que je devais m'activer, mais mon cerveau semblait déconnecté de mon corps, mes pensées tourbillonnaient, sombraient et partaient à la dérive. J'aurais pu rester où j'étais toute la nuit, toute ma vie, si quelqu'un n'avait pas déboulé dans les buissons derrière moi ; un petit faisceau de lumière s'imprima sur mon visage. Je me mis maladroitement à quatre pattes, instable sur mes genoux, et me trouvai face à face avec Jenny Logan. Elle était à bout de souffle et avait une joue égratignée.

— Putain, fit-elle en dégageant les cheveux de son visage avec la main qui tenait la lampe électrique. C'est l'enfer pour arriver jusqu'ici.

Je la dévisageai en me demandant si je ne rêvais pas. Où était Cal ? Je baissai les yeux : son corps gisait à mes pieds, le front marqué par l'impact irrégulier de la balle. Je me tournai à nouveau vers Jenny, qui le regardait aussi.

— Tu l'as fait, constata-t-elle calmement.

Je confirmai vaguement d'une voix rauque.

— J'imagine que ses raisons ne t'ont pas convaincue, lança-t-elle avec un rire qui ne contenait pas une once de drôlerie. Je préfère ne pas savoir ce qu'il t'a raconté. Ça ne ferait qu'ajouter à ma colère.

Elle me tendit la pelle qu'elle tenait de la main gauche.

— Faut qu'on l'enterre, me dit-elle posément.

— D'accord, répondis-je d'une voix pâteuse.

Je sentis la pelle glisser entre mes doigts ankylosés et agrippai le manche. J'avais été calme et concentrée un peu plus tôt, mais plus rien n'avait de sens à présent.

— Qu'est-ce… qu'est-ce que tu fais ici ?

Jenny se pencha et déposa la lampe par terre. Elle attrapa Cal par les pieds et me fixa du regard jusqu'à ce que je comprenne où elle voulait en venir : je posai la pelle et le pris par les mains.

— Je vous ai entendus parler, Zach et toi. Alors je t'ai suivie quand tu es partie. Pas jusque chez ta mère, tu m'aurais repérée. J'ai failli te perdre quand tu as repris la route principale pour venir ici. J'ai cherché un bon moment avant de retrouver ta voiture.

Elle restait calme, se permettant seulement quelques grognements en traînant le corps de Cal sous les arbres.

— Ensuite j'ai attendu que ta mère vienne déposer ton frère. C'était beaucoup plus dur que je pensais de suivre sa trace jusqu'à toi. Je me suis égarée plusieurs fois. Mais le coup de feu m'a permis de m'orienter, même s'il m'a encore fallu longtemps pour te trouver. Attends un peu, dit-elle en lâchant les pieds de Cal.

Elle partit en courant chercher la lampe, la cala entre ses dents et revint à son poste. Nous continuâmes en silence ; il n'y avait plus que le bruit de nos respirations et du cadavre de Cal traîné dans la forêt.

— Ici, dis-je en lâchant ses mains. On est assez loin.

Elle ôta la lampe de sa bouche et examina les lieux.

— Tu es sûre ?

— Oui.

Je ne supportais plus de toucher le corps de mon frère, de l'entendre racler le sol. Et finalement, où que nous l'enterrions, il serait découvert ou bien il ne le serait pas.

Jenny repartit chercher la pelle et nous travaillâmes à tour de rôle, l'une creusant tandis que l'autre l'éclairait. Nous trimions sans un mot, concentrées sur notre tâche. Quand le trou fut assez profond, nous nous arrêtâmes. Une odeur entêtante de terre retournée et de sombres secrets flottait autour de nous. Nous tirâmes le corps jusqu'au bord et le fîmes rouler à l'intérieur. Le choc de la chute me fit tressaillir, mais Jenny ne cilla pas. Pour elle, il n'était rien de plus que l'assassin de sa fille. Une fille qu'il n'avait jamais tenue dans ses bras, qu'il n'avait jamais bercée, à qui il n'avait jamais donné un bain en jouant avec les bulles jusqu'à la faire hurler de rire. Jenny ne l'avait jamais aimé.

Combler la fosse aurait dû se faire plus rapidement, plus facilement, mais nous avions l'impression de progresser au ralenti, toutes deux exténuées et impatientes d'en finir. Quand Jenny eut enfin jeté la dernière pelletée de terre, nous éparpillâmes de la mousse et des brindilles et nous piétinâmes toute la zone pour qu'elle se fonde dans le reste de la forêt. À peu près.

Jenny nettoya une de ses joues couvertes de boue d'un revers de la main.

— C'est fini. Tu veux dire quelques mots ? me demanda-t-elle en montrant la tombe d'une main crasseuse.

Que restait-il à dire ? Il avait été mon frère. Mon premier amour. La seule personne en qui j'avais eu une confiance absolue.

— Oui, répondis-je en empoignant la pelle. Il a eu ce qu'il méritait.

Je dois reconnaître que maman avait raison : ces paroles que j'avais juré de ne jamais prononcer m'apportaient une étrange satisfaction.

*
* *

Jenny avait soigneusement caché sa voiture, même si les chances de passage ici étaient minces. Je mis la pelle dans son coffre, elle y ajouta la lampe électrique.

— Je nettoierai la pelle dès que je serai rentrée chez moi, m'indiqua-t-elle. Et je la rangerai dans le garage. Et je me débarrasserai de mes habits, ajouta-t-elle après avoir jeté un coup d'œil dégoûté sur ses vêtements souillés.

Je la regardai.

— Tu vas tenir le coup ? Quand il fera jour, demain, et que tout sera réel ?

Elle soutint mon regard.

— C'est déjà réel pour moi. Je vais tenir le coup.

— Et Zach ? lui demandai-je. Il sait que c'est Cal.

Jenny s'adossa à sa voiture. Je distinguais mal ses traits au clair de lune.

— Ne t'en fais pas pour Zach. Dès que je suis sortie de la cuisine et que je lui ai dit que je vous avais entendus, il est resté bloqué sur le fait que j'aie découvert qu'il était le père de Junie. « Elle a dit vrai, c'était une seule nuit. Une seule fois, et on n'était pas encore fiancés, toi et moi. Ça ne s'est jamais reproduit. »

Elle pouffa d'un rire moqueur.

— Comme si j'en avais quelque chose à foutre, à ce stade. Ça fait des années. Elles sont mortes. Ça n'a plus d'importance. Mais Zach est Zach, il va trimballer sa culpabilité comme une croix pendant un bon bout de temps, fit-elle en ouvrant sa portière. Je peux le manipuler, au besoin. Mais je ne pense pas que ce soit nécessaire.

— Pour ce que ça vaut, ce n'est pas lui qui voulait te cacher l'existence de Junie. C'était moi. Je ne voyais pas ce que ça pouvait apporter de bon.

Elle me sourit faiblement.

— Ils ont pourtant fini par se trouver, non ? Zach et Junie. Junie et Izzy. Avec le recul, je me sens conne de n'avoir rien remarqué. Il tournait toujours autour de Junie quand elle venait à la maison, il buvait chacune de ses paroles. J'ai enfin compris pourquoi il n'a jamais voulu quitter Barren Springs. Ça sautait aux yeux.

— Qu'est-ce qui sautait aux yeux ?

— Son amour pour elle, répondit Jenny. Il l'aimait.

Le fait de savoir qu'en fin de compte Junie avait eu un père qui l'aimait aurait dû m'apaiser un peu. Elle qui ne s'était jamais plainte, pas une fois, de ne pas en avoir, mais dont les yeux suivaient toujours les hommes avec des bébés dans les bras ou des gamins perchés sur les épaules. Je n'éprouvais toutefois qu'un immense chagrin. J'avais le cœur brisé en pensant à ma fille, à Zach, à nous tous. Aux secrets que nous avions gardés, à toutes les occasions ratées. J'avais cru agir dans l'intérêt de Junie, toutes ces années auparavant, mais je l'avais peut-être privée de quelque chose sans le vouloir.

— Qu'est-ce que tu vas dire à Zach, pour ce soir ? Faut qu'on accorde nos violons.

— Je lui dirai qu'on voulait parler à Cal, mais qu'on n'a pas réussi à le trouver. Qu'on a passé la moitié de la nuit à le chercher, pour rien. Et que pendant tout ce temps, on est revenues sur tout ce qu'on savait, et qu'on n'est même plus sûres qu'il était impliqué.

— Et il va gober ça ?

Jenny se glissa au volant et mit la clef dans le contact.

— Bien sûr. Parce ce qu'il aura envie d'y croire. Parce qu'il aura besoin d'y croire. Il ne t'a pas menti quand il t'a dit qu'il ne fonctionnait pas comme ça. Mais il a besoin de croire que nous non plus.

— Je ne pensais pas que tu en serais capable, lui dis-je.

Ce n'était pas entièrement vrai. Je me rappelais son expression quand elle avait parlé de Matt et d'Izzy dans sa cuisine. L'envie de tuer se lisait sur son visage.

Et je connaissais ce coin du monde. Notre ville engendrait peu de faiblards. Elle avait eu beau grandir dans une vraie maison et avoir toujours mangé à sa faim, ici, tout le monde devait rapidement s'endurcir pour tenir le coup.

Elle sourit. Sur son visage maculé de terre, ses dents blanches promettaient de mordre, mais sans aucun plaisir.

— J'imagine que je suis capable de n'importe quoi, si on me cherche, dit-elle en frappant des deux mains sur le volant. Ta mère et toi, vous pouvez vous charger de Land ?

— Ouais, maman le mène par le bout du nez. Je crois que c'est la seule personne dont il a peur, avec Jimmy Ray, peut-être. Elle va laisser la voiture de Cal devant chez elle. Si Land vient tâter le terrain, elle lui dira que Cal est passé aujourd'hui, que c'était une vraie boule de nerfs, qu'il devait aller quelque part, et puis qu'un gars dans un pick-up gris foncé est venu le chercher. Et qu'elle n'a eu aucune nouvelle de lui depuis.

— Land n'en demandera pas plus. Il ne va pas perdre son temps et bouger son gros cul de feignasse à chercher Cal, surtout si ta mère et toi n'allez pas gueuler qu'il a disparu.

— Je croyais que tu aimais bien Land, lui dis-je, surprise.

— Personne n'aime Land. Mais j'avais besoin de lui, ou je croyais en avoir besoin, alors je me suis bien tenue. Et je te jure que j'ai pris sur moi. Je le déteste depuis que je suis ado. Quand j'avais seize ans, il m'a surprise en train de faire le mur. Il m'a dit qu'il n'en parlerait pas à mes parents si je lui taillais une pipe.

— Qu'est-ce que tu as fait ? lui demandai-je d'une voix étranglée.

— J'ai menacé d'en parler à sa femme, mais il ne s'est pas démonté. Maintenant que j'y repense, elle m'aurait sans doute remerciée de faire le sale boulot à sa place. Alors je l'ai envoyé chier. Je préférais me faire punir par mon père que d'approcher mes lèvres de ce sale type. J'avais le choix et j'ai fait le bon. Mais j'imagine que tout le monde n'a pas cette chance.

J'hésitai, me demandant si je devais me confier à elle. Je décidai qu'après ce que nous venions de faire ensemble, mon secret concernant Land ne pesait pas très lourd.

— C'est sûr… moi, je ne l'ai pas eue, cette chance.

Elle braqua les yeux sur moi.

— Quand ?

— Y a des lustres, répondis-je sans m'avancer.

— Quelque chose me dit que si ça se reproduisait, ça serait une autre histoire.

J'opinai. Elle tendit la main et la posa sur mon bras.

— On a fait ce qu'il fallait faire, Eve. Au nom de nos filles. Ça ne les ramènera pas, fit-elle en soupirant profondément. Mais ça aide un peu.

Là-dessus, elle partit. Plantée sur le talus herbeux, je regardai ses feux arrière se fondre dans la nuit en sachant instinctivement que nos vies ne se croiseraient plus. Mais j'aurais une opinion différente quand j'entendrais parler d'elle en ville ou que je repérerais ses cheveux bruns à l'autre bout de la rue. J'avais le pressentiment que Zach et elle allaient bientôt disparaître de Barren Springs, et partir enfin à la découverte du monde. Mais où qu'elle atterrisse, nos passés resteraient liés à tout jamais. Pas à cause du décès de nos filles. Pas à cause de leur père commun. Mais à cause de cette nuit : l'obscurité, la terre et le cadavre d'un homme entre nous. À cause de notre détermination sans faille à faire le nécessaire.

25

Maman m'attendait sur les marches du mobile home, sa cigarette repérable dans le noir. Je m'effondrai à côté d'elle. La terre était collée entre mes doigts, incrustée sous mes ongles. J'avais des douleurs terribles dans le dos et les épaules, et je savais que j'allais souffrir le lendemain, à tous points de vue. Je n'arrivais pas à concevoir un monde dans lequel mon frère n'existait pas.

— T'es dans un sale état, ma petite, et tu sens pas très bon. Tu vas prendre une douche avant de partir. Et tu laisseras tes fringues ici, je te prêterai quelque chose.

Elle me tendit la main et je lui rendis le pistolet. Nous avions déjà décidé qu'elle se chargerait de s'en débarrasser, c'était plus prudent. Si je me faisais arrêter, on serait sûres que je ne pourrais pas vendre la mèche. Et nous voulions qu'il finisse loin de la tombe de Cal, au cas où. Les bois étaient immenses, truffés de grottes et de cavernes ; je faisais confiance à maman pour trouver une bonne planque, qui ne serait pas découverte avant plusieurs décennies, avant des vies entières.

— Le fric est à l'intérieur, me dit-elle. Oublie pas de le prendre.

Pour ça aussi, nous avions déjà prévu la marche à suivre. Je devais me rendre au poste de police le lendemain matin, donner l'argent à Land en lui expliquant que je l'avais trouvé chez Cal. Je ne fouinais pas, juré. Je nettoyais ses placards pour essayer de me changer les idées, l'aspirateur avait soulevé la moquette et j'étais tombée dessus. J'avais complètement flippé, pris l'argent sans réfléchir, laissé la planque ouverte et je m'étais barrée. Je voulais en parler à Cal, mais je n'avais jamais pu le trouver. Et quand j'étais retournée chez lui, plus tard, il avait tout vidé. Plus un vêtement. Il avait dû rentrer, voir que le fric avait disparu et paniquer. Je ne comprenais pas ce qui se passait, je ne savais pas quoi faire de l'argent, et j'avais pensé que Land pourrait m'aider.

— Ça, tu peux être sûre qu'il saura quoi faire du fric, lui, avait marmonné ma mère quand on avait élaboré cette partie du plan.

Mais nous n'avions pas trouvé de meilleure solution. L'argent était le moyen le plus sûr de museler Land. Non seulement il touchait un dessous-de-table, mais ça lui évitait aussi d'essuyer la honte publique d'avoir eu un adjoint encore plus ripou que lui, et dans son dos en plus. Je ne doutais pas une seconde que ma mère avait pioché dans le magot en mon absence. Personnellement, je refusais d'y toucher. Le sang de Junie tachait chacun de ces billets.

J'avais beau connaître maman, je m'attendais tout de même à ce qu'elle dise quelque chose. À ce qu'elle me questionne sur les derniers moments de Cal, qu'elle exprime sa douleur. Pas du tout. Elle termina sa bière et me fit entrer pour que je me douche. Une fois propre, vêtue d'un jean et d'un de ses tee-shirts délavés, je pris le sac d'argent et m'arrêtai sur le seuil. L'air s'était beaucoup réchauffé en l'espace d'une semaine, l'été nous fonçait dessus à la vitesse d'un train fou. Ce serait bientôt l'époque des suées, de l'air étouffant et des jambes grêlées de piqûres de moustique.

L'automne lui succéderait aussitôt, les feuilles or et ambre, l'odeur de feu de bois dans l'air. Puis l'hiver, les routes verglacées et le froid mordant qui se faufilait sous ma porte pendant la nuit. Les saisons s'enchaîneraient, les jours et les semaines se suivraient, m'éloignant toujours davantage de ma fille. Jusqu'à ce qu'un jour, qui arriverait plus tôt que je n'étais capable de le concevoir, j'aie vécu sans elle plus longtemps qu'avec elle. La lumière vive et fugace de son existence se serait fondue dans l'ombre.

Ma mère me rejoignit à la porte et posa sa main froide sur ma joue. Ses yeux étaient brillants et clairs. Je fus estomaquée de me rendre compte qu'elle était fière de moi. Pour la première et unique fois de ma vie, peut-être. Pour avoir mené à bien une mission pénible. Pour avoir fait, sans hésiter, une chose atroce.

— T'es de nouveau ma fille ? me demanda-t-elle d'une voix rauque.

— Ouais, maman, lui répondis-je.

Parce que c'était vrai. Et parce qu'il faut parfois savoir choisir son poison. Peser toutes les options et sélectionner celle qui vous détruit le moins. S'examiner longuement, en toute honnêteté, et accepter les ténèbres qui vous habitent.

— Je suis ta fille. Toujours.

J'ouvris la porte et sortis dans la nuit.

LE COMMENCEMENT

Elle ne s'était pas attendue à ce que sa fille soit si petite. Elle avait vu des bébés toute sa vie, filles et garçons. Les femmes accouchaient comme dans une usine à chiots par ici. Le premier marchait à peine quand le second lui succédait. Mais ceux des autres semblaient toujours plus robustes, moins fragiles. Celui qui était dans ses bras, le sien, avait la délicatesse du cristal.

Sa fille avait reniflé un peu, puis enfoui sa tête dans sa poitrine, en quête de lait. Elle avait été prise de l'envie soudaine de la pincer pour lui montrer dès le départ que le monde était plein d'abominations. Pour lui éviter d'être surprise plus tard, d'être faible, de s'attendre à ce que le monde lui fasse des fleurs. Elle aurait voulu lui enseigner, à sa manière, quelque chose d'utile.

« Pas de bol, petite », avait-elle murmuré contre la joue duveteuse. Elle avait oublié le parfum délicieux des nouveau-nés. « T'es coincée avec moi. » Elle avait vu des mères qui dorlotaient leurs bébés, dispensaient étreintes et baisers comme des confettis. Mais ce n'était pas son genre. Elle ne voyait vraiment pas l'intérêt de câliner les enfants, de leur faire croire qu'ils étaient exceptionnels, que la vie ne leur botterait pas le cul comme à tout le monde. Elle ne savait pas dorloter, mais elle savait forger. Lui forger le caractère. Elle n'aurait pas grand-chose à lui donner, mais elle en ferait une femme forte. Parce que, qu'elle la pince ou non, le monde était bel et bien abominable, surtout pour les filles. C'était inévitable. Il fallait se battre ou s'avouer vaincu. Et il était hors de question que sa fille à elle s'avoue vaincue. Il était hors de question que sa fille accepte docilement son sort. Elle allait s'en assurer.

La sage-femme – la voisine payée une bouteille de bibine et un billet de vingt froissé pour ses services – était entrée, les mains encore marbrées de sang.

— Alors, t'as choisi un nom ?

Elle avait regardé sa fille.

— Eve, avait-elle répondu. Elle s'appelle Eve.

REMERCIEMENTS

Tout d'abord et avant tout, un énorme merci à ma famille : Brian, Graham et Quinn. Je n'aurais pas pu écrire ce livre sans votre amour, votre soutien et vos encouragements. Vous embellissez chaque jour de ma vie. Merci aussi à ma mère, Mary Anne ; à mes beaux-parents, Fran et Larry ; et à toute ma famille élargie. Mon père n'a pas vécu assez longtemps pour voir ce livre imprimé, mais il me demandait des nouvelles de sa progression chaque fois que nous nous parlions. Je sens son aide dès que je m'installe devant mon ordinateur. Merci à Holly, ma meilleure amie et plus sûre confidente. Tu fais toujours preuve d'une patience infinie quand je subis les affres de l'écriture d'un nouveau livre. Je chéris notre amitié. Pour mes copines Meshelle, Michelle et Trish, merci d'être toujours à l'écoute, de vous moquer de moi quand j'ai besoin de rire, et de partager d'innombrables margaritas quand j'ai besoin de souffler. Merci aussi à Laura McHugh, qui comprend les aléas et les joies de la vie d'auteure. Tu ne sauras jamais à quel point tes e-mails m'ont aidée.

Jodi, merci pour ta sagesse, ton esprit, et ta capacité à me dire d'arrêter de trop penser et de me lancer dans l'écriture. Je m'estime chanceuse d'avoir une agente que je considère aussi comme une amie. À mon éditrice, Maya Ziv, c'est notre premier livre ensemble et j'espère de tout cœur que c'est le premier d'une longue série. J'ai adoré travailler avec toi. Tu es intelligente, drôle et passionnée. Merci d'avoir fait de notre travail une telle joie. Mes sincères remerciements à Christine Ball, John Parsley, Leigh Butler, Sabila Kahn, Hannah Feeney, Emily Canders, Elina Vaysbeyn, et tout le personnel de Dutton and Penguin Random House. J'apprécie votre enthousiasme, votre professionnalisme et le soutien que vous apportez à mes livres et à moi-même.

À tous les lecteurs, bibliothécaires, libraires et blogueurs, merci de votre lecture, de vos critiques, de vos recommandations et de la diffusion des informations. Nous ne serions rien sans vous.

Enfin, comme toujours, merci à Larry le chat, qui continue à me tenir les jambes au chaud quand j'écris.

Ouvrage composé par
PCA 44400 Rezé

Imprimé en France par CPI
en mars 2023
N° d'impression : 2070517

#lisez! engagé
www.lisez.com
Pour plus d'information :
Imprimé sur du papier issu de forêts gérées durablement.

Pocket – 92 avenue de France, 75013 PARIS

S33025/02